PORTEUSES DE LUMIERE

Brigitte Sarah Minel

Porteuses de Lumière

roman

Prologue

Un soir d'été à Paris, Rose, qui tentait de rédiger son auto-biographie, nota :

Hannah est venue me consulter à mon cabinet parisien, à l'égal de n'importe qui. Mais pas tout à fait... A l'écouter, j'ai senti poindre en moi deux émotions.

La première fut la surprise, car son histoire éveilla d'intenses souvenirs d'un épisode exceptionnel de ma vie, dont je n'avais jamais complètement percé le sens initiatique jusqu'à ce jour.

Et la seconde, un espoir renouvelé pour notre humanité. Pouvait-elle regagner une vérité spirituelle perdue, et grâce à elle revenir à sa beauté originelle ? Un nouveau départ était-il possible ?

Cette jeune femme amorçait un de ces tournants de l'existence où il s'avère, pour tout un chacun, nécessaire de réfléchir. Toutefois ici, il se passait quelque chose d'étonnant, car son vécu personnel révélait un message inattendu, un message nous concernant tous...

Dans ma pratique d'ethnologue – avant de devenir psychanalyste –, j'avais exploré les phénomènes de l'extase mystique ; les ethnologues ont en général une propension à expérimenter, afin de pénétrer plus intimement le vécu des populations. Et voici qu'en entendant Hannah, les visions perçues à cette époque-là en transe hypnotique, remontaient du fond de ma mémoire. Je les avais gardées, telles ces précieuses intuitions qui nous traversent dans les moments où nous sommes ouverts, et étrangement lucides. Elles m'avaient livré, comme en film, le portrait de Maryam, une enfant des temps anciens destinée à métamorphoser notre monde. Mais ma vision s'était arrêtée net. Un affreux traumatisme paraissait finalement avoir réduit la fillette au silence... En tout cas je n'avais plus jamais rien perçu d'elle.

Alors aujourd'hui je me prenais à espérer. Avait-elle pu dépasser sa souffrance ? Avait-elle un lien avec la femme que découvrait Hannah ? Même si le prénom « Maryam » était communément donné en Palestine il y a deux mille ans, les deux histoires semblaient curieusement s'emboîter.

Ainsi fusionnent les âmes. Son expérience semble compléter la mienne.

Ne vivons-nous pas les uns à travers les autres, dans ce même grand imaginaire humain ?

Chapitre 1

1

A Jérusalem il y a un peu moins de 2000 ans...

Il avait chuté du ciel sur son enfance tel un corps céleste dont l'impact n'avait cessé d'irradier. Elle avait reçu de lui l'amour le plus extraordinaire, le plus profond, le plus inattendu, et s'était baignée à cette source vive, sans même une pleine conscience de sa chance. Tout ce qui avait existé auparavant, elle l'avait oublié.

Ce soir, après la félicité qu'ils avaient goûtée, elle n'avait pas vraiment entendu ce qu'il lui disait. Parce que certaines pensées sont parfois impossibles à assimiler, ces mots-là n'avaient pu prendre sens : « Ne me suis pas, Maryam. Et souviens-toi. Je t'aime de toute éternité. » Et il avait filé parmi les ténèbres.

Saisissant enfin la réalité choquante de ses paroles, elle vacilla. Elle n'était pas prête à ce départ. Une étoile ne devrait jamais avoir à s'évanouir dans l'infini. *Je dois le rattraper avant que l'irréparable ne se produise. Mon dieu, où peut-il être ?*

Elle se jette à travers les ruelles, folle d'angoisse, s'enfonçant presqu'aveugle dans la viscosité gelée de la nuit.

Insouciante des soldats qui patrouillent, de l'horreur que génèrerait une telle rencontre, elle glisse d'une habitation à l'autre, quittant le quartier des riches pour rejoindre les bas-fonds qu'il affectionne. Les pavés des rues deviennent terre. Elle trébuche et les pierres du chemin inégal coupent ses pieds froids, nus sur le cuir de ses sandales. Ses longs cheveux perlés d'humidité la cinglent. Vite, vite. Elle l'appelle par l'esprit : *Où es-tu ? Ne me laisse pas ! Sans toi je vais mourir !*

Elle se tord une cheville. Un tourbillon noir l'étourdit. Happée, elle s'appuie une seconde contre un mur. Yaha, yaha, je respire. Yaha, yaha.

Sa vision s'éclaircit. Elle reprend sa course, ivre de brouillard. Les bâtiments défilent. Où s'est-il réfugié ? L'heure avancée a éteint les lampes. Elle n'ose frapper chez Yosseph. Comment comprendrait-il sa venue ? Et chez Barnabas ? Oui. Elle s'y précipite.

Elle se penche vers la porte, y applique l'oreille, surprend un murmure. La plainte d'une femme la fige. Puis un chant de plaisir inonde le silence… Le sang submerge aussitôt son visage. Son poing reste dressé et ne frappe pas le bois. Non, il n'est pas ici.

Ses jambes ne réagissent plus à l'ordre qu'elle leur réitère. Son cœur éructe. *Yoshua, ton adieu je le refuse, je le vomis.* Elle sombre. Non, il ne faut pas. Yaha, yaha. Ses poumons brûlent. Elle a mal à la poitrine, au côté, au ventre. Ces souffrances la rassurent. Ce sont des douleurs reçues, éphémères, et non la brûlure du reproche dont elle s'accusera toujours.

Son dos coule de sueur glacée. Et voici que ses cuisses fourmillent et reprennent vie. Elle s'élance comme un animal. Si elle était vue elle serait prise pour une prostituée, ou une insoumise.

S'est-il échappé par le tunnel gluant pour dormir au milieu des arbres ? Elle ne le saura pas tant que les murs de la ville l'emprisonneront. S'éloignant des maisons, elle se recroqueville au bas de la muraille entre les immondices, afin de patienter jusqu'à une aube qu'elle se sent incapable d'attendre. Elle tremble, de sa tunique trempée, de son pressentiment, et des réveils violents de l'assoupissement de quelques instants volés à l'ombre grelottante.

Lorsque les gardes ouvrent les portes, elle fonce vers la colline et grimpe, court, saute, telle une chèvre tendue, jusqu'au sommet. Elle s'immobilise enfin, scrute la lueur blanche du jour naissant, retient son souffle et écoute… Mais là-haut, pas une âme…

Suffoquée, elle avale une grande goulée d'air qui reflue en un sanglot déferlant du fond de sa gorge. S'arc-boutant contre un olivier, un cri déchirant s'élève maintenant de sa chair. Elle l'étouffe et perçoit en elle l'écho de ce désespoir.

S'il disparaît, tout s'effondre avec lui, toute lumière quitte ce monde… Elle s'écroule alors, roule de douleur dans la poussière qui se mêle à ses larmes et colle sa chevelure et ses yeux. Puis de ses lèvres douloureuses et desséchées, elle gémit : « Sois avec moi… » Et l'invoquant ainsi, elle redresse la tête. Jérusalem l'épie dans un demi-soleil flottant derrière la brume du matin.

Elle ne veut pas tomber dans l'eau noire du chagrin.

2

Paris, 7 h 10.

Animé de tressautements, le chat dort allongé de tout son long contre la poitrine d'Hannah.

Incrédule, elle relève la tête, fronce les sourcils et scrute les chiffres rouges dans la pénombre. Electrisée, elle repousse la couette, et soudain se ravise. A l'idée d'une tente pour seule maison et du vilain sac de couchage dont elle devra se contenter, elle étreint une dernière fois l'édredon moelleux, puis s'étire et glisse ses doigts dans la douceur du pelage familier. Deux pattes se posent délicatement sur ses joues et une petite langue râpeuse et chaude lui lèche le menton.

7 h 15 !

Elle bondit. Allume. La lumière brûle ses pupilles. Elle court jusqu'à la salle de bain. Se jette sous la douche. Six minutes plus tard, une serviette serrée sur la tête, la brosse coincée entre les dents, elle étale de la crème sur son visage lisse de pétale, songeant à ce qu'il aura bientôt à subir sous le vent, le soleil et la poussière. Mes taches de rousseur vont ressortir, mes yeux bleus seront injectés et je serai affreuse, déplore-t-elle en terminant sa toilette.

Le portable sonne sur le meuble de l'entrée. Probablement Sophia. Elles ne l'a pas appelée depuis que son contrat est tombé et elle lui a tout juste annoncé son départ par texto. Lorsque Sorel est là, le reste file au second plan. Oui les filles oublient jusqu'à leur meilleure amie quand elles ont enfin trouvé « leur homme ». Et puis avec Sophia n'ont-elles pas toujours été comme chien et chat, à jouer parfois jusqu'à la limite de la douleur morale, à s'éprouver comme deux sœurs, à s'ignorer puis à se retrouver aussi aveuglément ?

Elle attrape son peigne, se précipite, se cogne le pied droit sur l'une des deux valises étalées au milieu de la pièce… Aoouuuch ! Elle repart en claudiquant. Trop tard.

Elle rebrousse chemin et enfile jean, T-shirt et pull. Enfin elle se penche vers le lit et frotte son visage contre le ventre de Clopette pour une dernière seconde de tendresse. Elle aurait dû prévoir de l'emmener. Elle se serait probablement sentie moins seule sur son chantier.

Puis se dirigeant vers la cuisine, elle démêle d'une main sa chevelure châtain et saisit de l'autre son mobile pour rappeler Sophia.

– Je décolle dans moins de quatre heures ! aboie Hannah d'une voix rauque. Pas le temps de disserter !

– Rien de neuf donc, en retard comme d'hab !

– Ne te moque pas, tu es mal placée, Sophia.

– En retard, moi ? Non. C'est chaque matin la course, je te l'accorde. En tout cas, là, je suis tranquillement attablée au petit dèj et je te soutiens avant ton départ. La copine parfaite, non ?

– Oui, tu es parfaite ! lui concède Hannah, ironique.

– Oh oh, tu me cherches ! Bon sinon, Mademoiselle La-râleuse-en-panique, tu arrives à Tel Aviv à quelle heure ? que je t'imagine, pendant que je serai assommée par mon cours sur l'aide européenne au développement !

– Vers 16 h, signale Hannah en se versant un café.

– Et ton chantier est loin ?

– Non, proche de Jérusalem.

– Tu me téléphoneras ? couine Sophia.

– Oui, bien sûr, tu auras droit à absolument tous mes questionnements philosophico-sentimentaux ! s'écrie Hannah, le timbre éclairci par la première gorgée chaude. Nous allons exploser nos forfaits car je serai riche ! C'est l'avantage de travailler pour un collectionneur privé !

– Ça ne te met pas mal à l'aise ?

– Attends, je mets le kit mains-libres.

Hannah se débat contre le fil dont la résistance est à la mesure de sa précipitation. Ces objets ont une méchanceté en eux, observe-t-elle. Elle reprend Sophia :

– Je dois boucler mes bagages. Tu commences à quelle heure ?

– 8 h 30, mais tu n'as pas répondu à ma question. Est-ce que cela ne te met pas mal à l'aise d'effectuer des fouilles au bénéfice d'un type qui va soustraire aux musées archéologiques tes découvertes ? Et à tous les coups les revendre à des particuliers pleins de fric...

Hannah détestait en fait cette idée de marché noir d'un patrimoine culturel, et elle aurait tellement préféré obtenir une mission officielle. Faute de décrocher des crédits en cette période de disette mondiale, et à cause de sa jeunesse dans le métier, elle avait accepté. Le deal s'avérait singulièrement alléchant. Elle livrerait à Élie Hanshow les artefacts[1], s'ils étaient transportables, et il était convenu qu'elle garderait les codices[2] ou rouleaux, ces écrits sur papyrus ou parchemin, sur lesquels on s'était penché il y a des milliers d'années dans le but de divulguer la connaissance à la « terre habitée[3] ». C'était son domaine de prédilection et son client ne s'en passionnait pas. Ils étaient donc tombés d'accord.

– Si, ça me gêne.

En outre l'affaire était totalement illégale, et découvrir un codex, improbable. Ce n'était pas arrivé depuis des décennies. Quoi qu'il en soit, elle serait bien payée, et elle dirigerait son ouvrage comme elle le souhaiterait.

– Alors pourquoi le fais-tu ?

– Pour l'argent, répond-elle mécaniquement en nettoyant la litière de son chat.

Sophia allait-elle une fois de plus l'entreprendre sur son choix de *terrain* : « Pourquoi Israël ? », toujours au mauvais moment, ça c'était tout Sophia. Et elle ne possédait pas de réponse, du moins de réponse acceptable pour elle...

Déjà 7 h 40 !

Sa propre mère la disait « dictée par son inconscient ». Pourtant c'était elle, sa génitrice, qui l'avait prénommée Hannah, un nom juif, un nom de ce peuple minuscule, si rebelle que l'on n'avait pas réussi à l'engloutir, à le résorber ainsi que tant d'autres.

– Je reconnais là ton côté opportuniste, pique Sophia.

– Oui, bien sûr, les athées ne sont mus que par leur cupidité !

Elle avait beau ne pas être croyante, le personnage de Jésus l'intriguait. Il intriguait d'ailleurs un tiers de l'humanité, donc oui, il était légitimement fascinant, rationalisait-elle. Mais avait-il seulement existé, enfin tel qu'on nous l'avait dépeint ?

---

1 En archéologie. Produit de l'art et de l'industrie humaine.
2 Pluriel du mot « codex ». Un codex est un ensemble de feuilles cousues ensemble et sur lequel on écrivait.
3 Oikoumene est, pour les grecs de l'antiquité, le monde civilisé.

– Des recherches sur la Bible, quel sens ça a si on est athée ?! argue Sophia. Ça me dépasse !

Qui aurait pu monter ce canular géant, et néanmoins le meilleur antidépresseur pour sortir l'âme humaine de sa morosité ? questionnait Hannah.

– Oui, moi aussi ça me dépasse, Sophia, mais voilà, je veux comprendre. Au-delà de ce qu'on prêche à l'église.

Il avait proposé aux humains un point de vue inconnu : l'Amour. Pas la passion amoureuse, ni l'amour parental, ni l'amitié, non, ce truc incroyable : l'amour absolu, cette force transformant la vie de qui y accède.

– Qu'y a-t-il à « comprendre » si on n'a pas la foi ?

– On n'a pas besoin d'avoir la foi pour s'y intéresser. C'est l'origine de notre culture, nos racines. Ce qui s'est déroulé là-bas il y a deux mille ans a donné naissance à un nouveau paradigme qui a changé notre perception.

– Oui, par contre il n'est pas encore complètement assimilé. Notre croissance spirituelle n'est pas terminée, souligne Sophia.

– Exact ! Là nous sommes d'accord. Et mon intuition m'indique qu'il nous faudrait l'intégralité du message pour que ça se réalise.

Alors oui, un codex, elle en rêvait. Outre l'archéologie, elle s'était attachée à la paléographie[4] biblique, hébraïque et grecque, et avait déchiffré de nombreux textes – pas un qui n'aurait été qu'à elle, évidemment, ni un qui se serait avéré se démarquer. Mais on n'avait pas tout exploré. Tant de choses demeuraient mystérieuses. Dans quelle intention les évangiles *canoniques* avaient-ils été étrangement « lissés », tandis que les *apocryphes* – ceux qui avaient été laissés pour compte – étaient restés abrupts ?

Il devait subsister quelque part un manuscrit des origines, un qui n'aurait pas été réécrit, trafiqué. Un, miraculeusement soustrait au désir de museler les Justes. Un qui nous en dirait plus sur le secret de « l'Extra-terrestre ».

Son attention revient vers Sophia :

– Ce qui me dérange vraiment, c'est lorsque je n'exerce pas mon activité. Et si tu veux parler d'intégrité, je te rends la pareille. Tu étudies les sciences politiques, mais qu'y a-t-il d'éthique dans ce que vous apprenez ? Tu ingurgites des tonnes de données, mais quelle

---

4 Science traitant des écritures anciennes et de leur déchiffrement.

analyse mènes-tu ? Quel recul as-tu ? quelle réflexion ? Quelles propositions fais-tu à notre monde politiquement malade ?

– Oh là, tu t'énerves ! tente de l'interrompre Sophia.

– Oui je m'énerve ! Tout est confus et contradictoire à l'intérieur de ce système, s'enrage maintenant Hannah en pliant les derniers vêtements qu'elle ramasse sur le plancher.

– Qu'est-ce qui est contradictoire ?

– J'ai un avion à prendre !

– Tu peux très bien t'expliquer en rangeant, la nargue Sophia.

– Tu sais à quoi je fais allusion. L'information est machiavéliquement faussée et c'est la raison pour laquelle les gens ne savent plus quoi penser. Ne pas connaître la vérité engendre la peur. Les journaux nous déversent des réalités partielles, ou égrènent une info morcelée dont il devient impossible de tirer une image cohérente.

– Justement, la politique c'est permettre une compréhension, proteste Sophia, dessiner une direction ; c'est une volonté d'améliorer notre société. Les journalistes, eux, ne discernent que l'infime pointe de l'iceberg et n'en font rien.

– La politique, améliorer la société ? On ne vit pas dans le même monde toi et moi ! Notre démocratie est une illusion. Cette grande pyramide du pouvoir, avec ses narcissiques en haut, n'est plus qu'un concept qui a oublié sa vocation. Ce sont des rois, et je me morfonds à la base.

– Si tu es frustrée, grimpe ! oppose Sophia.

– M'épuiser pour rien ? Non merci. C'est un gros clan de mecs qui promeuvent des mecs. Et ce qui m'exaspère, c'est que ces dames continuent de les couronner ! Elles ADORENT les voir régner ! Ça doit être freudien.

– Mais il y a des femmes aussi !

– 20% au plus, insignifiant ! Et une poignée de chefs d'Etat féminins au cours de l'Histoire. Quant à toi, tu vas préparer les dossiers de ces messieurs, et sans doute le café !

– Au moins je saurai ce qui se passe, grince Sophia. Et je désire collaborer avec des hommes profondément bienveillants.

– Sois réaliste ! Si les bonnes valeurs sont universelles, rares sont ceux qui les appliquent. Hypocrite ! assomme Hannah.

– Ok, va chier ! Tu es enragée. Je n'aurais pas dû t'appeler… On bavarde ce soir quand tu seras calmée ?

– Oui, lâche Hannah essoufflée par ses efforts pour fermer sa

17

valise. Pourquoi faut-il qu'on se dispute maintenant d'ailleurs ?!

– Peut-être parce que tu m'as abandonnée pendant deux semaines et que là tu repars… Je crois que j'avais envie de me venger !

– Tu n'oublies pas Clopette ? Elle sera chez la voisine, ok ? demande Hannah, refusant de poursuivre les hostilités.

– Oui, noté. Quand ton chéri américain revient, j'irai le chercher chez elle et je le lui confie. Je t'aime.

– love you too.

7 h 43 !

3

Jérusalem.

Un grattement contre le bois... Ses sens douloureux appréhendent le grincement de la charnière. Une lueur dorée s'immisce sous ses paupières closes.

Hésitante, Stiphora chemine vers la pénombre et s'approche du lit. Maryam sent la rugosité d'une paume sur son visage. Les doigts se font maintenant intrusifs et inspectent son corps qu'ils découvrent moite de sueur, brûlant. Puis Stiphora ramasse la robe maculée et les sandales terreuses, avec un tss-tss de réprobation. « Mieux vaut laver tout ça avant que Martha ne rentre du marché ! » commente-t-elle.

Maryam lui sait gré de ne pas aggraver la confrontation qui ne manquera de survenir : « Comment as-tu pu me fausser compagnie au milieu de la nuit ?! Je suis responsable de toi, tu le sais, dira sa sœur. Si tu profites de cette indépendance, c'est parce que je me porte garante de ta conduite auprès de Père. Cesse de repousser les limites et de me mettre en porte-à-faux ». *Oui Martha, oui, tu as raison comme toujours, même si je ne peux te le concéder. Où je vais, tu ne le conçois pas. Ta vérité est soumise à ton univers. Tu es mon aînée, mais tu n'as pas pénétré ma réalité. Avons-nous du reste le même sang ? ou Ima a-t-elle été adultère ?... Comment puis-je énoncer de telles monstruosités ?! Cette famille me laisse si froide et tout ensemble me tourmente... D'après eux, je suis un diable destructeur qui a apporté le malheur... Oui, mais voilà, ma vraie parenté est ailleurs.*

Stiphora réapparait, déformée, boursoufflée. Est-ce elle d'ailleurs, ou Martha ? Non, c'est bien Stiphora. Elle lui soulève le crâne afin de lui faire ingurgiter une de ces horribles potions, amère et huileuse. Maryam avale avec un spasme de haut-le-cœur et s'effondre sur sa couche. S'enfonçant immédiatement dans une torpeur, ses lèvres murmurent : « Yoshua, tu ne seras pas là… cette fois ».

Sous la caresse de Stiphora, son front se détend. Et il redevient un front d'enfant, qui l'emporte loin, très loin dans le passé, vers une journée d'été…

– Quelqu'un cogne à la porte ! Il y a quelqu'un à la porte ! crie Maryam.

Assise sur un fauteuil, à surveiller dans le miroir de cuivre l'esclave qui la coiffe, sa mère l'attrape et la retient :

– Ne hurle pas ainsi, c'est indigne !

Un bref instant, Maryam étudie son apparence curieuse : la tunique mauve bosselée de bourrelets, le masque de pâte verte, et les deux globules qui la toisent. Le parfum des cheveux huilés lui provoque une nausée.

D'un timbre strident, Martha appelle :

– Stiphora ! Stiphora, va ouvrir !

– Elle aussi elle crie ! s'insurge la fillette. Laiiiiisse-moi !

Et la rebelle, retournant son bras pour s'échapper, arrache sa manche des griffes de la matrone et court vers sa chambre. Elle claque la porte, pousse la table tout contre et s'assoit dessus, essoufflée. Nul doute, Ima va bousculer sa misérable muraille, punir son impertinence. Au moins elle aura résisté !

Je la déteste, soupire Maryam. Cette grosse bêtasse riche qui se fait servir me dégoûte… Vais-je devenir comme elle quand je serai grande ? Une inférieure se glorifiant de triompher de ses casseroles et de ses esclaves ? J'ai peur… Les femmes semblent troubles et bizarres ; je n'ai en elles aucune confiance. Aujourd'hui, se rassure-t-elle, c'est décidé : je ne deviendrai pas une femme. Puis elle réfléchit encore… enfin pas une à la ressemblance d'Ima !

Personne n'est survenu. Non, personne. Pourquoi l'avoir redouté ? Peut-être désirait-elle que sa mère qui ne la visitait jamais, s'intéressât une fois à elle… Troublée, mais n'osant ressortir, elle abandonne sa défense et glisse par terre. Dessous la fenêtre, elle joue avec la poussière tournoyant dans la lumière. Le marbre est doux et chaud sous ses cuisses. Elle s'allonge et, l'esprit irrité, tire la poupée de chiffon proscrite, que Stiphora lui a fabriquée en secret, et l'installe entre ses jambes repliées. Fixant les deux obsidiennes cousues sur la face inanimée, elle dresse un index sermonneur : « Tu as dix ans et tu te conduis en sotte. Qui voudra t'épouser ? Qui proposera une alliance et mariera son fils à une demoiselle qui braille pour s'exprimer, qui répond, qui pose toujours des questions et qui est sale... Tu dois changer de comportement ! La Loi est éternelle et tu dois y obéir ! Il n'y a pas d'autre possibilité. C'est mon devoir de t'instruire de cela. Examine la façon dont les femmes agissent... Comment se conduisent-elles ? Elles tiennent la maisonnée et remercient le Seigneur du destin qu'Il leur a octroyé. Leurs heures sont rythmées par les repas, les courses, les maladies à soigner, et les besoins de leur progéniture, des vieux parents et de leur mari avant tout. Elles n'ont pas le loisir de s'amuser. Leur satisfaction est dans leur foyer. Est-ce qu'elles courent dehors avec le vent ? Ont-elles déjà joué à des jeux de garçons ? Les a-t-on décrochées de la cime d'un arbre ? Rêvent-elles ? Non. Vilaine, vilaine, aie honte et pleure, car tu te retrouveras vieille fille ! Disparais de ma vue et cache-toi ! » Et Maryam frappe du poing le jouet et le jette sous le lit. Malgré elle, une larme de dépit tombe sur sa joue.

Elle roule sur le ventre et se cale la tête entre les bras. Un mauvais esprit me possède, c'est sûr. Pourtant j'aimerais tellement bien faire et être aimée... j'aimerais tellement qu'une autre vie soit possible pour une fille... j'aimerais tellement que les hommes ne tuent plus, et qu'il n'y ait plus d'Empire... j'aimerais tellement...

Epuisée, elle s'endort sur le sol accueillant.

∞

Un papillon blanc et jaune s'est posé sur son nez. Elle l'interroge : « Que fais-tu ici ? » Elle sourit, le chasse, bâille, s'étire et quitte l'endroit déserté du soleil.

Tirant la table, elle s'engage en silence le long du couloir. Tout est calme. La voix de son père en train d'enseigner résonne dans l'immense salle. Puis elle en perçoit une deuxième, celle d'un inconnu. Qui est-il ? Un nouvel apprenti ? Non, il ne débattrait pas... Un grec venu traduire les textes sacrés ? Non, il s'adresse à son père Samuel en araméen :

– Oui, oui, je te le dis, Samuel, la chute de l'Empire passera par quelque chose d'insignifiant. Un minuscule brin d'herbe a en lui la force de croître entre des dalles de pierre et de les soulever.

– Tu es un rêveur ! Les Romains nous écrasent en nous taxant et en réduisant toujours plus notre liberté, et notre unique espoir réside dans l'attente que le Seigneur nous envoie le chef promis. Ce messie saura lever une armée si puissante qu'on renoncera à nous soumettre.

– Samuel ! Dans toute lutte, si nous opposons la haine à la haine, nous buvons les premiers ce poison ; elle coule désormais en nos veines. La haine ne rétablit pas la paix, elle déplace juste le pouvoir. Et nous restons le cœur sans joie et l'âme aride, alors qu'il nous suffirait d'abandonner notre fierté, le rejet d'autrui et la fascination de l'argent !

– Nous tentons d'être qui nous sommes : un petit peuple se consacrant au Seigneur.

– Samuel, Samuel, ne vois-tu pas que nous nous drapons de nos lois, nos principes, notre froideur ? Nous portons en nous une telle aversion des autres que nous vivons recroquevillés, à essayer de maintenir notre bonheur en une fragile embarcation sur une mer qui nous engouffre.

– Nous ne demandons rien, si ce n'est à vivre sereinement.

– La solution est-elle de prétendre à la perfection et nourrir notre colère ? d'encore plus isoler notre barque ? Le renversement est écrit de toute éternité et concerne chaque nation, car nous sommes tous liés. Ne vois-tu pas l'heure venue ?

Maryam s'aplatit au coin du mur, pour mieux écouter l'étrange conversation.

– Yoshua, je ne nie pas qu'un renversement aura lieu, il est bien annoncé. Si je ne savais cela, je serais un âne... mon atelier copie les sefarim tout le jour durant. Mais je ne comprends pas où tu veux en venir. Ce bouleversement ne touche que nous, et non l'humanité entière. Nous seuls savons ; nous seuls avons une mission ici-bas ; nous seuls avons été choisis et élus ! Et si nous demeurons fidèles, si nous observons scrupuleusement ce qu'Il nous demande, nous serons délivrés. C'est la promesse. Les « autres » ne connaissent pas l'Eternel et ne Le connaîtront jamais, et tous disparaîtront, ou nous les maîtriserons.

– Tu dis vrai qu'ils n'entendent pas le Dieu de Moïse, pourtant certains d'entre eux le serviront mieux que notre race embourbée dans l'erreur. Cependant tu n'auras pas l'occasion de voir cette autre sorte d'armée vêtue d'une nouvelle gloire ! La foi n'appartient pas à la religion, Samuel, elle est le propre des cœurs purs, et ceux-là sont disséminés partout. Ce sont eux qui doivent guider la multitude hors de sa perte : hors de l'argent, du pouvoir, de l'intérêt personnel...

Maryam éternue. *Zut !*

– Maryam, c'est toi ?

Elle sort de sa cachette et progresse, éblouie. Et tandis qu'elle se dirige vers son père, sa vision s'éclaire. Soudain capturée par le regard de Yoshua, prise d'une irrépressible envie d'y plonger, elle s'immobilise.

– Que fais-tu ma fille ?

Yoshua et la fillette s'évaluent l'un l'autre. Le jeune homme musclé et souple, à la peau tannée, ne détache plus ses yeux noirs, radieux de paillettes d'or, de ceux de Maryam, verts comme l'eau d'une oasis. Il l'appelle doucement, et à la fois impérieusement :

– Maryam, viens à moi !

Et suivant l'invitation de cette intonation inhabituelle, elle s'avance, glissant sur le marbre ses pieds nus aimantés en direction de l'homme.

– Yoshua, permets que j'ordonne à ma fille ! s'offusque Samuel. Elle ne sait pas les manières du monde. Viens auprès d'Abba, Maryam !

Elle hésite...

– Samuel, je te le dis, elle est à toi en ce monde, toutefois elle n'est pas de ce monde. Elle dominera les Temps.

Puis se tournant de nouveau vers Maryam :

– Viens ! Assieds-toi avec moi !

Et il lui tend la main.

Un élan brutal, incongru, et qui lui coûtera son enfance, la tire en avant et l'amène tout droit jusque sur les genoux de Yoshua. Et elle se réfugie contre son cœur...

4

Samuel bondit de son siège et ordonne :

– Maryam ! Lève-toi immédiatement !

En vain. Elle reste blottie contre le sein de Yoshua. Ses bras s'accrochent de toutes leurs forces au torse puissant. Elle s'emplit du contact dense, des fluides ardents qui s'écoulent de lui et dont elle se révèle avide. Elle aspire son odeur ensoleillée d'herbages, de terre, d'azur.

– Maryam, je te l'ordonne, lève-toi ! glapit Ruth qui, percevant des éclats de voix, s'est précipitée auprès de son mari. Samuel, fais-la obéir, je t'en supplie !

Martha a accouru et, toute d'une dignité outrée, une main portée à la poitrine, considère le spectacle grotesque de sa sœur sur l'homme.

Maryam serre, plus intense, et Yoshua pose sa main sur elle et la bénit.

– Elle n'est pas en âge d'être épousée, s'indigne le père.

– En vérité, je n'ai pas le loisir de me marier.

– De quoi me parles-tu ? souffle Samuel, rouge et haletant. Relâche ma fille !

– Je ne sais qui vous êtes, mais vous nous couvrez de honte ! vocifère Ruth.

– Vous vous énervez. Ne voyez-vous pas que cette enfant recherche de l'amour ? explique Yoshua, tentant de les radoucir.

– Elle a ses parents qui veillent sur elle ! Que lui veux-tu ? intervient Samuel.

– Elle est venue à moi désaltérer son âme.

Et se penchant vers le visage enfoui contre lui, il murmure :

– Maryam, lève-toi, va, sois forte et souviens-toi !

La matrone empoigne sa fille par l'oreille, toutefois elle lui échappe, lui abandonnant une poignée de cheveux.

Maryam fut flagellée pour son inconduite.

Elle est là au milieu de la cour, exposée au regard des gamins moqueurs et des voisines qui opposent au soleil déclinant leur foulard, ou une main aux sourcils, afin de mieux profiter de cette distraction. Elles hochent la tête – quelle rebelle ! Martha, à la coiffure toujours altière, affiche de sa hauteur un sourire narquois et satisfait.

La souffrance qui restera la plus profonde, c'est la promptitude des servantes, qu'elle croyait ses amies, à l'attraper sur le toit en terrasse. De terreur, elle a uriné sur le sol. Elle devine que seule Stiphora a osé refuser. Elle l'aperçoit accroupie, repliée, et l'entend sangloter quand les lanières de cuir s'apprêtent à mordre sa chair dénudée de la tunique. Elle imagine derrière elle, sa mère, le fouet à la main, les pupilles enflammées de colère, et d'une certaine jouissance qu'elle a pu constater lorsqu'elle punit les domestiques. La fillette se tend à chaque morsure, crie, puis implore. Elle se voit proie, bête écartelée, sacrifiée. Tandis qu'elle se débat, l'étau des mains se resserre. Sous son crâne, tout s'affole, pour repérer une issue qui n'existe pas.

La mère frappe, frappe, frappe, et Maryam, soudain vaincue par la transe de douleur, se réfugie en la réminiscence de l'homme inconnu. Elle s'échappe dans le bleu rougi du firmament... Femme, elle marche aux côtés de Yoshua... Tendue vers cette vision, ses cris cessent... Alors les coups redoublent de violence.

Son frère Lazar fait irruption et éclate de rire à la vue de cette correction sanglante :

– Oui Ima, plus fort ! Rabaisse-lui son caquet !

La nuit tombée, Maryam s'agite sur son lit devenu pierre pour son dos en feu, malgré l'onguent que Stiphora, les yeux gonflés, a étalé en petites touches les plus légères possibles pour ses gros doigts.

L'esclave l'a bercée contre son cœur, fredonnant des chants égyptiens, dont les sonorités évoquent les moments où le chagrin a envahi la vie. Cependant l'humiliation et la rage ont pris le dessus, consumant Maryam qui n'a pas réussi à s'abandonner à ce réconfort. En quoi a-t-elle mérité d'être fouettée comme une servante ? Et qu'a-t-elle à faire de ces câlins, aux chut-chut entrecoupés de sanglots contenus, lorsqu'elle veut protester ? Elle se vengera ! Elle se vengera d'Ima sinon... sinon c'est contre elle-même qu'elle finira par se retourner… sinon c'est elle-même qu'elle détruira à cause de sa faiblesse, de son impuissance à changer son destin et à s'évader de cette place trop étroite.

Jusqu'à ce jour, elle s'était sentie complète, entière, gosse. Elle désirait et elle agissait. Voulait-elle échapper à l'ennui ? Elle courait parmi les chemins et rejoignait les garçons. Avait-elle faim ? Il lui suffisait de se glisser près du fourneau. Et au creux de cet antre chaud des odeurs de nourriture, elle grappillait l'affection de Stiphora. Même dans les dures journées de lessive, elle en recevait un baiser. Or voici que maintenant, elle détestait aussi Stiphora, fautive de sa condition. Elle lui en voulait de ne pas avoir brisé son joug.

Alors Maryam la repoussa.

Aujourd'hui, quelque chose d'étrange avait bouleversé ses repères : le châtiment l'avait fait s'échapper de son enveloppe charnelle, et son esprit avait ressenti sa propre existence, autre, détachée. Elle s'était révélée divisée. Comment Ima pouvait-elle croire que la battre musèlerait ses pensées ? Au lieu d'être réduite à l'obéissance aveugle, elle avait senti une liberté prendre forme au-delà de son corps. Elle savait dorénavant qu'elle allait vivre en deux parties : celle de l'apparence attendue et celle de son être vrai, jusqu'à ce qu'il ouvre une brèche et s'envole.

Stiphora avait enfin quitté la chambre. Ivre du sang qui pulse et pince ses épaules, refusant de s'endormir, Maryam se relève et attrape la lampe bouillante, prenant garde de ne pas verser l'huile sur ses doigts fins. Elle contemple ses mains, « araignées noires et laides comme celles d'une égyptienne » selon sa mère, et décide de les aimer.

Elle sort et se dirige vers la cuisine. Personne. Presque déçue de ne pas y rencontrer Stiphora, elle repart, divague dans les couloirs jaunis par la flamme, et atteint l'atelier de scribe de son père.

La demeure est silencieuse. Il doit être tard. On ne distingue que les gardes qui baragouinent au dehors. Elle hésite, puis pousse vivement la porte, de manière à éviter de la faire grincer, et guette un éventuel bruit de pas. L'odeur de l'encre, de peau, de glaise fraîche l'immerge. Les rouleaux – certains en papyrus, d'autres en parchemin, selon les arrivages –, sont étalés à sécher.

En deux ans, Lazar n'est toujours pas passé sofer. Les tablettes d'argile sur lesquelles il s'entraîne, sont encore humides. Maryam s'assoit à même le sol et s'en empare. La planchette calée sur la cuisse, elle saisit le calame qu'elle enfonce dans l'argile et, en ce cocon apaisant, trace la première lettre de l'alphabet. Aleph, se souvient-elle, celle qui préside au premier nom de Dieu et dont les pattes montrent l'unité du ciel et de la terre.

Mordillant le roseau, elle cherche la seconde... beth, oui, celle qui ressemble à une maison. Gimel, la troisième, avance sur deux jambes, le buste penché, tel un être humain sous un fardeau. Après, elle ne connaît pas les noms, et recopie sans comprendre les signes que Lazar a tracés.

Elle s'est tellement absorbée dans l'écriture et le sens à donner à sa peine, qu'elle n'a pas remarqué Stiphora à la fenêtre étoilée. Elle ne sait pas non plus que la servante a monté la garde pour sa gazelle qui apprend.

Replaçant le calame sur son support, elle s'appuie délicatement au mur afin de calmer ses brûlures contre la fraîcheur apaisante, et fixe la lampe. La fine fumée noircit le plafond. Dans le vacillement de la lumière, la présence de Yoshua tourne en vagues singulières. La force d'un brin d'herbe, a-t-il dit.

Pour lui, j'apprendrai en cachette...

Chapitre 2

5

Ouf ! souffle Hannah en s'installant près du hublot. Elle cale entre ses jambes son sac à dos contenant ce qu'il lui serait impensable de perdre : son précieux ordinateur avec toutes ses données sensibles, son Reflex ultraperformant, son portable, les batteries et câbles, ses jumelles, outre ses gâteaux sans gluten, ses vitamines, médicaments pour tout et surtout antiallergiques, sa tablette de lecture, son écharpe, son bonnet – car les nuits sont fraîches au printemps et elle craint la clim –, et son tabac.

« Madame, Monsieur, bonjour. Je suis Bérengère Dupont, votre chef de cabine. Le commandant de bord, Monsieur Alain Lon, et l'ensemble de l'équipage ont le plaisir de vous accueillir sur ce vol à destination de Tel Aviv.

Certains se trompent-ils ? Avec la flopée de Juifs orthodoxes à bord, il faudrait être aveugle.

Veuillez attacher et ajuster votre ceinture de sécurité, jusqu'à l'extinction du signal lumineux. Vos bagages à main doivent être placés dans les coffres prévus à cet effet ou sous le siège devant vous. Les portes et issues de secours doivent rester dégagées de tout bagage.

Elle ouvre le journal, non dans le but de le lire, mais afin de dissimuler son ballot démesuré, impossible à caler.

Les téléphones portables peuvent générer des interférences avec les instruments de navigation. Ils doivent être impérativement éteints jusqu'à l'arrivée au parking de destination.

Elle textote Sophia : « Je pars ! Bisous ».

Nous vous rappelons que ce vol est non fumeur, et vous informons que l'usage d'appareils électroniques est interdit pendant les phases de décollage et d'atterrissage.

Elle n'en envoie pas à sa mère, puisque sa mère a décidé que celle qui s'inquiète appelle. Fermant son mobile, elle sourit à l'hôtesse qui passe une deuxième fois pour le comptage. Hannah scrute l'extérieur et se glace. L'aile blanche jure sur le bitume et le ciel vire au gris-plomb. Elle se penche et tire de sa trousse un morceau de « Lexomil » qu'elle avale sans rien.

    PNC aux portes.
    Le commandant de bord n'a pas souhaité la bienvenue.
    Armement des toboggans.
    Va-t-il y avoir de grosses perturbations ?
    Vérification de la porte opposée. »

L'horizon s'est tellement assombri qu'on ne distingue plus la piste du reste du panorama. Il aurait fallu demander au personnel navigant les prévisions météo, or l'équipage a déjà disparu. On roule dans la pénombre de ce milieu de matinée...

    « Décollage immédiat, immediate take off ! » annonce la
    voix dure du pilote.

Hannah serre son bagage entre ses pieds. Elle reprendrait bien un quart de « Lexomil ». L'avion ronfle et se précipite, lutte, l'alourdit sur son siège... J'aurais mieux fait de le rater. Les vibrations du train d'atterrissage disparaissent et une rafale ploie dangereusement le navire vers la terre. Il se relève dans un grand fracas de moteurs et se hisse en oscillant. On n'aurait jamais dû décoller...

    Pas de consignes. Comment enfiler les gilets ? Est-ce que cela
    n'a plus d'importance ?

Le passager à côté d'elle pâlit de minute en minute. Aucun autre avion en partance. Le commandant de bord est-il suicidaire ? Ce qui rassure Hannah d'ordinaire, l'indice qu'elle peut se détendre, c'est quand le chef de cabine se lève et que le bataillon en uniforme se met à vaquer avec aux lèvres un sourire maternel... Toutefois là, la cime des fauteuils demeure déserte.

    Le signal « Défense de fumer » ne s'est pas éteint pour
    l'avertir de la possibilité de circuler et de choyer ses hôtes.
    Il est maintenu bouclé au poste de travail.

Une forêt hantée de cumulo-nimbus noirs les encercle. Le rythme cardiaque de Hannah s'accélère. Elle desserrerait volontiers une cravate fictive. Pourquoi n'a-t-on pas précisé les conditions de vol, pas donné le choix de prendre ou non ce risque ?

    Le commandant nous ignore...

Les paumes humides de Hannah se cramponnent aux accoudoirs. Trop tard, elle est coincée. On monte et on dégringole sur des kilomètres. Aucun répit.

Seigneur, protège-nous !

Le vaisseau vibre de plus en plus et semble vouloir se briser. Elle ne sait à quel Seigneur elle s'adresse. Qu'importe ! A celui qui existe, s'il existe, l'unique capable d'intervenir. Une accalmie de plusieurs secondes, puis le vide, une bosse, une énorme falaise qu'on dévale. De tous ses muscles bandés, elle redresse l'avion de ses repose-bras. Il est hors de question de disparaître si bêtement. Et pourtant, défaite ici de toute volition, la mort va en un instant l'engloutir, la jeter au sol comme une poupée de chiffon. Elle dévisage les autres personnes... Un signe d'anéantissement imminent est-il inscrit sur eux ? Ont-ils conscience de sans doute vivre leur dernière heure ? On chute, on remonte. Un gars hurle : « On veut boire avant de mourir ! » Quelqu'un rit hystériquement... C'est bon la vie ! Faut-il ne l'apprécier vraiment qu'en regard de son dénouement ? On se dévalorise en tant qu'objet périssable, et on la valorise parce qu'elle a une fin ; ce n'est pas équitable !

L'avion tombe, puis, balloté, rejeté, broyé par les courants, gravit péniblement quelques mètres d'air... Si elle croyait, à l'instar de tous ces Juifs, elle prierait.

On contourne d'immenses colonnes de vents violents. Ils jettent l'appareil plus loin, contre d'autres colonnes. Effroi... Hannah n'arrive pas à contenir le tremblement qui la secoue... Si je survis, je promets, mon Dieu, je vais changer. Je ne vivrai plus légèrement. Je chercherai le sens du mystère de ta création. Merci de cette existence. Ne laisse pas périr des innocents parce que d'aucuns ont péché dans cet avion... Moi ? Si c'est moi, pardon ! Pardon pour mes erreurs, mes errements, mes doutes !

Elle a maintenant l'impression d'être Abraham marchandant avec Dieu afin qu'Il épargne Sodome et Gomorrhe[5] et permette que les Justes ne meurent à cause des méchants : s'il y a seulement 50 Justes, ou 40... et Abraham descend dans les dizaines, même 10, et Hannah espère... même un... Repêche ce vaisseau s'il se trouve un seul Juste ici... et Seigneur, en fait, peut-être que finalement c'est moi... au fond je suis une bonne âme, ou une âme acceptable. Je ne

---

5 Pour les lecteurs curieux, les notes indiquent les passages bibliques de référence, ici Gn 18,23, ainsi que les recherches de théologiens féministes.

tiendrai pas encore trois heures ainsi… s'il te plaît, fais un miracle ! Dans ta miséricorde, tu as arraché Moïse des eaux ; et tu lui as accordé les tables de la Loi[6] alors qu'il avait tué[7]. Moi je suis innocente ; sans te connaître, je ne suis pas si mauvaise : j'ai envie de voir triompher la vérité, j'ai soif de justice, d'aider moi aussi ce monde à sortir de ses laideurs. J'ai ma pierre à apporter à ton édifice. Les femmes ont besoin de reconstruire cette société et j'en suis une… Mon Dieu, soustrais-nous à cet enfer ! Tu nous aimes, non ?!

Est-ce qu'elle manipule Dieu ? Erreur fatale ? « Tu ne testeras pas le Seigneur ton dieu »[8], dit le texte. Mais non, elle ne le tente pas, elle le supplie…

PERTURBATION DANS 30 SECONDES, tonne le pilote.
29, Dieu Tout-puissant, sauve-nous ! 28, 27, oui sauve-nous ! 26, je m'appliquerai, 25, à savoir qui tu es, 24, si tu nous sauves, 23, marchandage sans valeur, 22, d'enfant impie, 21, qu'a-t-elle à offrir, 20, au Seigneur de l'univers ? 19…

Hannah s'effondre soudain en un gouffre sombre et tout s'éteint en elle. Tandis que l'appareil s'abîme, livré aux éléments déchaînés, quelque chose s'abat sur son visage inerte. Plus fort. Encore. Une main la gifle de plus belle. Un spasme la projette en avant. Elle revient à elle et vomit. Son voisin, celui qui l'a frappée, est vert et le front coulant d'eau.

– Sorry. So sorry.

Vert et gris, en réalité.

– Merci, gémit-elle, merci, tenez-moi. Tenez-moi. Excusez-moi du vomi.

Quatre mains froides et gluantes se lient et palpitent à l'unisson. Sa tête ballottée heurte régulièrement l'épaule de l'inconnu. Puis tout à coup, étrangement, un dernier éclair de terreur explose en elle et libère son cœur de la peur. La vie est un manège, comprend-elle. Nous tournons sur un gigantesque manège de chaises volantes.

L'avion galope toujours, tel un cheval ivre, d'une colline à l'autre. Hannah sourit à l'homme et des larmes glissent au même moment de ses yeux.

– Toi ok, lui murmure-t-il. Désolé j'avais à taper vous.

6 Ex 20,1-17. Dt, 5,6-22.
7 Ex 2,11-12.
8 Traduction de l'auteur. Lc 4, 12 ; Mt 4,7.

– Non, merci de m'avoir ramenée à moi et de me réconforter. Thank you, you're my savior.

– No, I'm not. I'm just a guy.

Pris par cette intimité inattendue, ils n'osent plus se regarder et tendent leurs visages vers le hublot. Bientôt l'appareil se calme et se stabilise. Les nuages s'ouvrent sur un double arc-en-ciel. Hannah s'en imprègne, ébahie, suspendue à la lumière qui les inonde, et stupéfaite de ce que son cerveau a pu engendrer sous l'effet de la frayeur.

6

– Je suis Luke, Luke Abraham Wilson, se présente-t-il devant le tapis à bagages, saisissant la main de Hannah.

– Et moi Abraham Fisher, répond-elle troublée et soudain gênée de ce contact.

Il la dévisage :

– Really ?

– Non, excusez-moi, se reprend-elle en le repoussant gentiment. Entre le choc du vol et le vin qu'on nous a finalement servi, je délire. Je suis Hannah Fisher. Et Abraham est mon copain aujourd'hui.

Ils s'envisagent l'un l'autre, elle, une grande tache de vin sur son T-shirt blanc, des vomissures sur le jean et le sac à dos, et lui, vêtu d'un costume de lin fripé au-delà du maintien naturel de ce tissu, une sacoche de cuir en bandoulière, et ne comprenant pas l'évocation d'Abraham.

Elle émerge graduellement de son stress hypnotique et lorgne les familles juives orthodoxes aux tenues impeccables – comment ont-ils accompli ce miracle ? –, qui attendent religieusement le long du tourniquet ; puis se focalise sur ses vêtements nauséabonds.

– J'ai hâte de récupérer ma valise et de me nettoyer, sinon je risque d'apeurer le chauffeur qui doit me conduire.

– Oui probable. Je peux aider vous en gardant vos affaires. J'ai tout le temps.

– Tout mon temps, le corrige Hannah d'une voix de maîtresse d'école. Oh pardon, j'ai pris de mauvaises manières avec mes copines !

Luke éclate de rire :

– C'est formidable, j'ai beaucoup besoin de améliorer mon français. Et c'est la destinée des femmes de réaliser ça, no ?

– Améliorer le français des mecs ? le taquine Hannah.

– Non, Mademoiselle, améliorer le gars entier ! Nous sommes

tellement imparfaits et déraisonnables.

– Vous m'intéressez. On n'entend pas fréquemment ce discours, enfin dans la bouche de vos semblables.

– Merci, j'aime l'idée de être différent et d'intéresser vous. Puis-je inviter vous à dîner ? susurre-t-il en penchant la tête.

– Là pour le coup, vous n'êtes pas très différent !

– Oui, c'est terriblement banal. Mais comment nous revoir sinon ?

– S'abandonner à la destinée…

– Il y a en anglais ce concept, « serendipity ». Peut-être la « sérènedipité » en français, est-ce que cela existe ? C'est le heureux hasard, celui qu'on n'attend pas, et quand il frappe à ta porte, il faut saisir lui.

– Malheureusement je dois filer, Luke, on m'attend. Ah, d'ailleurs voici mes bagages… les valises rouges !

Il les empoigne et les livre à ses pieds :
– Je vais garder les, pendant que toi tu mets tes habits.
Hannah l'étudie :
– Pourquoi vous ferais-je confiance ?
– Nous avons vécu un éprouvant vol. L'adversité sépare ou réunit les hommes, mais jamais ne les laisse tièdes.
Hannah, rieuse, lève les mains vers le ciel :
– Désolée, je n'ai pas l'air d'un homme !
– Oui pardon… « êtres humains ». La guerre, so to speak, unit parfois un homme et une femme aussi, capitule-t-il avec un clin d'œil charmeur.

Il aurait aimé lui dire que quelque chose en elle avait touché son cœur, et pas simplement de compassion pour leur panique respective de l'avion. Toutefois elle le muselait par son humour batailleur.

– Pourquoi pas ? lui sourit-elle, en caressant les yeux bleus ombrés de sourcils noirs.

Lorsque Hannah se fut changée, elle lui fit ses adieux :
– Merci de votre aide, Luke.
Don't let her go, ce serait une grossière erreur, s'engueula-t-il.
– Je veux bien ton numéro de téléphone. Je suis British, en revanche je souvent viens ici à cause de mon travail. Combien vas-tu demeurer là ?

– Probablement jusqu'à l'été.

– Est-ce que tu acceptes par rapport à se voir ? Pas forcément le restaurant... Non, ça c'est « classique » en effet.

– Je suis à deux heures d'ici, près d'El-Azariyeh, à l'est du mont des oliviers. Si c'est écrit, alors vous me retrouverez, non ?

– Un... un jeu de piste ?!

Elle n'allait pas lui expliquer qu'elle comptait s'enfermer sur son chantier des mois durant. Estimant inutile d'attirer l'attention sur ses fouilles, elle en avait déjà trop dit. Le quittant brusquement, elle se retourna et lui adressa un petit signe des doigts.

– La « sérendipité » n'existe pas, c'est nous qui l'interprétons ainsi !

Il la fixait, sidéré.

Pour quelles raisons avait-elle lancé ce défi improbable ? Sorel occupait son existence ; son américain qui bataillait également avec la langue, dans le but de prendre à l'automne un poste en France et l'épouser. Elle se sentait emplie de cette perspective... presque emplie, voilà. Peut-être n'était-ce pas suffisant, puisqu'elle pouvait toujours s'émouvoir de l'étincelle qui en traversait un autre. Et Sorel, l'aimait-elle, ou avait-elle seulement choisi de l'aimer ? Cette question la torturait volontiers : se marie-t-on sans avoir aucune ombre en soi ? Elle aurait voulu son âme comblée et tendue vers l'unique, et elle était inquiète de ce qu'ils n'avaient vécu ensemble que sur de courtes périodes depuis leur rencontre un an plus tôt, un soir d'été à Athènes...

Attablée à une terrasse, elle sirotait de l'ouzo en bouquinant. Il s'était assis à la table d'à côté, avait allumé une cigarette, et soufflé vers elle de jolis cercles de fumée. Amusée, elle ne l'avait plus quitté du regard et cet échange avait provoqué entre eux la conversation joyeuse et insouciante de deux touristes détendus. Etait-ce cette légèreté – précieuse à notre époque sur le marché des émotions – qui l'avait rapprochée de lui, ou juste la flatterie d'être remarquée par ce grand brun solide ?

A la fin de cette soirée lumineuse, il avait cherché ses lèvres, et elle avait ri en lui rendant son baiser léger, un baiser d'ivresse, un baiser de vacances.

Et quand elle était revenue à Paris, il l'avait appelée, et l'avait rejointe dans son studio. Avidement, ils avaient mordu à la peau salée l'un de l'autre, sous la chaleur traînante des derniers jours d'août.

A son départ, il avait dépêché un fleuriste, pour livrer une immense gerbe de roses pourpres censées combler le vide de son absence, et accrocher la sensibilité de Hannah de leur douceur et leurs épines.

Sorel, entré dans sa vie comme une énigme, remplissait parfaitement le cahier des charges amoureux de la petite fille qu'elle était encore. Et tandis que le taxi contournait Jérusalem à travers la poussière, elle somnolait, songeuse... Que restait-il lorsque la passion s'essoufflait ? Elle frissonna : s'engager signifiait-il renoncer d'une certaine façon à l'amour ? Choisir l'amour en renonçant à l'amour, défiait toute logique.

Ce voyage avait mal commencé. Peut-être aurait-elle mieux fait de rejoindre Sorel ?

Elle soupira. Là où elle s'acheminait, elle pourrait méditer bien des soirs, en cette retraite sous les cieux limpides. Y discernerait-elle une sagesse ? une réponse ?

7

Le chauffeur l'a hissée en râlant – il craint pour ses pneus – jusqu'à une parcelle cailouteuse et sèche, entourée d'arbustes et parsemée d'oliviers. Avec presque un regret, bêtement, elle le regarde s'éloigner.

Elle saisit à bout de bras ses énormes valises plutôt que de les rouler sur les touffes d'herbe et les crottes séchées de chèvre. Un bivouac surgit sous les arbres.

On y a entassé pêle-mêle le matériel de fouille, une tente, plusieurs jerricans et du ravitaillement. Une jeep grise trône au milieu, un mot sur le pare-brise disant : « Réclamez les clés à la propriété à 400 mètres plus bas ».

Hannah empile ses bagages sur une bâche et s'y assoit, épuisée. Inspectant le terrain, elle s'incline vers la terre comme on ne se penche jamais, se demandant quelle moisson lui léguera possiblement ce ventre pierreux. D'une main elle caresse le sol aride, sans l'excitation qu'elle goûte d'ordinaire à la perspective de creuser cette mémoire et d'en extirper le passé.

Par réflexe ses doigts scrutent la surface chaude et douce, et se heurtent à une pointe qu'elle gratte machinalement. Elle détache un fragment de poterie. L'endroit a bien été habité et un coup d'œil incisif lui montre qu'il pullule de débris. De quelle époque toutefois ? Elle médite le morceau ocre sans pouvoir y lire quoi que ce soit de révélateur. J'espère que je n'en extrairai pas exclusivement des tonnes de céramiques, soupire Hannah.

S'allongeant finalement sous les derniers rayons du soleil de l'après-midi, elle ferme les paupières. Ebranlée par son voyage, elle se découvre infiniment isolée, et cette soudaine prise de conscience la fait tanguer. La rage intérieure qui l'a poussée à accepter cette mission s'est complètement évanouie. Si l'idée de l'avion ne la révulsait totalement, si le taxi n'avait pas filé, décider de rejoindre illico Paris représenterait une solution très raisonnable.

Quelques doutes plus tard, elle se relève avec le besoin de se rafraîchir et s'empare d'un jerrican. Un rouge-gorge l'accoste, envieux. Elle ne doit pas gâcher l'eau tant qu'elle ne sait où se réapprovisionner. Peu importe : il est apparemment son unique copain. Elle fourgonne parmi les caisses pour en tirer une soucoupe et y déniche un cendrier. Élie Hanshow est-il au courant de ses habitudes ? Le cendrier fera l'affaire. Elle y verse quelques gouttes du précieux liquide et le tend à l'oiseau. Il s'y pose immédiatement, boit, et essaye également de s'y baigner, ne parvenant qu'à se tremper les pattes et l'extrémité des ailes... « On se procurera une cuvette, petit père ! »

Elle se gratifie elle-même d'un grand verre qu'elle l'avale d'un trait, si vite qu'elle en suffoque. Le panorama se morcelle un instant dans le kaléidoscope d'un vertige.

Lasse de cet effort insignifiant, elle s'adosse à un olivier, enfonce son chapeau de cowgirl et se roule une cigarette. Au loin murmure le passage de voitures, mais l'entourage immédiat vrombit seulement du bruissement des insectes dans la tiédeur de l'heure. Elle attrape ses jumelles et observe les environs. On devine une maison de pierre à l'est en contrebas. Une route en lacet la dessert et le goudron s'y arrête. A partir de là, c'est une simple piste. Jérusalem à l'ouest est trop lointaine pour être aperçue derrière les collines rousses et vertes. Une sauterelle grasse s'arrime à l'un de ses genoux et elle la balaye.

Hannah s'invective de son inertie. Il est temps de s'occuper de son emménagement, la nuit va rapidement tomber. Remotivée, elle s'absorbe dans les mâts et la toile d'une tente à l'ancienne qui aura l'avantage d'être spacieuse. L'espace, divisé en deux, comporte un coin pour dormir, clos par une moustiquaire, et une partie jour avec un auvent. Curieux... ce décor aux feuillages bigarrés... on dirait une tente de l'armée. C'est un camouflage, réalise-t-elle aussitôt, pour éviter le repérage et les attaques aériennes ! Elle a tout à coup les jambes molles, les paumes moites et la respiration courte. Ses mains tremblent sur le mât qu'elle tient dressé. Voici qu'elle le lâche, s'écarte d'un bond et vomit. C'est la deuxième fois de la journée, s'inquiète-t-elle en se redressant, je suis malade.

Mais non, c'est l'émoi du départ, le vol, et ici ce pays toujours en guerre... Pourquoi Israël ?! l'embêterait encore Sophia. Peut-être Hannah lui donnerait-elle raison.

Le téléphone croasse : un texto. C'est elle. A ce message, son sang se ravive dans ses veines. « T'es bien arrivée ? Tu es une chanceuse ! Paris est moche et froid. Tu m'appelles ? »

Si elle sourit furtivement, son attention retourne à son ouvrage. Il fera bientôt noir. Et en effet, quand elle peut enfin s'installer, la première urgence est de s'éclairer. Son ombre se met à accompagner son rangement, et au lieu de la rassurer, la surprend à tressaillir.

Le couchage en place, elle compose la cuisine et salle à tout faire – manger, étudier, se laver, stocker et assembler les objets recueillis. Impossible de tout rentrer, c'est trop juste, il faudra un autre abri.

Brusquement une perception l'immobilise. C'est le bruit d'un craquement de brindilles et le crissement de la pierraille du sentier. La pelle lui échappe, lui écrasant l'orteil, mais elle chasse mentalement la douleur, agrippe sa lampe, vide son sac et happe sa bombe anti-agression. Elle prend une inspiration et soulève le pan de l'entrée, braque le faisceau lumineux en direction de la forme qui croît et annonce d'une voix perçante : « Pas un pas ! Je vous interdis ! » Quelle idiote, elle a crié en français !

Le silence se fait tout de même.

S'élève alors le chant timide et chevrotant d'une femme âgée. L'hymne à la joie de Beethoven ! Les pieds scandent de nouveau le chemin.

Tous les muscles de Hannah se relâchent. Des larmes la piquent. Elle baisse sa torche et s'avance à la rencontre de la silhouette qui s'avère porter une robe longue, blanche, un châle foncé sur les épaules et au bras, un panier. La brise transporte une odeur de nourriture. Puis à mesure que la femme s'approche, c'est une senteur de rose qui s'étire dans la pureté de l'air. A quelques mètres, haletante, elle s'arrête :

– Is it ok if I stop singing, honey ? Ah, je suis essoufflée ! pépie-t-elle.

Hannah accourt et s'excuse en hébreu :

– Je suis désolée, je ne savais pas qui montait...

Etrangement émue, la dame fixe un moment l'archéologue livide, puis s'exclame :

– Ah vous parlez l'hébreu, c'est merveilleux ! Oui j'imaginais bien qu'à une heure aussi tardive, je risquais de vous effrayer. Je suis votre voisine et je pensais vous visiter plus tôt, mais mon petit-fils Benjamin est là. Il répare mon informatique. En tout cas, je ne voulais pas vous laisser sans dîner ! Élie Hanshow m'avait appris la date de votre venue.

– Ah vraiment ? s'étonne Hannah, j'ai de la chance ! Je suis touchée. Encore une fois désolée de l'accueil !

– Ce n'est pas grave, j'avais prévu et j'aurais dû chanter avant. La pente est drue et je manquais de souffle.

– Ah vous êtes un ange, une apparition ! Permettez-moi de sortir des chaises et nous pourrons faire connaissance.

– Non ma gazelle, Benjamin m'attend.

Hannah se sent cruellement déçue de devoir déjà se séparer de cette compagnie bizarrement adoptée en un battement de cils. Le visage ridé et radieux, aux yeux et aux cheveux gris, se fige une seconde, l'expression songeuse, puis s'anime :

– Demain soir, nous partagerons un repas, voilà tout ! 18 heures, ce sera parfait.

Hannah examine ses tennis en vis-à-vis de la paire de babouches, hésite à imposer sa présence en acceptant, et enfin lance farouchement :

– Oui ! Je vais être trop seule ici !

– Non, pas seule... vous verrez. Bon voici, indique-t-elle en déposant le panier, il y a là du ragoût et des pommes cuites à la cannelle. Et n'ayez pas peur. Les véhicules finissent en général leur course dessous mes fenêtres et j'ai le sommeil léger, commente-t-elle avec un regard vers l'arme. Personne ne viendra vous causer d'ennuis, je veille. Je vous souhaite une belle soirée sur notre chère colline !

– Je vous raccompagne, vous n'avez même pas de lumière.

– Ce n'est pas nécessaire, Hannah... c'est bien Hannah non ? s'enquiert-elle en la dévisageant encore.

– Oui tout à fait.

– Hannah, ma fille, j'arpente cette contrée depuis mon enfance. Je connais chacune de ses pierres. J'y suis chez moi. Ah, j'allais oublier, tenez, les clés de la voiture.

– Merci, merci mille fois !

Et la vieille sans nom redescend en fredonnant l'hymne à la joie.

8

Hannah s'installe devant son plat et ouvre une bière tiède. La grenouille coasse une nouvelle fois. C'est Élie Hanshow de New York : « I envy you as you'll be sleeping in the land of my ancestors. Enjoy ! » Elle pouffe nerveusement.

Déjà vingt heures, et pas un signe de sa mère. Elle doit être en vadrouille avec un amant, constate-t-elle glacée. Elle frissonne dans la nuit froide. « Maman ! » appelle-t-elle. Rompant de nouveau le silence, elle énonce encore : « Maman ! » Tout engourdie, elle contemple le vide que ce mot laisse en elle. Elle se replie, incapable de composer le numéro de Sophia dont le message est si étranger à ce qu'elle ressent sur cette colline déserte, ou de répondre à Élie avec qui son seul lien est un contrat.

L'estomac contracté, elle boude l'appétissant ragoût, et mordille une pomme cuite dont le sucre la réconforte. Elle boit une deuxième cannette dans le but de se détendre, puis un café bouillant pour se réchauffer, et pour finir s'enfonce tout habillée dans son duvet.

N'ayant de cesse de se caler sur le maigre matelas, elle se débat longuement et virevolte fiévreusement, sans arriver à trouver une position confortable et se relâcher profondément. Sombrant enfin, elle lutte en un sommeil violent, telle Jacob contre l'Ange.

Rouée de coups, elle se redresse douloureuse. Onze heures, lit-elle sur son portable. Sa vessie tire. Elle aurait dû prendre ses précautions. Elle s'extirpe du sac de couchage et va offrir son fessier blanc au vent mordant et à quiconque s'aventurerait à l'entour. Elle tourne accroupie, surveillant les environs, et inonde le sol d'un jet chaud qui n'en finit pas de couler. Grelottante, elle détale pour se blottir au fond de son terrier et, se recouchant, croit la terre remuée des secousses de l'avion. Le vibreur du téléphone frémit, Sophia. Inexplicablement bloquée, elle l'ignore le cœur serré... Sans pouvoir nommer sa sensation, elle sait qu'il se creuse parfois dans nos existences des failles qu'on n'identifie qu'après coup.

Derrière ses yeux clos, tout chavire. Elle se rendort, cependant son esprit reste en alerte.

On s'immisce... des êtres qu'elle ne discerne pas... Puis à mesure qu'ils avancent, c'est une foule colorée de silhouettes habillées d'époques différentes, qu'elle perçoit traverser le campement. S'en détachent des visages connus : Sorel, sa mère, Sophia, Élie – qu'elle reconnaît, sans l'avoir jamais rencontré –, Luke, la vieille voisine, des amis... Ce flot d'humains glisse en l'évitant. Ils filent à toute vitesse dans des directions inconnues. Elle les hèle. Ils ne la remarquent pas. Elle tente de les toucher. Personne ne s'arrête. Ces visiteurs sont réels, elle est un fantôme. Seule une jeune fille en sandales et en tunique, portant des rouleaux manuscrits sous un bras et un calame à la main, revient sur ses pas, s'immobilise, semble chercher quelque chose, mais croise son regard sans la voir.

Une grande inspiration par la bouche arrache Hannah à ce cauchemar. Ses membres se sont raidis. Tendu hors du duvet, un de ses bras gît sans vie. Elle le frictionne. Il fourmille et accepte de s'assouplir. Elle s'assoit avec difficulté, le corps révolté contre l'imperceptible entaille dans le fil de sa destinée.

Abandonnant sa couche, elle respire à grandes goulées l'air gelé. Il lui faut une présence vivante ou elle va devenir folle !

Ses baskets enfilées, elle effectue quelques mouvements, et s'empresse de rassembler des brindilles, débris de végétaux divers et morceaux d'oliviers. Assise sur ses talons devant le tas, elle tend au bois sec une feuille de papier enflammée et il s'en empare si goulûment qu'elle retombe sur les fesses, jambes écartées, le feu ronflant contre son ventre. La flamme avide et bienfaisante dissout le sortilège de l'étrange cortège. La chaleur se communique petit à petit de son estomac à ses reins. Elle recule et nourrit la flambée pour qu'elles survivent toutes deux jusqu'au matin...

« C'est la première et la dernière nuit ! braille-t-elle aux ténèbres. Élie embauchera quelqu'un d'autre ! Vous m'entendez ?! »

Elle ronchonne en elle-même : « Qu'est-ce qui m'est passé par la tête ? Fierté absurde d'avoir été sélectionnée par ce vieux renard ! Folie ! J'ai voulu me montrer fonceuse, indépendante, aventurière... Oui, voilà, casser Sophia et sa féminité roucoulante... Et me prouver quoi ? qu'on peut être femme et pas moins qu'un homme ? C'est ridicule à notre époque, en Occident ! Hannah, tu es *has-been* ! »

Pas moins qu'un homme... pas moins qu'un homme... pas moins qu'un homme... rage-t-elle. Sa colère monte dans les volutes de fumée qui brutalement rabattent leurs griffes sur son visage. Elle tousse et frotte ses yeux irrités. Submergée, elle crache l'acidité brûlante... « Pas moins qu'un homme, mais pas une femme en tout cas ! »

Se berçant devant les braises, ivre de l'humiliation qu'elle s'inflige, une préoccupation lancinante la tourmente : il doit exister à l'intérieur du cœur des femmes une loi secrète, un accord tacite qu'elles se transmettent inconsciemment et qui leur interdit d'être au cœur de ce monde.

Je ne suis rien en fait, conclut-elle et Élie est un idiot de m'avoir confié cette mission. « Je ne suis qu'une fille ! » lance-t-elle aux oliviers qui l'entourent de leur ombre. Qu'une fille ? Hannah en pleurerait de dépit.

Le feu s'est apaisé. Elle interroge son mobile. Il affiche cinq heures presque et demie. Dans cinquante cinq minutes le soleil se lèvera. Elle relit le dernier texto de Sophia et soupire. Que m'arrive-t-il ? questionne-t-elle. Depuis ce vol, me voici décentrée, exilée de moi-même. C'est inouï comme de minuscules épreuves peuvent nous faire basculer, en réveillant en nous les fragilités qu'on suppose avoir mises de côté, et qui montrent leur nez alors qu'on ne les a pas conviées.

Que veut dire ce songe ? Qui sont ces gens ? Ses relations les plus intimes ont fui avec eux... Quel sens a ma vie si tous se dérobent, s'effraie-t-elle, si je peux me sentir si cruellement solitaire...

Pour autant, elle a choisi cette situation et cet isolement, mais sans anticiper la possibilité qu'ils virent à l'horreur... La solitude devient venimeuse quand elle se met à nourrir l'hydre du doute qui dévore ceux qu'on aime, ou qu'on pourrait aimer, s'épouvante-t-elle en espérant l'aube.

Chapitre 3

9

Maryam dormait le jour et étudiait la nuit. Tant qu'elle restait enfermée, personne ne la surveillait.

Ruth, anxieuse, dans une conversation devenue avec des variantes une sorte de routine, faisait remarquer au père :

– Je suis heureuse que Maryam se soit assagie ! J'ai bien fait de sévir.

– Oui, je m'en réjouis également. Son comportement d'il y a bientôt trois ans envers ce Yoshua, nous a prouvé qu'elle était alors incapable d'aucune retenue. Trois ans déjà… Heureusement, il n'a pas osé revenir chez nous, et Maryam ne l'a jamais évoqué. J'ai entendu dire qu'il est désormais un quelconque rabbi, là-bas, à Nazara.

– Elle dort beaucoup ! éludait Ruth, désireuse de quitter ce souvenir embarrassant associé à sa fille. Au moins elle aura le teint lisse et clair au moment où nous devrons la marier.

– Arrive-t-elle à s'intéresser à la tenue de la maison ? se souciait Samuel.

– Non hélas, mais quand elle nous quittera en vue de fonder un foyer, j'enverrai Stiphora la guider. Stiphora a le cœur faible à l'égard de Maryam, par contre elle nous a toujours été fidèle. Je me félicite de l'avoir recueillie, même si à douze ans elle était déjà un peu âgée pour être totalement malléable ; c'est une esclave honnête.

– Oui tu as raison, confirmait Samuel, elle l'instruira sur son rôle de maîtresse de maison. Toutefois attendons avant de présenter Maryam, je la sens trop rêveuse pour partager la promesse de mariage. Nous lui ferions du tort à gâcher ses chances alors qu'elle demeure lunatique…

– Oui, attendons. Elle deviendra en son temps une excellente épouse, j'en suis sûre, se rassurait Ruth, tremblante à la possibilité de faillir à son devoir de mère.

Ruth tentait de se tranquilliser en imaginant l'avenir de ses enfants, un avenir qui serait le signe de sa réussite. Toute mère aime à penser qu'elle tient entre ses mains leur futur. A la suite de son père, son fils serait un pharisien et un scribe. Il dirigerait l'atelier, lorsque, dans quelques années, Samuel vieillissant ne pourrait plus lire les lettres devenues floues. Cette époque venue, son mari se consacrerait uniquement à l'enseignement. Le Créateur avait voulu de cette manière que les vieux laissent la besogne aux jeunes.

Ses filles s'uniraient à de bons partis et leur donneraient une descendance.

Chaque matin, elle remerciait Adonaï de son destin chanceux de femme fortunée, unie à un homme mesuré, vivant selon la pureté rituelle leur garantissant les faveurs du Seigneur. Elle était fière d'être au centre d'une existence si parfaite, grâce à un époux qui se conformait non seulement à tous les commandements, mais aux multiples prescriptions[9], jusqu'en chacun des petits détails du quotidien. Ils se montraient irréprochables devant Dieu, et elle pouvait être en paix.

Elle promenait avec satisfaction ses doigts sur les meubles exempts de poussière, en cette demeure qu'elle gardait pure de toute souillure, et donc de toute intrusion étrangère.

Samuel ne faisait pas partie de ces Juifs fricotant avec l'Empire romain, cette puissance qui dominait leur nation, mais dont elle ne sentait pas les inconvénients. Il y avait même de nombreux avantages. Les routes étaient plus propres, on reconstruisait le Temple, immensément grand, prodigieusement beau. Il serait l'édifice le plus glorieux de la terre habitée et Jérusalem rayonnerait de nouveau de sa splendeur originelle. Jérusalem ! lieu de la présence divine !

Il existait une unique nation agréable au Tout-Puissant, la leur, et les dignitaires de l'Empire l'ignoraient parce que, en fait, ils ne le savaient pas, ou préféraient rester aveugles à ce qui était pourtant évident. Ces hommes étaient des idiots, constatait-elle. Bien sûr, puisqu'il s'agissait d'« étrangers ». Ils croyaient avoir le pouvoir, or

---

9 Les juifs de cette époque observaient non seulement les dix commandements, mais plusieurs centaines de prescriptions (un peu moins que 700 dont un peu moins d'obligations que d'interdits) prévues par les livres bibliques : Lévitique, Nombres, Deutéronome, Proverbes, etc., qui codifient tous les aspects de la vie humaine, y compris la cuisine, l'accouplement, le vêtement, la tenue de la maison, les relations, outre les grands thèmes comme la relation à Dieu, la justice, la vie rituelle, le mariage...

finalement, comme à tâtons, ils servaient son peuple à elle, le seul à vivre sous le regard du Seigneur. En outre ils ne comprenaient rien au Seigneur, ni à ses commandements, ni aux prescriptions rituelles ; ils en étaient encore aux temps reculés des antiques croyances, où l'on prie la nature, les génies champêtres ou des êtres chimériques ; où l'on invoque les ancêtres en les appelant des dieux. Il n'y avait pas à craindre de gens aussi peu évolués. Ils maintenaient l'ordre, construisaient, prenaient l'impôt pour ce faire, soit ! Leur « César » s'agitait au loin telle une marionnette. Et s'ils désiraient le louer, libre à eux. De cette domination, le Seigneur, vrai Dieu, Celui dont on ne prononce pas le nom, les sortirait vainqueurs. Si l'on suivait scrupuleusement ses injonctions, Il allait envoyer un messie tellement grand qu'il ferait régner Israël sur l'univers entier. Ainsi lui avait enseigné Samuel, ainsi était-il promis.

Assise à l'écart, muette, Maryam observait souvent sa mère aller et venir ainsi à travers la grande salle et s'engouffrer dans ses certitudes inquiètes qu'elle énonçait à mi-voix pour elle-même.

Et chaque soir, clandestine, Maryam se glissait dans l'atelier.

En presque trois ans, elle avait maîtrisé l'alphabet et recopié un certain nombre d'écrits – ceux confiés à son frère – : texte des Lois, psaumes, paroles des prophètes. Quand elle croisait Lazar aux repas, il la toisait avec une répulsion mêlée d'angoisse.

Un accord tacite avait scellé leur alliance. Tandis que tout s'était tu, elle écrivait, et lorsque, en fin de journée, le père venait évaluer l'avancement, Lazar recevait les compliments pour la belle écriture précise et les rouleaux harmonieux de sa sœur. Si les neuf autres soferim ne parvenaient pas à percer « l'énigme du mystérieux copiste », ils n'étaient pas dupes. Mais Lazar, le fils prometteur, leur imposait le silence du haut de ses seize ans et les hommes libres n'allaient pas risquer de perdre leur place, ni les esclaves d'être flagellés. Par ailleurs, son oisiveté ne les gênait pas. Maryam avait eu l'idée de déplacer les outils de Lazar vers un recoin dans lequel son frère somnolait sans les provoquer. Lui aussi veillait, mais pour s'enivrer dans les bas-fonds et fréquenter les prostituées.

La souillure avait bien gagné leur logis, et de plus d'une façon, toutefois leur mère n'en avait pas conscience. La souillure, la vraie, celle qui pourrit l'âme, pressentait Maryam, est une gangrène qui reste longtemps invisible et indolore, surtout pour celui qui la porte.

Maryam aurait pu mettre fin à ce subterfuge, néanmoins elle

avait développé une passion pour cette étude lui permettant d'appréhender l'imaginaire masculin – au sein duquel on épinglait aux femmes les qualificatifs de roublardes, écervelées, ensorceleuses, ou perverses, quand elles n'étaient pas accusées de la fatalité d'une stérilité.

Se consolant en apprenant, elle n'avait guère oublié la force du brin d'herbe. Son heure viendrait, elle l'espérait.

C'est ainsi qu'un soir d'été, elle s'absorbe dans un nouveau travail.

Bereshit… au commencement. C'est l'apparition du monde ! La jeune fille mord son calame, pensive… Qui peut témoigner des prémices du monde ?

Une tache d'encre tombe sur elle.

« Ah, cela faisait des mois ! » s'énerve-t-elle. Si je huile cette robe à la cuisine, Ima acceptera de la remplacer. Espérons qu'elle ne demande pas à Stiphora de la laver pour les pauvres, elle risquerait de découvrir les traces… Non, il vaudra mieux la déchirer. Je serai traitée une fois de plus de souillon, mais après tout, les parents repousseront davantage le projet de m'octroyer un fiancé.

« Qui peut témoigner du début de notre monde ? » questionne-t-elle cette fois-ci tout fort.

Elle reprend sa lecture et déchiffre : au commencement[10] « Dieux », curieux le nom est au pluriel ou au duel[11], « crée » les deux cieux et la terre, le verbe est étrangement au singulier. La terre est sans forme, vide et dans « la ténèbre ». L'esprit de « Dieux » tournoie à la surface des eaux. Puis il dit : « Qu'il y ait de la lumière ! » et elle exista. Voyant qu'elle était bonne, il l'écarte de la ténèbre : voici le jour, voici la nuit.

La lumière… « Merveille du premier jour ! » déclare-t-elle, appréciant la flamme de la lampe qui dispense clarté et chaleur.

Elle psalmodie la phrase : « Bereshit bara Elohim et hashamayim ve'et ha'arets » Au-commencement-les-dieux-créa-les-deux-cieux-et-la-terre.

Quelles sonorités ! admire-t-elle.

« Dieux » s'emploie deux autres jours durant à séparer les deux eaux – une salée, la mer, de celle du dessus, réfléchit Maryam –, et

---

10 Gn 1,1 et versets suivants.

11 En hébreu il existe trois nombres : le singulier, le pluriel et le duel. Le duel s'applique aux éléments qui vont par deux.

appelle l'étendue entre les eaux « les deux cieux ». Puis il amasse l'eau du bas, et la terre émerge. Et enfin il ordonne à cette dernière de se couvrir de végétaux. *Bien !* applaudit-elle mentalement en relevant la tête.

Elle repousse une mèche de cheveux châtains derrière son oreille, fait quelques rotations pour se décontracter le cou, et se repenche sur les deux sefarim, l'ancien posé sur une tablette et le neuf calé sur sa cuisse.

Le quatrième jour, Elohim crée le soleil, la lune, les étoiles... Quelque chose cloche, se trouble Maryam. Comment la lumière pourrait-elle exister en dehors du soleil et des astres ?

Sautant la création des bêtes du cinquième jour, elle se hâte jusqu'au sixième pour lire la naissance de « l'Humain » : « l'Adam mâle et femelle »[12] et à « nos images », dit « Dieux ». Tout s'éclaire, nous sommes tous ensemble sa réplique. La désignation de Dieu au *pluriel* accompagné du verbe au *singulier* prend ici tout son sens. Dieu est *pluriel* et se manifeste en la multiplicité engendrée du Masculin et Féminin ! Et non simplement à travers le « deux ».

La suite la consterne. Alors que « Elohim », Dieu mâle et femelle, a suspendu son ouvrage le septième jour, que son œuvre est achevée, et que l'homme et la femme s'épanouissent avec ordre de jouir de la vie et se reproduire, on repart en arrière[13] : l'Eternel – nommé du tétragramme qu'il est interdit de prononcer – est maintenant masculin, et solitaire. Pourquoi ce changement, tandis que ce nom sera révélé bien plus tard à Moïse ? L'histoire a été modifiée ! s'indigne-t-elle en se grattant le cuir chevelu.

Maryam pose son roseau et se lève pour consulter les rouleaux de la Septante, cette version grecque d'Alexandrie.

Si elle ignore cette langue, elle en connaît au moins les lettres. Les traducteurs ont attribué des titres : G-e-n-e-s-i-s, voilà, « l'origine ». Elle décèle rapidement que les diverses appellations de Dieu sont réduites à un terme : t-h-é-o-s ! et il se répète tout du long. La traduction a complètement effacé la nuance, et nuance de taille : Dieu n'est plus multiple, mais un et masculin.

Elle retourne s'asseoir. « YHWH » semble avoir omis, lors de sa primordiale mouture, d'établir un cultivateur dans son jardin, au pays d'Eden. Pour ce faire, il façonne à présent un homme à partir

---

12 Gn 1,27. Il s'agit de l'être humain et non de l'homme, au sens masculin.
13 Gn 2,4.

de la poussière, l'anime en exhalant en ses narines puis, souhaitant lui créer une « aide », l'endort, et d'une de ses côtes fabrique une femme… Il n'en est pas ainsi, s'irrite-t-elle, les hommes sortent du corps des femmes et non l'inverse ! Ce texte est falsifié… Pourquoi ?! Comment se fait-il que son père ne l'ait ni remarqué, ni mentionné lors de ses enseignements ?

Une seconde tache vient souiller son vêtement. Elle ôte le calame dégoulinant de salive de sa bouche. Une rage l'enflamme. Sa respiration s'accélère.

Stiphora, entrée discrètement, s'est endormie auprès d'elle. Maryam contemple la forme douce, encore jeune, au visage rond et tanné. Epuisés, ses yeux de charbon sont scellés. Son voile a glissé sur la chevelure noire, poussiéreuse. Sa tunique, maculée du labeur et de la sueur de ses aisselles, livre l'odeur mélangée de rose, d'épices, de femme… Rien qu'une aide, Stiphora ?! Non, Dieu n'a pas pu faire cela !

Elle aimerait la réveiller, lui crier que sa condition est injuste et basée sur un mensonge. Qu'elle n'a jamais été faite pour l'ombre et l'obéissance aveugle. Mais Stiphora dort…

A l'aube, dans la lueur sombre du ciel déjà blanchi, quand Maryam a rejoint sa couche et essaye de s'assoupir malgré le noir de sa colère, une voix lui souffle :

– Cherche Maryam, cherche, et tu verras que dans les textes, le mot *aide*[14] désigne toujours l'Esprit de Dieu…

---

14 Voir dans l'ancien testament les différents usages du mot עֵזֶר

10

Alors elle se relève d'un bond, réalisant le danger pour Stiphora à être vue au petit matin au milieu des manuscrits sacrés – d'autant plus que sa période d'impureté est proche et qu'elle devra bientôt s'isoler pour ne rien souiller.

La jeune fille court sans bruit sur la pierre froide, la réveille par des caresses et des baisers sur la tête, et l'amène jusqu'à son lit à elle, car l'impureté laisse Maryam indifférente. Pour les femmes, ce sont juste quelques gouttes de sang répandu, parfois occasion de soulagement et quelquefois de tristesse.

Stiphora profite quelques instants de la chaleur du lit et des bras de sa petite, avant de retrouver les communs et d'entamer sa journée.

Le soir venu, réconfortée par l'ange de la nuit, Maryam se concentre sur l'achèvement de la Création.

Suivant la suggestion du serpent, la femme proposerait à Adam de braver l'interdit : manger avec elle du fruit de l'arbre de la connaissance du bien et du mal. Il n'y opposerait aucune résistance. La sentence tombe : ils perdent leur innocence, cachent leur nudité, et sont finalement chassés hors du jardin et loin de Dieu. Le mal s'enracine par la faute d'Eve la Vivante.

Maryam suffoque devant l'injustice et fait voler son travail. « Je n'écrirai pas une ligne de plus ! »

Elle regagne son lit l'âme rageuse et brûle dans ses draps.

A l'aurore, une voix gronde à son chevet et l'arrache à son sommeil tout neuf :

– C'est quoi l'encre partout dans l'atelier, et où sont les rouleaux ?!

– Quels sefarim ? s'étrangle Maryam, se redressant engourdie.

– Ceux que tu devais copier ! aboie Lazar en frappant le bord de son lit.

Elle examine la silhouette massive, les cheveux bruns un peu trop longs, le visage carré dont les pupilles irradient de violence.

– Je refuse de m'occuper de ces torchons pleins de mensonges. Fais-le toi-même ! Ou va expliquer à notre père que tu écris comme un enfant ! l'affronte-t-elle.

– Dans ce cas je lui dirai ce que trafique sa fille la nuit depuis trois ans et qu'elle ne risque pas d'être bonne à marier ! tonne Lazar.

– Tais-toi, tu vas alerter toute la maison ! lui intime-t-elle. Puis reprenant à voix basse : comment peux-tu exiger de moi d'écrire qu'Eve a introduit le mal ? Le mal est masculin ! Les femmes ne tuent pas ! Il est hors de question que je cautionne cela !

– Tu as voulu ma place, l'accuse Lazar, tu l'as ! Les hommes, les femmes, tu me fatigues avec ça.

Et se levant pour lui faire face, elle proteste :

– Mais ce texte ment ! Alors oui, les hommes, les femmes, je vais encore t'en parler. Ici la femme est soit une esclave impuissante devant l'homme, ou paradoxalement toute-puissante dans le mal, tu trouves cela sensé ?

Troublé par sa sœur en robe de nuit légère, le gaillard recule jusqu'au mur. Sa colère se mue en une autre fureur. Ses rencontres lubriques ont changé son regard qui descend maintenant le long de ce cou dont la peau est redevenue blanche depuis que Maryam ne sort plus, s'immisce dans la fente du col, guette les seins qui pointent sous le coton fin, explore la tache sombre au bas de son ventre. Un désir le durcit.

– Comment peut-on accuser la femme d'avoir détruit l'harmonie entre elle et l'homme ? s'acharne-t-elle, passionnée. Dire qu'à cause d'elle ils s'aperçoivent soudain de leur nudité au lieu de se vivre unis ? Qu'à cause d'elle ils ont basculé dans la honte ?

Et prenant tout-à-coup conscience de sa concupiscence…

– Mais pas toi !!!

Sa main s'envole et cingle la joue de Lazar :

– Dégoûtant !

Maryam attrape son manteau pour s'en couvrir. Lazar se tient la joue, muet, écrasé par l'ampleur du désastre de la situation. Maryam va-t-elle le dénoncer ? Si leur père apprenait leur marché, il comprendrait aussitôt que ses projets sont perdus pour toujours.

Pour son fils et ses filles, et surtout pour les vieux jours de son épouse et de lui-même. L'atelier ne sera pas repris et Lazar n'aura pas de quoi les nourrir. Fixant sa sœur, et cette fois-ci dans les yeux, il conclut que dans un avenir proche ils seront deux enfants maudits. Et comme une angoisse l'envahit, prétendant la contrition, il se reprend :

– Je suis désolée Maryam, cette gifle est méritée, excuse-moi. Tu sais que je n'ai jamais été doué, tente-t-il de l'apitoyer. Je déteste le métier de sofer. Je compte un jour commercer au-delà des mers, mais je n'ai pas osé l'annoncer à Père. S'il te plaît, continuons ainsi pour le moment...

– C'est au-dessus de mes forces !

– S'il te plaît, supplie-t-il de nouveau, ses yeux noirs remplis de confusion, essuyant de sa manche son front humide. Je te donnerai ce que tu veux en échange. Demande-moi n'importe quoi !

– N'importe quoi ? Vraiment ?

– Oui, pourvu que tu écrives encore !

Prise au dépourvu, Maryam se dandine d'une jambe sur l'autre, puis se plante juste sous son nez :

– Bien, disons que j'accepte parce que j'adore étudier, oui, contrairement à toi. Mais pas cette deuxième genèse qui défend à l'époux de jamais plus écouter la voix de sa compagne[15]. Réalises-tu que ces allégations ont jeté la discorde entre l'homme et la femme pour l'éternité ?!

– Ces histoires ne m'intéressent pas...

Elle le fait taire d'un signe.

– Donc si tu veux que je persévère, vu ce que cela me coûte, je dois entendre la vérité de ta bouche.

– Quelle vérité ? lâche-t-il inquiet.

– Attends...

Pour se grandir, elle monte sur le lit et, du haut de ses treize ans, lui ordonne, solennelle :

– Dis-moi : « Femme, au nom de tous les hommes, je confesse que ce second texte est un mensonge. Tel qu'écrit dans le premier, les femmes sont des égales et à l'image de Dieu[16]. Des hommes ont déformé la réalité pour prendre le pouvoir et lui imputer leur propre

---

15 Gn 3,17.
16 Gn 1,27.

culpabilité. C'est un péché contre Dieu et la vérité. A partir d'aujourd'hui, femmes et hommes doivent diriger le monde ensemble, comme un seul être insécable. »

– Tu veux m'avilir ?! s'exclame-t-il redressé, s'efforçant en vain de la dominer de sa taille. Tu es folle !

– Bien, allons donc tout avouer à Père ! Je serai une folle qui veut apprendre, quand pour mon sexe il n'est reconnu aucun bénéfice spirituel, mais toi, tu auras de graves ennuis.

Serré dans un étau de peur, il geint :

– Non...non... il ne faut pas.

– Alors vas-y. J'ai certainement besoin d'entendre ça. Ce serait mieux si c'était la parole d'un homme, un vrai, mais tu feras l'affaire. A genoux ! Implore mon pardon, de la part de tous les hommes à toutes les femmes. Je considèrerai cela comme le symbole que le vrai destin de l'humanité peut recommencer du début. Répète après moi.

Et à défaut d'une autre solution, la mort dans l'âme, et avec un profond sentiment d'humiliation, Lazar s'exécute.

11

Maryam recommencera le soir même à copier le fameux texte. Elle serre les dents en relisant : « Et vers ton homme sera ton *désir* et il te dominera[17]. »

Écœurée de ce qu'elle pressent de diaboliquement sexuel dans cet énoncé, elle renâcle. Si elle connaît le poème de Salomon[18] – tant débattu et critiqué aujourd'hui – où il est question de baisers et d'étreintes, elle ne parvient pas à une idée claire.

« Désir ? Désir-domination ? » répète-t-elle tout haut, cherchant à en pénétrer le sens. Elle relit le Cantique et rumine cette énigme en étirant ses jambes trop longtemps repliées : si cet énoncé dépeint une sorte de réalité de la vie, comment la changer ? La femme souhaite récolter les fruits de sa chair, donc elle convoite l'homme. Mais, le veut-elle lui, ou seulement les petits qu'il va lui faire ?

Désir ?

Le mot « désir » se présente-t-il autre part ?

Oui, un peu plus loin, dans l'affaire de Caïn !

Le « mal », porte vers Caïn « son désir »[19] et l'attrape ; ce qui l'amènera à tuer son frère Abel.

C'est donc ça le désir, « attraper » quelqu'un ?

Les jeunes filles n'ont de cesse de plaire à un potentiel mari, à un fiancé, puis en tant qu'épouse à un jeune marié, et après, je vois bien que leurs regards se transforment. L'amour qui allume leurs yeux est-il un mirage dont elles finissent par percer la feinte et qui s'évanouit ? Est-ce comme un aliment duquel on s'écœure ?

Tracassée, elle suspend sa respiration : le plus curieux, c'est que chacune croit que son sort sera différent. Est-ce qu'elles n'ont pas d'yeux pour voir ?

Irritée, elle se gratte la tête et poursuit sa réflexion : quoi qu'il en

---

17 Gn 3,16. תְּשׁוּקַת
18 Cantique des cantiques.
19 Gn 4,7. Idem.

soit, la phrase n'explicite pas ce qui survient entre cet élan et la domination qui s'ensuit. C'est un mystère…

On se moque des garçons épris ; perdent-ils pour autant leur dignité ? Si un tourtereau a parfois l'air idiot, un époux distant est rarement plus qu'un étranger. Le mariage change les hommes, elle l'a constaté ; la lassitude doit venir de là… Ils sont d'abord tout amoureux, presque comme soumis, puis se posent d'un coup en maîtres qu'il faut servir, ou, encore plus bizarrement, certains deviennent des sortes de garçonnets que leurs épouses administrent et disputent. Ou une combinaison des deux ! Ils trompent sur ce qu'ils sont, c'est sûr.

Dans ces conditions, lorsque naît l'enfant, il paraît normal que les mères ressentent de la joie, surtout après cette déception. Et avoir un petit est une réalisation d'une telle force que les anciennes passions semblent ensuite manquer d'attrait… Est-ce que moi aussi, si j'ai un jour un bébé, je vais oublier tout ce que j'aime ? Est-ce que je cesserai d'apprendre ?

Tiraillée entre envie et aversion, Maryam caresse d'une main son ventre creux et sec. Sentir la vie en soi, quelle chose incroyable… Engendrer des êtres vivants, c'est agir à l'instar de Dieu !

Pas étonnant qu'un homme ait voulu prétendre que de sa côte une femme eût été issue, elle qui accomplit sans difficulté cet acte grandiose digne de la Création. Comment cet affront pourrait-il être supportable à celui qui rêve de tout gouverner ? Quant à elle, bien sûr, elle a besoin de lui afin d'accomplir son dessein et nourrir sa couvée…

Voici sûrement l'explication de la fameuse « domination », conclut-elle. Surtout en ce qui concerne les pauvres, et, même les riches, en vue de ne pas perdre l'honneur… L'honneur de qui d'ailleurs ?

L'énorme problème, c'est que les mères ne réfléchissent pas à la vie qu'auront leurs enfants, ou elles ne font rien pour l'améliorer. Elles se saisissent d'un mari, voilà tout.

Comment Ima reste-t-elle insensible au sort qui nous attend au sein de cet univers régi par les principes masculins ? Oui, elle se moque bien de nous établir sur cette terre où l'on s'entretue ; où l'argent est maître – pourtant il fut un temps où il n'existait pas, à une époque où on se contentait de choses simples. Elle soupire songeant à la folie qui l'entoure…

Peut-être qu'avoir des petits, ça remplit tellement l'âme qu'on ne pense plus.

Maryam reste un moment concentrée, tentant de scruter l'avenir. Où allons-nous ? s'inquiète-t-elle.

Secouant alors sa crainte, elle se prend à espérer... Avant de concevoir, les femmes devraient avoir à cœur de mettre de l'ordre et d'aider les hommes à pratiquer dans le monde ce qu'elles savent souvent construire au foyer : bien et chaleur. A l'intérieur de sa propre maison, on n'a pas le droit de se battre. Chacun a une place unique et œuvre selon ses aptitudes, et chacun doit pouvoir manger et demeurer en paix.

Mais Ima a la vue courte, ou refuse l'évidence : le monde n'est pas l'extérieur mais notre MAISON.

Et Ima n'est pas une bonne mère.

∞

Le lendemain en fin d'après-midi, Maryam a rejoint Stiphora à la lingerie. Les murs de pierres y luisent d'humidité.

Soufflant sur les nuages de vapeur, elle s'assoit à ses côtés.

– Tu étais au courant qu'Eve a aspiré à l'intelligence[20], avant d'être condamnée au « désir » de son homme ? interpelle-t-elle.

Stiphora repousse d'un geste les servantes intriguées qui tendent l'oreille.

– Non, et je n'ai pas le loisir de m'en préoccuper, avec tout ce travail... Regarde-moi cette pile ! Et il faut que tout soit parfaitement blanc.

Maryam évalue l'amas de linge, puis, indifférente, revient à la charge :

– As-tu déjà ouï que Rahab de Jéricho, celle qui a sauvé nos espions, était une prostituée[21] ?

– Non plus. Ta Rahab observait donc leur manège entre deux passes, commente Stiphora amusée.

Encouragée, Maryam reprend :

– Lors de la destruction de Sodome et Gomorrhe, l'épouse de Lot s'est retournée pour voir[22], et voilà, elle s'est transformée en statue de sel ! Elle aussi a eu envie de savoir et du coup, punie ! Toute sèche !

---

20 Gn 3,6.
21 Jos 2.
22 Gn 19,26.

Puis frissonnant, elle questionne d'une voix blanche :

– Tu crois que ça peut m'arriver ?

Stiphora fait mine de l'inspecter de haut en bas :

– Hum...Si tu n'as pas encore fondu dans l'humidité de cette lessive, ça devrait aller !

Maryam se tortille, chassant la moquerie, et continue, en transe :

– Et le plus bizarre... Tu sais ce qu'on raconte sur les filles de Lot ? Elles enivrent leur père et forniquent avec lui[23] ! Et dans le but d'avoir une descendance !

– Je comprends mieux la raison pour laquelle les filles ne doivent pas étudier la Torah !

Ignorant son commentaire, Maryam se penche et parle plus bas :

– Elles auraient pu... Elles auraient pu coucher avec, hum... le marchand de vin !

– Le marchand de vin n'était sans doute pas Juif ; donc un parti inacceptable.

– Sans doute... Et dans la même veine, il y a Abraham qui a épousé sa demi-sœur[24]. Quoi de surprenant à ce qu'elle n'ait pas eu son fils avant l'intervention de Dieu ? Et par deux fois, Abraham lui a proposé de s'introduire en tant que sa sœur, parce qu'il tremblait qu'on ne le tue afin de la lui voler. Sarah avait la réputation d'être si belle... Elle a failli faire « la bête à deux dos » avec *Pharao*[25] et le roi Abimélek[26] !

– Où as-tu appris ça ?!

– C'est Lazar, il signalait à son ami Jonas qu'il venait de faire la bête... hier ; j'ai deviné, explique Maryam en rougissant. Ce n'est pas correct ?

– La bête ! Malheureuse, si ton père t'entendait !

– Abba ? Au milieu des baquets ? Tu veux rire !

– En tout cas, elle n'est pas glorieuse l'Histoire des femmes de ton peuple !

– Oui, biscornue... Est-ce qu'elles sont forcément incestueuses, stériles, prostituées, irresponsables ?

– Non, elles sont juste enfermées au logis. C'est écrit par les mâles, que veux-tu que je te dise !

– Bon, il y a une anecdote différente, une intéressante !

---

23 Gn 19,32.
24 Gn 20,12.
25 Gn 12,15.
26 Gn 20.

– Ah ? s'étonne Stiphora, divertie par la curiosité insatiable de Maryam.

– Oui celle d'une personne extraordinaire : Deborah[27]. Celle-ci est passée à travers les mailles du filet.

– Elle n'avait pas de tare ?

– Non, aucune. Elle était juge, à la période des Juges. Et prophétesse. Et stratège ! Elle savait quand il fallait lever une armée, et elle en avait donné l'instruction à Baraq. Lui ne voulait d'ailleurs lancer l'offensive que si elle l'accompagnait. Et elle avait de l'humour, elle l'avait taquiné en lui demandant s'il ne redoutait pas que la victoire soit attribuée à une femme. On ne sait ce qu'il a répondu.

– Voici un beau récit, je te l'accorde. Et quand s'occupait-elle de son ménage et de sa nichée ?

Plongeant ses mains dans l'eau chaude, Maryam joue avec les bulles de savon, et précise :

– Elle devait être riche et posséder des esclaves. Et son époux ne l'empêchait pas d'exercer, ce qui est bizarre. Enfin, à elle aussi on a été ôté une part de sa gloire, puisque la mort du chef ennemi est imputée à une autre.

– C'est pour qu'à la synagogue ton père n'ait pas à vanter les mérites de Déborah, au lieu de ceux de Noé, Abraham et Moïse !

– Oui, et parmi les guerrières, il y a enfin celle qui s'est appliquée à jeter une meule de moulin d'une tour sur le tyran Abimélek. Elle l'a atteint. Toutefois, alors qu'il agonise, il ordonne à son écuyer de le transpercer à l'épée, afin qu'on n'écrive pas : « c'est une femme qui l'a tué » ! Tu te rends compte, Stiphora ? Ils sont toc-toc ! s'écrie Maryam en se tapant le front du doigt.

– Ce n'est peut-être pas vrai, vois-tu. Abimélek n'a pas rédigé le rapport de sa propre mort.

– Certes. Pour autant, celui qui l'a consignée a décidé que mourir de la main d'une fille d'Ève constitue la pire des humiliations.

---

27 Jg 4,4.

12

Stiphora retire un à un les draps du grand baquet chaud et les dépose au fond d'un autre, pour les égoutter avant de les rincer. Elle trempe quelques robes dans le premier, et essuie la sueur de son visage. Déroulant ses reins douloureux, elle respire, et boit une tasse d'eau fraîche tirée du puits.

– Pourquoi n'y a-t-il pas plus de femmes semblables à Deborah ? s'étonne Maryam.

– Parce qu'il est plus facile de préparer à manger et de tenir sa maison que de conduire un royaume, grosse bête !

– Il n'y a pas que cela ! Dans le texte de la Création, on ne lit pas que la femme ne raisonne pas ou qu'elle n'a pas le temps – Deborah y arrivait, elle –, mais que c'est le « désir » qui permet à l'homme de pouvoir dominer...

– Tu devrais demander l'explication à ton père, il connaît les lois.

– Je ne peux pas lui poser cette question !

– Tu vas donc devoir te contenter de la mienne, on dirait, blague Stiphora afin de dissiper son hésitation.

– Oui, toi tu as une sagesse, celle de la vie, dis-moi !

Stiphora repose sa tasse, remonte son voile, et se baisse vers les vêtements à savonner :

– Je ne sais rien.

– Explique-moi ! supplie Maryam.

Inspirant pour se donner du courage, Stiphora l'éclaire :

– Bon, le désir je l'ai vu de près, de trop près d'ailleurs. Au cours de l'accouplement, la femelle est passive et le mâle prend son plaisir, et à l'occasion l'accorde. Ce modèle est inscrit au cœur de la chair. Pourtant parfois l'écuyère enfourche l'étalon...

Maryam ignore cette dernière remarque qu'elle ne saisit pas.

– Elle se croit sans cesse couchée, soumise ? boude Maryam.

– Non, mais ce rôle la poursuit. Elle l'a accepté et elle ne le discerne plus.

– Comme quand on a regardé le soleil ?

– En quelque sorte. Elle porte l'époux au pinacle, quand bien même elle le critique ou le moque. Elle désire sa force. Il devient son Dieu. Il est au centre de son existence.

– Et sa dignité ?! s'indigne Maryam.

– Elle passe par lui. Une vierge recherche le plus beau, le plus fort, le plus riche auquel elle peut prétendre et elle s'empresse de lui plaire… Les femmes sans époux sont peu de chose.

– A être dociles, elles les laissent faire n'importe quoi de notre univers !

– Peut-être, mais leur dignité, elles l'échangent aussi contre une protection. C'est ainsi… et il en sera toujours ainsi.

– Pourtant ils pourraient partager le pouvoir ! A l'instar de Deborah et Baraq[28] !

– Maryam, les hommes ne souhaitent pas écouter les femmes. Mis à part ce Baraq. En fait il faudrait que les femmes gagnent leur argent, ou qu'elles choisissent pour maris des sages… Bon tu me fais dire des bêtises ! La nuit va bientôt tomber et je n'aurai pas terminé cette lessive. Je vais l'étendre dans le noir par ta faute !

Maryam méprise sa tentative de clore le sujet et insiste :

– Il y en a eu une, Anna, l'épouse de Tobit[29]. Son mari détestait qu'elle travaille, cependant il était aveugle, il fallait bien. Du coup, en représailles, il l'a traitée de menteuse lorsqu'elle a rapporté un chevreau offert par ses maîtres, en plus de son salaire.

– Tu vois, cela n'apporterait que ressentiment. Les maris triomphent de deux façons : en étant le pourvoyeur et en se faisant servir, tout autre arrangement leur déplaît. Et les mères élèvent leurs fils ainsi, et transmettent le problème à la génération suivante. Elles ne changent rien. Est-ce qu'un garçon lave son linge ? Non Maryam, ça n'existe pas.

– Pour sûr, Ima n'imposerait jamais ça à Lazar ! Encore moins de récurer les lieux d'aisance !

– Bon, toi non plus, mais les filles du peuple, oui. Tiens décrasse cette tunique ! la provoque-t-elle en lui en plaçant une entre les mains et en faisant mine de la foudroyer du regard.

Maryam secoue ses bras pour la faire glisser, et forme une bulle de savon entre son pouce et son majeur. Elle la souffle sur Stiphora

---

28 Jg 4,8.
29 Livre de Tobie, 2.

qui s'en amuse et l'éclate de la pointe de son nez.

Puis plus sérieuse Stiphora ajoute :

– Les femmes s'accommodent aussi de leur place en acquérant une supériorité par leur fils. Grâce à eux, elles accèdent à la réussite.

– Pourquoi ne peuvent-elles considérer leur fille de manière identique ?

– L'important dans son éducation à elle, c'est l'obéissance et la fidélité, afin qu'à son époux n'incombe pas la charge de bâtards. Elle assure la descendance et on la valorise pour cela.

– Mais les garçons aussi engendrent ! conteste Maryam.

– On n'est jamais sûr. C'est la raison pour laquelle la lignée se perpétue par la mère. Les hommes redoutent cette possible « perfidie ». S'ils ne sont pas les pères, ils sont utilisés comme des esclaves finalement, comme moi Maryam.

Oubliant un moment sa préoccupation, Maryam se penche de son petit banc vers Stiphora et lui chuchote :

– Pourquoi ne demandes-tu pas ta liberté ?

– Parce que je manque d'initiative, soupire Stiphora, et que je suis vieille.

– Non, et tu pourrais encore te marier !

L'esclave s'arrête un instant de tordre le linge, et lui confie tout bas :

– Le connu, même s'il est mauvais, me rassure.

Maryam trace de son index humide des lignes sur le sol. Puis elle relève la tête, se rapproche et écarte les cheveux tombés sur la joue de Stiphora.

– J'aimerais tellement que tu sois libre !

Stiphora colle son front contre celui de la jeune fille et des perles de transpiration glissent de l'une à l'autre. Elle murmure de sa voix rauque et tendre :

– Je t'aime. Je reste avec toi.

Maryam recule :

– Je ne veux pas que tu subisses ce sort à cause moi !

– Non, c'est moi qui veux.

Et Maryam, dont le cœur vient de se remplir de la chaleur de cette affection, se met à chanter :

Je suis Maryam la bienaimée, Maryam la femme qui...

– Stiphora, c'est quoi ma chanson ? Aide-moi ! Je suis une femme qui quoi ?

Stiphora sourit à sa vivacité :

– La femme qui apprend !

Je suis Maryam la bienaimée, la femme qui apprend, la femme qui veut...

– La femme qui veut quoi ?

– Tu es la femme qui veut changer la vie, voilà ! rit Stiphora.

Je suis Maryam, la bienaimée, la femme qui apprend, la femme qui veut changer la vie, la femme qui peut...

– Questionner ! crie Stiphora entraînée par l'enthousiasme de Maryam.

Je suis Maryam, la bienaimée, la femme qui apprend, la femme qui veut changer la vie, la femme qui peut questionner, la femme qui va... qui va restaurer la paix des origines avec toutes ses sœurs de la terre !

– Et toi Stiphora, c'est quoi ta chanson ?

– Je vais y réfléchir en finissant cette corvée, ironise Stiphora.

Maryam l'embrasse et sort dans la cour en chantant sa ritournelle, sous l'oeil suspicieux des voisines.

Et voici que Lazar surgit de l'ombre et lui accroche le poignet :

– Idiote, tu veux qu'on t'entende ? grince-t-il dents serrées.

Ses ongles métalliques s'enfoncent dans sa peau, tandis qu'il enjôle les commères d'un salut. Elles lui renvoient de larges sourires – quel bon garçon, la fierté de sa famille, heureusement qu'il réfrène sa sœur dérangée.

Il la pousse vers l'écurie. La lance sur le sol. L'aplatit de son poids. Lui écrase la bouche. Relève son vêtement. Transperce son hymen de deux doigts tendus. Puis se frotte contre son ventre en y laissant une trainée gluante. Et avant de la lâcher, lui jette :

– Tu comprends maintenant pourquoi les hommes dominent le monde...traînée ! Et puisque tu ne les aimes pas, te voici tranquillisée, on ne risque plus de te fiancer !

L'enfant suffoque puis inspire enfin une grande goulée d'air à l'odeur singulièrement piquante. Secouée de dégoût, révulsée, les yeux enflammés d'une horreur qu'il ne voit pas, elle balbutie :

– Comment... comment...

– Je dirai que je t'ai découverte avec un gaillard – il est de notoriété publique que tu n'as aucune retenue. Les gens parlent, vois-tu. Et n'oublie pas ton travail de ce soir si tu veux que je sois gentil !

Alors qu'elle se dégage, il lui claque les fesses. Et elle court.

Chapitre 4

13

A l'heure où le soleil s'étire dans l'horizon limpide, Hannah, un mug à la main, visite le terrain. Elle ne peut s'empêcher de localiser les traces de poteries et de commencer à tracer mentalement les premiers contours du travail.

Faut-il quadriller comme sur un site archéologique normal, ou juste creuser des puits et sonder cette terre ? Ce pour quoi elle a été mandatée relève plus de la chasse au trésor que de l'archéologie – mais bon, Élie changera peut-être d'objectif en cours de route.

Un grattement de gorge trouble le pépiement des oiseaux.

– Ah c'est vous ! s'exclame Hannah, surprise par la vieille.

– Oui je fais ma petite promenade du matin !

– Vous êtes matinale... Je ne connais même pas votre nom, je suis désolée.

– Oh c'est moi, pardon, j'ai oublié de me présenter. Mon nom est Ada. Votre sommeil a-t-il été réparateur ?

– Non, horrible. J'ai fait un cauchemar. Une sorte de foule m'envahissait, ou plutôt m'évitait.

Ada éclate de joie :

– Ah formidable !

Interloquée, Hannah l'évalue, puis, heureuse d'avoir de la compagnie, l'invite :

– Venez prendre un café, vous allez m'expliquer !

– Oui, volontiers.

Hannah installe deux chaises, pose le thermos et les tasses sur la table, lorsque son téléphone sonne. La dame se penche, observe la photo et annonce :

– C'est... Sophia !

– Oui, une amie. Je la contacterai plus tard.

– Non, c'est important les amis, répondez-lui. Je ne suis pas pressée.

Quoique agacée de l'injonction, Hannah attrape le portable, s'écarte un peu et échange quelques nouvelles avec Sophia qui braille d'inquiétude. Elle va bien, elle la rappellera, la tranquillise-t-elle.

– Voilà, conclut-elle en s'asseyant auprès d'Ada.

– Ce n'était pas très long, j'aurais pu attendre.

Hannah lui sert un café et en lui tendant le sucre bouscule la carafe d'eau qui arrose la robe d'Ada. Elle se saisit d'un torchon et tente de l'éponger.

– Ahhrr je suis confuse, quelle maladroite je fais !

Ada s'est levée et brosse les dernières gouttes.

– Hannah, ce n'est rien ! Il fait déjà si chaud et je n'ai pas encore pris ma douche ! Elle est venue à moi ! Souriez !

– En fait…

Hannah hésite un instant, jaugeant la profondeur des yeux gris.

– En fait, je me sens perturbée. Je me trouve tout à coup décalée de mon monde parisien, explique-t-elle, se sentant soudain sale dans ses vêtements de la veille.

– Oh oui ! Le déplacement est brutal et vous débarquez dans un microcosme. Lorsque, enfant, on quitte sa famille – pour une colonie de vacances par exemple –, l'univers familier s'évanouit et un autre se construit. Il y a un moment de flottement.

– Oui, c'est un peu ça. Sauf qu'ici je suis seule, soupire Hannah.

– Ah non, rassure Ada… Votre rêve, racontez-moi !

– Oh, c'était très étrange. Il y avait une horde de personnes – on les aurait crues réelles tellement elles semblaient vivantes –, et une femme qui paraissait chercher on ne sait quoi.

– De quoi avait-elle l'air ?

Hannah ne voit pas où elle veut en venir, mais concède poliment :

– Elle n'était pas de cette vie, mais peut-être de l'époque du messie. Elle portait sous un bras des rouleaux. Etrangement, ses cheveux étaient dénoués, ce qui n'était toutefois pas la coutume. Et puis, reprend-elle, je ne suis même pas sûre de ce qui me permet d'avancer qu'elle correspond à cette époque. Non, vraiment je n'en sais rien.

La vieille marque un temps de silence, et déclare :

– Le messie des chrétiens est mon messie.

– Vous n'êtes pas juive ?

– Si, bien sûr ! Toutefois de ces Juifs qui ont accueilli leur sauveur. J'appartiens aux « Juifs messianiques », comme on nous appelle.

– Vous n'êtes donc pas chrétienne ?

– Jésus suivait au moins la Pâque, qui célèbre la fin de l'esclavage en Egypte ; et à Chavouot – fête du don des écritures à Moïse – le Paraclet, l'Esprit[30], est descendu sur les apôtres[31]; alors moi j'ai gardé cette couleur typique du judaïsme, qui s'exprime lors de ces occasions importantes et sympathiques. En revanche, contrairement à beaucoup, je ne suis pas obsédée par l'idée de me réapproprier Jésus en tant que Juif. C'est ne pas le reconnaître dans sa grandeur que d'essayer de le ramener au bercail. Vous savez, les aînés n'aiment pas lâcher leurs privilèges, se moque-t-elle tendrement, et les Juifs veulent toujours être « le Peuple élu ». Avec de surcroît tout le machisme que cela implique.

– Ah.

– Yeshua prônait pourtant tout sauf ça, lui, le premier homme de Dieu à s'adresser directement aux femmes[32]! Si les Juifs messianiques sont en chemin, ils restent encore tournés vers le passé... le passé d'avant le Christ.

– Comme beaucoup.

– L'être humain n'a de cesse de dissoudre l'Essentiel dans son « connu », j'en ai bien peur. Mais je vous embête et il vous faut œuvrer, sinon Elie va me gronder de vous avoir distraite ! ajoute-t-elle en vidant sa tasse.

– Non, à vrai dire...

Incapable de retrouver la fermeté de sa décision de la nuit, elle suspend ses mots.

– Oui, probablement, vous avez raison, se ravise-t-elle.

– Je ne veux pas vous mettre en retard, s'excuse la dame, je file.

Elle s'éloigne et Hannah la rappelle aussitôt :

– Ada ? J'avais la sensation que vous vouliez discuter de mon rêve...

– Oui, admet-elle en s'effleurant le front et en revenant sur ses pas, en effet. Par contre c'est une longue histoire. Gardons-la pour le

---

30 Jn 14,15-31.
31 Ac 2,1-4.
32 Une longue liste de femmes peut être trouvée dans les évangiles et Jésus leur donne une place non seulement centrale mais essentielle.

dîner, d'accord ?

    – Oui pour le dîner, répète machinalement Hannah, frustrée.

    – Et apportez vos affaires de toilettes, je crois que vous avez besoin d'un peu de civilisation, la taquine Ada avec un clin d'œil.

    – Euh, oui merci ! C'est un beau cadeau.

    – Je suis intéressée !

    – Intéressée ?

    – Vous comprendrez ce soir ! Je file me laver !

14

Suite au départ d'Ada, Hannah se sentit encore plus dispersée et confuse. La fluctuation de ses humeurs l'avait toujours inquiétée – souffrait-elle de cyclothymie ? comme l'insinuait sa mère psychiatre.

Un mélange d'excitation et d'angoisse étirait sa conscience.

Si par exemple je logeais chez Ada, songea-t-elle, je pourrais peut-être supporter, finalement. J'ai été secouée par ce stupide avion... j'ai presque été croyante l'instant d'un vol... grotesque ! La crainte de la mort est une grosse motivation à la foi, en voici une fois de plus la démonstration. Je n'ai même pas remercié « Dieu » d'être arrivée à bon port, est-ce grave ? Je suis là, voilà, ce n'était pas mon heure... Evidemment, ça fait curieux de spéculer sur « mon heure[33] ». Si je me figure que ça puisse être « grave » – hors des éructations de mon psychisme en stress – ça signifie que je questionne sa... non-existence !

Une vipère rampe près de ses jambes, puis glisse résolument entre les herbes.

Un signe ? Soudain inquiète, elle lève les yeux vers le ciel, visualisant un gros barbu là-haut :

« Merci Dieu – si tu es là – de ne pas m'avoir exterminée en avion et d'éloigner les vipères ! »

Je suis toujours une enfant ! soupire-t-elle.

Une abeille vient lui butiner le front. Elle n'en a guère peur et la chasse doucement. Symbole christique, sourit-elle, je suis poursuivie.

Allez, je me remue, j'appelle Sophia.

Elle happe son téléphone et fait sonner.

Le répondeur lui crache : « Vous êtes avec Sophia, la plus belle femme de Paris. Si vous en doutez, ne me laissez pas de message,

---

33 Mt 6,27.

vous ne faites plus partie de mes amis. »

Elle enregistre :

« C'est Hannah, celle qui ne veut pas risquer de douter. Tu me rappelles dès que tu as une pause ? »

Le téléphone sonne illico.

- Toi ! Enfin ! Je te hais ! vomit Sophia.

- C'est bien, c'est la preuve que tu es encore vivante.

- Tu m'abandonnes !

- On n'abandonne que les enfants ou les animaux domestiques. Tu n'appartiens à aucune de ces catégories.

- Méchante, tu as eu un coup de foudre, c'est ça, et tu n'oses pas le reconnaître ?

- Pas cette fois. J'ai rencontré un mec marrant, mais je l'ai semé.

- Semé ?

- Oui, tu sais, le jeu de piste !

- Voilà, c'est bien toi ! Pourquoi ne pas simplement expliquer que tu es fiancée ?

- J'avoue qu'il était *cute*, j'ai eu un petit faible, commente Hannah.

- Tu es infidèle juste avant de te marier, c'est mal.

- En pensée seulement.

- Jésus enseignait qu'en pensée, c'est tout comme.

- Jésus se trompait. En pensée et en réalité, il y a une grande différence. Si les hommes n'avaient que des fantasmes de meurtre, quel bonheur ! Et d'après mon souvenir de ce texte, il proposait en ce cas précis de s'arracher l'œil[34]. J'aime à croire que c'était symbolique !

- Ce passage est très riche en fait, espèce de nouille. Jésus interpellait les Juifs en référence à la loi du talion - œil pour œil, dent pour dent[35] - qui traite de la faute apparente. A ceux prompts à accuser[36] - tout en prétendant à un comportement irréprochable -, il reprochait l'hypocrisie de leur observance superficielle et compulsive de leur Loi. Il les enjoignait à se tourner vers soi, au lieu d'uniquement se scandaliser des actes, et à appréhender que la chute commence à l'intérieur de l'esprit - et qu'ils n'en étaient pas exempts. En outre, il voulait dire qu'on ne s'approprie pas son prochain en tant « qu'objet mental », sacré challenge !

---

34 Mt 5,29.
35 Mt 5,38.
36 Mt 7,1-5.

– Bah, c'est ridicule, nous sommes tous l'objet de quelqu'un, rationalise Hannah ; au moins pour cette personne-là on existe, non ?

– Il nous invitait à aller plus loin, à percevoir qu'autrui « existe », oui, mais vraiment, VRAIMENT !

– Ah ne me crie pas dans l'oreille ! Moi je me moque d'être un objet mental.

– Ça ne te dérange pas si des mecs se masturbent en te mettant en scène ? provoque Sophia.

– T'es dégueu !

– J'adore ! Et je suis réaliste. Et tu vois, c'est ça le sermon sur la montagne. On ne peut pas bricoler n'importe quoi dans son crâne.

– Je ne souhaite pas savoir ce que mes semblables – des deux sexes et à quelque niveau que ce soit – font de moi dans leur tête. De toute façon on ne contrôle rien.

– Par contre, toi tu peux contrôler ce que tu fais d'eux.

– J'y songerai, ironise Hannah. Et puis si j'échoue à mater mon âme, j'irai à confesse. J'ai droit à l'absolution 7 fois 77[37] fois, non ?

– T'es trop bizarre ! Tu as investi tellement d'énergie à étudier les Écritures, et tu les tournes toujours en dérision, je ne te comprends pas. Est-ce que tu ne réfléchis jamais à leur contenu spirituel ?

– Non, ma démarche n'est qu'historique. Et mes profs de théologie n'étaient pas forcément des croyants. Certains même mériteraient d'être qualifiés de loups dans la bergerie, et de beaux machos !

– Bon je dois filer, le cours reprend. Ne me laisse plus sans nouvelles !

– Ok. A plus.

– Bisou.

Elle atterrit brutalement sur son terrain.

Il y avait quelque chose de fort à se parler ainsi à distance, et à la fois cela générait une sensation très désagréable de fausse proximité. Elle n'aimait pas cette impression de décalage, et rechignait d'ailleurs à ouvrir son ordinateur pour tenter de capter un réseau. En définitive, elle aurait préféré que Sophia lui manque, la rêver plutôt que confronter leurs deux mondes soudainement étrangers.

Est-ce que communiquer ainsi n'engendrait pas plus de problèmes que d'intimité ? une confusion possiblement fatale ?

---

37 Mt 18,22.

Si elle avait vécu dans un monde « normal », et non celui de la technologie, Sophia ne serait pas juste « ailleurs », mais déjà dans ce qui est révolu.

En resserrant l'espace, on embrouille le temps, constatait-elle. Comment pouvait-elle trouver le courage de vivre ce qu'elle avait à vivre ici, avec cette attache vers le passé ? Il lui serait plus simple de s'immerger entièrement.

Elle éprouvait la nostalgie d'une époque qu'elle n'avait pas connue, où le voyage constituait une véritable exploration et une découverte de soi.

Aujourd'hui compressait tout, mélangeait tout. Ces espaces-temps rétrécis et le foisonnement de connaissances accessibles – issues des quatre coins de la planète et du continuum de l'Histoire humaine –, se condensaient en nous, et nous servaient un nouveau défi : une synthèse à faire en continu sous peine de perdre son équilibre psychique.

Elle en avait la nausée. Elle aurait aimé s'en extraire. Et pour autant, en devenant archéologue, elle avait choisi ce grand écart.

Mais dans la relation, c'était encore plus dérangeant ; l'autre vivait auprès de soi quoi qu'on fasse, où que l'on soit. Sa présence galopait à côté de la sienne, tel un cheval fou qu'on n'aurait pas convié.

Un projecteur permanent nous empêchait de nous éclipser, de nous cacher. Il était défendu d'appuyer sur le bouton « off ». La part de secret, avec ce que cela comportait aussi de négatif, semblait maintenant interdite à l'espèce humaine. Fallait-il jouer le jeu – jamais vu au cours de l'Histoire – de cette transparence ou s'en protéger ? Devait-on se soumettre à cette néo-Inquisition ?

La vérité brûlait autant qu'elle s'avérait rédemptrice. Les malversations se déterraient seules. Les mensonges affleuraient pareils à des vers exposés, paniquant dans la lumière. Tout arrivait au bout du compte à la connaissance de tous ; tout se rapprochait. Ce processus éveillait la lucidité d'une poignée d'individus, et engloutissait la majorité au fond de l'immense trou noir de l'engourdissement.

Oui, quelque chose de brutal était en train de se produire. Pour le meilleur ? frissonna Hannah, pour le pire ?

Elle était ici, sur cette terre aux oliviers, en compagnie d'un rouge-gorge à qui elle avait servi une cuvette d'eau, d'une vieille qui lui raconterait probablement sa vie et pour qui son rêve avait un sens, avec un restant de ragoût pour le midi, et un projet qu'elle devait mener à bien.

Et Sophia était à Paris.

15

Peu avant 18 heures, elle rassemble ses affaires ainsi que les plats vides du ragoût et des pommes. Elle ferme sa tente, boucle ses objets les plus précieux dans la Jeep, et s'enfonce dans la poussière du chemin pour se rendre chez Ada.

Un énorme chêne supplante la maison de pierres grises. Ada est assise sous l'arbre majestueux, à même le sol, les paupières closes, frêle silhouette plongée en une sorte de recueillement.

– Ah te voici ! claironne-t-elle, immédiatement éveillée.

– Bonsoir Ada !

– Va à l'intérieur et profite de la douche. Je t'attends !

Lorsque Hannah est prête, elle la retrouve sur la terrasse, un verre à la main, installée devant des plats de falafels, de salade, d'houmous, d'aubergines, de carottes, d'olives et de viande grillée.

– Mets-toi à l'aise et sers-toi.

– Et vous, vous ne mangez pas ?

– Si, si, mais je déguste d'abord mon vin. Et j'aimerais te poser une question.

– Oui ? l'encourage Hannah en commençant à emplir son assiette.

Ada lui verse un verre de Malbec.

– Lorsque Élie t'a commanditée, que t'a-t-il expliqué ?

– Qu'il est collectionneur et que selon une tradition familiale, il y a une synagogue datant du Christ et une demeure de riches sous son terrain. Il veut vérifier cette hypothèse. Je me suis figurée qu'il était à l'affût de nouvelles trouvailles.

Ada reste un moment silencieuse, puis reprend :

– Élie et moi avons toujours été amis. Enfants, nous jouions ensemble. Il y avait ce mythe chez eux, oui. Ils disaient que si un

83

jour ils en avaient les moyens, ils entameraient des fouilles. Élie s'est enrichi et te voici. Et moi, depuis des décennies, je n'ai cessé de faire ce songe étrange…

– Vous croyez aux rêves ?

– Oui évidemment ! Si la plupart sont ordinaires, certains ont une couleur particulière, un poids, une densité, qui permettent de savoir à coup sûr qu'ils sont une part de…

Elle cherche ses mots :

– Une part de prophétie, non ?

– Je ne crois pas en avoir eu de tels ! remarque Hannah.

– Et celui d'hier ?

Une brise douce traversait la nuit tombant sur elles. Hannah se sentait tellement loin de Paris, de Sorel, de sa vie normale. Ses rêves s'étaient-ils mis à vouloir lui parler ?

– Je ne sais pas. J'étais épuisée. Il y avait des gens que je connaissais et d'autres que je ne connaissais pas : un vaste amalgame de mon expérience et de mes études. Les archéologues mélangent un peu tout, forcément.

– Je comprends que tu aies une telle interprétation. Cependant, j'y lis autre chose.

La vieille accroche de ses yeux gris chaleureux, pleins d'une émotion indéfinissable, le regard bleu de Hannah, tentant de lui passer un message indicible.

Hannah, indisposée de ne pouvoir décrypter, suggère :

– Et si vous me disiez tout de go ce que vous avez en tête, je ne suis pas douée pour les énigmes, hormis dans mon travail.

Comment Ada pouvait-elle transmettre de façon juste ce qui avait hanté sa vie ? Elle redoutait une mise à plat de son monde et une pudeur la muselait. Hannah était jeune et d'une culture différente. Quand l'autre est encore un étranger, on hésite à livrer l'immensité de son intériorité, de peur qu'à ses yeux n'apparaisse qu'une colline insignifiante. Par contre elle aurait bientôt 75 ans, et Hannah était là :

– La femme aux rouleaux que tu as remarquée, c'est elle.

– Elle…?

– Oui depuis mon enfance, elle m'appelle. Elle porte un calame et des manuscrits sous un bras. Elle a les cheveux dénoués et une tunique.

– Oui.

– Tu vois ! clame Ada.

– Non, désolée. Je rêve d'une femme, vous aussi, certes. Toutefois nous sommes en Israël, un lieu avec une longue histoire, très parlante, qui attise la rêverie. Il n'y a rien de si extraordinaire.

– Elle écrit ! Même si certains textes semblent émaner de témoins féminins, la Bible n'en mentionne pas explicitement en tant qu'auteurs. Et celle-ci s'adresse à nous…

– Elle ne m'a rien demandé à moi ! rit Hannah, incrédule, détendue par l'alcool.

– A moi non plus, pourtant elle a un petit rituel : elle s'assoit au pied de mon chêne, se relève et m'indique un endroit un peu plus loin derrière.

Hannah sonde un instant son visage, y lisant une attente :

– Vous voudriez que j'explore votre jardin ?!

– Oui, acquiesce Ada en rougissant.

Hannah marque un temps de silence déçu, entrevoyant maintenant sa sollicitude comme intéressée, puis se souvenant qu'elle-même en espère le logis, revient vers elle :

– Bon, en admettant qu'il y ait là une piste, qu'y pouvons-nous ? Je dois creuser pour Élie et je n'ai pas le loisir de faire des recherches ailleurs. J'ai un contrat.

– Oui, je le sais bien. Je me faisais des idées. J'avance en âge et je sens une sorte de mission à aider cette femme… avant qu'il ne soit trop tard.

– L'aider ?! Comment pourrions-nous « aider » une personne ayant vécu il y a deux mille ans ? Et d'ailleurs pourquoi deux mille ans ? Elle n'a rien de spécifique de cette époque précise. Vous voulez m'entrainer dans votre aventure… mais qui vous dit qu'elle est tout simplement… réelle ?

– Je suis disciple de Jésus, il est mon inspirateur. Alors si cette femme me visite, elle a existé – j'en suis sûre.

Hannah a envie de lui asséner : *quand on affirme qu'on est « sûr » de quelque chose, c'est justement l'inverse !* Puis, ressentant une empathie envers la dame âgée qui se tient là telle une enfant avec ses certitudes, elle concède :

– Possible. Malheureusement, nous ne le saurons probablement jamais. A moins que vous n'arriviez à convaincre Élie. A voir, entre vous et lui.

– Élie ne voudra pas. Notre « compétition » sur ce sujet est féroce. Et s'il prend ma vision au sérieux, car il conçoit ce genre de songes, il est néanmoins persuadé que c'est au cœur de la terre de ses ancêtres qu'une merveille est enfouie.

Ada examine Hannah, l'air soudain inquiet.

– Tu me juges folle, non ?

– Non, vous êtes une dame charmante qui m'accueille chaleureusement. Chacun a ses désirs, son espérance. Qui a le droit de s'en moquer ?

– Merci, fait Ada une main à la poitrine.

Et, comme si elle avait entendu son doute et sa déception :

– Il n'y a pas que l'archéologie dans ma motivation. Tu es ici chez toi. Descends dormir aussi souvent que tu le souhaites. J'ai plaisir à ta compagnie.

– Merci à vous, mais je crains de vous encombrer. En revanche votre offre me ravit et je l'accepte avec joie, pour ce soir en tout cas.

– Sois simple, Hannah, et traite-moi en grand-mère.

Et elles entreprennent de se raconter leurs souvenirs respectifs, comme seules le savent les femmes.

16

Ada ne dort pas cette nuit-là. Elle réfléchit à un moyen pour que Hannah creuse sa terre à elle, sans avoir à lui révéler la totalité de l'histoire. Le cas échéant, la jeune femme ne manquerait pas de fuir.

A l'aube, la solution s'impose.

Si c'était mal d'envisager de rouler Élie, curieusement elle était décidée.

Elle se lève, fatiguée de tourner dans son lit, se couvre de sa robe de chambre de laine et se sert un café.

Comment Hannah réagira-t-elle ?

Si elle avait témoigné du désarroi à être seule, peut-être en concevait-elle aussi de la fierté ? Les femmes modernes peuvent se montrer très défensives sur ce sujet.

Elle s'installe dans son fauteuil auprès de la fenêtre. La maison plongée dans le calme s'anime du gazouillement des premiers oiseaux, toutefois sa tension anticipatrice lui ôte la paix de cette heure pure. Elle devra affronter le regard confiant de Hannah qui va incessamment se lever, afin de monter sur la colline avant la chaleur du jour.

Ada prend sa Bible usée – comme chaque fois qu'elle cherche une réponse ou un réconfort – et l'ouvre au hasard sur le chapitre 6 du Siracide : « Et ne deviens pas l'ennemi de ton ami, car une mauvaise réputation apporte la honte et les reproches. Voilà ce qui arrive à l'homme qui ment[38]. » Une suée humidifie sa chemise de nuit. Quelle sera la réaction d'Élie lorsqu'il s'apercevra qu'elle l'a trompé ?

C'était folie d'éprouver un lien si ancien, mais… que vaut une amitié si elle ne peut supporter certaines trahisons ?

Une culpabilité l'envahit à l'idée de rationaliser aussi

---

38 Traduction de l'auteur.

trivialement son méfait à venir. Lui pardonnera-t-il ? Elle projetait non seulement de lui mentir mais de le voler. Et s'il y avait Elie à convaincre – en omettant de lui expliquer ses vraies motivations –, elle avait par ailleurs besoin de sentir par quel levier psychique faire fléchir Hannah.

Elle lui avait proposé son amitié, or qu'en était-il dès lors qu'elle voulait l'utiliser ?

Le sentiment émerge toujours d'une communauté d'intérêt, se rassure-t-elle ; puis encore inquiète sa raison vacille... Ne fallait-il considérer l'affection réelle que si elle naît sur une simple rencontre de personnalités – en dehors de toute convergence vers une finalité commune, avouée ou inavouée ?

Bon, le point de passage obligé consistait à vouloir du bien à Hannah. Si elle restait confiante en ce qui la concernait, le résultat dépendrait autant d'Élie.

Hannah se réveille en fait à midi, paisible, reposée, soulagée d'avoir un peu récupéré de son stress. Elle trouve la vieille distante, songeuse, occupée à son jardin. Elle lui a emballé un pique-nique et paraît bizarrement en hâte de la voir déguerpir. Elle se prépare donc rapidement et la salue de loin avant de se mettre en route :

– Au revoir Ada, merci de votre accueil et à bientôt !

Ada la retient d'un signe de la tête et propose :

– Reviens ce soir, j'ai envie de compagnie et toi aussi !

Etrange dame, s'étonne Hannah, et revenant sur ses pas :

– Vous êtes sûre ?

– Oui évidemment ! Nous allons manger et causer encore.

– D'accord. Bien. A ce soir !

Ada la guette s'éloigner, s'assurant qu'elle ne reparaît pas. Alors elle se jette sur son téléphone.

– Allô, Élie ? C'est Ada.

Son vieil ami rit de contentement au son de sa voix.

– Comment vas-tu Ada depuis notre dernière conversation ? susurre-t-il d'un ton tendre.

– Très bien… et toi ? balbutie-t-elle gênée.

Sans même répondre, il demande :

– As-tu fait connaissance avec Hannah ?

– Oui je suis montée, affirme-t-elle, évasive.

– Est-ce qu'elle démarre bien ?

Ada attrape un journal, s'évente et l'entreprend :

– Ecoute, justement, c'est la raison de mon appel. Tu exagères tout de même de laisser une jeune fille isolée sur ta propriété !

Élie s'étouffe :

– C'est une excellente pro ! Que se passe-t-il ?

– Je crois qu'elle a peur, là-haut. Et puis comment veux-tu qu'elle charrie des baquets de pierres de ses petits bras de parisienne ?

– Ah... Pour moi, elle avait l'habitude. Elle n'a rien exigé. Et je pensais bien faire en choisissant une fille. Cela ne te fait pas plaisir ?

– Si Élie, cependant elle n'a pas la force physique d'un garçon.

– De New York, je ne vais pas pouvoir y changer grand-chose.

– Ne t'inquiète pas, je m'en occupe. Je compte m'adresser à Benjamin. Il enverra un de ses copains. Il était là il y a deux jours pour mon informatique et il a mentionné que Yonatan recherche un travail d'appoint. C'est Yonatan, le fils d'Uri.

– Bon, reprend Élie, d'accord ; mais je souhaite que ces fouilles restent discrètes, tu le sais ?

– Oui Elie. Yonatan ne risque pas d'en parler à son père, vu l'état de leurs relations !

– Et tu négocies avec lui au prix d'un travailleur manuel ordinaire, ok ?

Elle est tentée de se moquer et de le traiter de radin, mais inutile de le braquer si proche du but.

– Bien Élie, j'y veillerai. Toutefois préviens Hannah. Et tu ne dois pas dire que ça vient de moi. Elle croirait que je me mêle de ses affaires.

– Je comprends ma bonne Ada. Je le ferai.

Ses oreilles la cuisent lorsqu'elle ajoute :

– Merci pour elle, Élie.

– A très vite, sœur de mon cœur.

Il ne l'a jamais appelée de cette façon ! Non, vraiment, il exagère !

Ayant raccroché l'appareil trempé, elle s'essuie les mains et s'éponge le front, fait quelques pas de danse et trottine jusqu'au chêne. « Je ne sais pas si tu m'entends, annonce-t-elle, Hannah va être en mesure de creuser ici ! A toi de la persuader maintenant ! » La fille aux rouleaux se réjouissait sans doute. Ada sautille de joie. Quelle gamine je fais, se dit-elle, « et toi, tu étais dingue d'oser écrire à cette époque-là ! »

Elle réalise tout à coup que quelqu'un risque de la surprendre s'agiter ainsi. De quoi aurait-elle l'air ? Elle court au portail scruter les environs… La rue est déserte. Ouf !

Ada rentre s'offrir un déjeuner et une petite sieste emplie d'espoir.

Chapitre 5

17

Rose avait souffert, de son empathie de psy envers l'adolescente meurtrie. Lorsque ses visions de l'enfant s'étaient arrêtées net, elle en avait gardé une inquiétude. Rien dans les manuels d'Histoire, ou même de théologie, ne mentionnait qu'une femme de cette époque ait réussi à faire percer des conceptions aussi modernes... Maryam s'était-elle tue ? Avait-elle seulement survécu ?

∞

Plus de trois ans avaient passé depuis l'agression de Lazar et son territoire s'était rétréci.

Elle était devenue l'ombre de Stiphora vaquant à ses tâches.

Elle ne l'aidait pas, mais rêvassait, prostrée à côté d'elle. Stiphora avait questionné, supplié de connaître la raison de cette extinction émotionnelle, en vain ; la jeune fille gardait les lèvres scellées.

Avec le temps et en observant Maryam éviter obstinément Lazar, Stiphora avait deviné la nature du drame, pleuré pour sa petite, puis choisi d'être simplement là pour elle.

Ces tragédies-là restent toujours des secrets.

La nourriture écœurait Maryam. Seule l'eau pure ne lui provoquait pas d'aversion.

La croissance, ajoutant à sa réticence à s'alimenter, l'avait modelée en un simple roseau. Elle avait claqué la porte à la féminité qui s'annonçait et aucune trace de sang n'était venue souiller sa tunique.

Sans cesse tendue, elle restait le plus souvent muette, et avait à jamais cessé de pleurer. On la disait possédée par les démons ; peu lui importait, elle demeurait indifférente ; et la vérité, comment aurait-elle pu la dire ?

Samuel avait mandé toutes sortes d'exorcismes.

Les rabbins s'étaient rendus chez eux, avaient versé de l'huile sur la tête de Maryam et prié afin de faire fuir les esprits[39] qui l'auraient envahie, sans songer qu'un seul suffisait et qu'il courait ici en chair et en os.

Quand finalement ils s'étaient trouvés impuissants, les parents avaient été interrogés sur leurs péchés et ceux de leurs ancêtres.

Outré de cet affront et ébranlé dans ses certitudes, Samuel avait recouru, toutefois en secret, à la médecine grecque. Là encore, on avait dû renoncer à la guérir. Et du coup à l'idée de la marier.

On s'accommodait de ses manies, entre autres celle de dormir avec Stiphora. C'était mieux que l'entendre hurler lors des cauchemars qui la tourmentaient.

Elle écrivait moins, car Lazar avait fait admettre à leur père qu'il préférait traiter des lettres de commerce et des contrats, plutôt que de copier autant de textes religieux.

Le couple ne comprenait pas pourquoi elle réagissait à leur fils comme à la vue d'un fantôme déclenchant en elle un sentiment d'horreur palpable. Lazar la raillait et c'était bien normal, l'attitude de Maryam était tellement ridicule.

Son chant intérieur brisé ne constituait plus qu'une mélodie sans paroles dont elle se berçait pour se calmer.

Elle avait circonscrit son malheur à un petit coin de son esprit, muselé ce que l'on n'aurait pas cru, et qui, à la fois et paradoxalement, aurait ruiné sa famille. Que son frère ait enfreint la loi de Moïse aurait été publiquement inavouable. La honte aurait détruit Samuel et Ruth, sa sœur, et surtout elle-même. Lazar l'avait triplement anéantie : dans son corps, son âme, et son avenir. Elle n'exprimait son être qu'en creux, par le silence.

Or voici qu'aujourd'hui les cris de Martha fendent l'air du matin et font accourir la maisonnée. Et Maryam a secoué sa langueur.

Le fiancé de sa sœur, tout juste revenu de son long voyage d'étude, vient d'être assassiné – était-ce l'œuvre d'un sicaire, un de ces révolutionnaires tentant de renverser l'Empire et frappant ceux qu'on croyait soutenir Rome ? En outre, on a retrouvé le cadavre du défunt dans un bordel.

En apprenant le lieu du trépas, Martha, qui a dû attendre jusqu'à

---

39 Lc 8,2. Mc 16,9.

plus de 21 ans avant que le mariage puisse être envisagé, se sent doublement désertée de celui qu'elle aime.

Des heures durant, elle hurle sa peine, jetant par terre ses bijoux, déchirant sa robe.

Face à sa douleur, Maryam a goûté une affection renouvelée envers cette sœur qu'elle fuit d'ordinaire.

Elle a appliqué des linges humides sur le visage rougi, marbré du khôl noir coulé des yeux, et Martha la laisse s'occuper d'elle, refusant même que quiconque d'autre la touche. Sans doute ressent-elle que seule sa cadette peut comprendre l'expression du désespoir qui fait oublier toute retenue.

Chez les Juifs, on extériorise sa détresse, en revanche, aux riches, les envahisseurs ont transmis l'idéal d'une maîtrise de soi. Martha a adopté ce point de vue nouveau et se déteste en cette folie qu'elle n'arrive à contenir. Non, elle n'ira pas à la mise au tombeau. Il l'a trahie et humiliée !

L'heure de l'ensevelissement approche. Martha s'étant un peu apaisée, Maryam tente de faire tomber ce terrible obstacle à son deuil :

– Peut-être n'était-il pas dans la maison de prostitution...

– Il y est mort ! crie Martha.

– Mais il a pu chuter au milieu du chemin et ces femmes qui avaient fini leur nuit l'y auront ramassé.

– Ce sont des traînées qui détournent les garçons de leur droiture !... Comment peux-tu leur prêter de la bonté ?!

– Ecoute-moi. Nous, nous sommes nées fortunées, penses-tu qu'elles soient de notre condition ? Non, elles sont pauvres et servent les besoins des hommes. S'ils les contenaient, elles ne feraient pas ce travail. Et ton Teoma ne se montrait guère licencieux.

– Qu'en sais-tu ? Chacun cache son péché au fond de son cœur. Je n'assisterai pas aux funérailles, si c'est là que tu veux m'emmener.

– Mais pour lui ? pour sa mémoire ? plaide-t-elle... pour toi ?

– Il y aura foule. Tout le monde se moquera de moi. Je serai la risée. La femme fière, parfaite, d'une bonne lignée, que son futur époux ne peut même pas attendre... la vierge déjà âgée qu'il faut maintenant brader... Je ne le supporterai pas !

– Pourtant Teoma t'aimait, proteste Maryam en ressentant un pincement douloureux au sujet de sa propre virginité perdue.

– Je ne sais plus, je ne saurai jamais... balbutie Martha en recommençant à sangloter sur son lit.

Maryam lui caresse le dos et accompagne son chagrin de sa présence.

– Il... a... agonisé... entre... les... bras... d'une... autre ! articule sa sœur en lui agrippant la main.

Curieusement, pour la première fois depuis des années, Maryam éprouve une sensation qu'elle a d'abord de la difficulté à identifier : la vraie faim.

18

Au fil des semaines, Martha s'était recomposée dans son personnage de maîtresse femme, et la possibilité d'une proximité entre sœurs s'était recroquevillée en proportion. En outre Martha tançait Maryam plus vigoureusement, là où avant elle l'ignorait.

A travers l'écran de sa réclusion, de son espace si hermétiquement clos, Maryam tentait une fois de plus de tracer les contours de la nature humaine. A qui on a porté secours ne vous aime pas forcément, découvrait-elle avec déception, et la capacité à accepter l'aide met à nu le fondement du caractère. Les fiers ne savent pas éprouver de gratitude et cherchent à se débarrasser de qui les a vus en état de faiblesse.

Martha ne sortait plus. Pas même pour le marché. Le foyer se faisait étouffant. Chacun braillait au lieu de parler et toute source de joie familiale s'était à jamais glacée.

Seul leur père, Samuel, menait encore une existence normale, bien que de moins en moins de personnes vinssent solliciter ses enseignements et ses conseils ; parce que ses filles étaient objets de déshonneur.

Il les évitait autant que possible, et remerciait chaque matin, lors de la prière rituelle, et avec un peu plus de ferveur que prescrit, de ne pas être né femme. Parmi ce peuple vivant sous le joug, comptabiliser les infortunes des autres était, pour les esprits exacerbés, un moyen de se rassurer.

Quelle faute avait-il commis, lui Samuel, pour mériter la malchance de ses filles ? De quels crimes étaient-ils en dette pour que le Très-haut les abandonnât ainsi ?

Samuel se distanciait ainsi, ou se culpabilisait tour à tour, et finalement redoublait ses suppliques en vue de hâter la venue du Sauveur promis.

Maryam s'accrochait au peu qu'il lui restait, les quelques écrits que son père confiait à Lazar qui n'était toujours pas parti.

A la lueur de la lampe huileuse, au milieu de la tranquillité de la nuit, là seulement trouvait-elle un répit. Un appel s'élevait de ces textes... Ses ancêtres avaient traversé tellement de déserts et de souffrances. Ils avaient chuté, tué, prié avant de se reprendre, dans ce va-et-vient des saisons de l'esprit. Tous avaient pleuré vers les cieux, jusqu'au roi David qui s'était lamenté :

« Seigneur, pourquoi se multiplient mes adversaires ?
Tant se lèvent contre moi,
beaucoup disent sur moi,
il n'y a pas de salut pour lui en Dieu ! »

Lisant la suite du passage, elle joint son cœur aux paroles du roi :
« Mais toi, Seigneur, tu es un bouclier pour moi,
ma gloire, et tu relèves ma tête[40]. »

Et d'une ardeur inconnue vers Lui, elle ajoute ses mots à elle :
« Oui Seigneur, relève ma tête ! Ouvre une brèche pour moi en ce monde menaçant... que j'aie envie de vivre un peu ! »

Vivre un peu ?! Elle frémit. Ce double désir de vivre et de mourir l'effraie et elle vibre d'un tremblement invisible. Elle n'a pas réalisé auparavant que son dégoût est un besoin d'en finir... C'est interdit !

Elle se raccroche à sa raison : si tant est qu'elle ne chutât totalement, un élan minuscule pouvait de nouveau s'insuffler. Bousculant sa mémoire, elle ravive l'image délavée de l'homme de son enfance et se souvient : la force du brin d'herbe...

La magie de ses dix ans fanfaronne de légèreté et de liberté criardes, en contraste de sa vie devenue si douloureuse.

Un bruit altère soudain sa concentration. Un pas qui résonne autrement que celui de Stiphora ou d'une servante, se fait entendre. Elle n'a pas entendu les gardes. C'est sûrement son frère éméché qui s'avance.

Elle frissonne, la gorge tout à coup asséchée. Cet idiot risque de nous faire pincer ! s'angoisse-t-elle. Que fait-il là au lieu d'emprunter l'escalier extérieur pour rejoindre la chambre haute ? Elle se tend pour épier... Le calme revient. Elle se replonge sur son

---

40 Traduction de l'auteur. Ps 3.

travail.

Elle redresse la tête lorsque la porte de l'atelier s'ouvre en grand. Une silhouette s'avance... Sa main portant le calame se fige, suspendue... Son père !

Il s'attarde dans la pénombre de l'entrée, muet, immobile, immense dans sa longue chemise de soie épaisse, ouvrant de grands yeux stupéfiés. Ils se guettent l'un l'autre. Sa colère contre les hommes se mue en terreur. Maryam halète.

Puis il tourne ses larges épaules et claque la porte.

– Lazar ! hurle-t-il furieux, frappant les murs du couloir, Lazar ! Maryam demeure sidérée. Il s'ensuit des cris et des larmes.

Le lendemain, au lever du jour, Lazar aura disparu.

Depuis, Ruth divague, échevelée, se tordant les mains, gémissant en ânonnant des propos inaudibles, en appelant aussi tout bas son enfant perdu.

Les deux sœurs recroquevillées sur les divans de la grande salle, la regardent aller et venir, inquiètes de son équilibre chancelant. Le malheur a jeté son filet noir sur leur famille. Leur mère s'essouffle, prise au piège de cette réalité qui s'impose avec violence.

Personne n'évoquera les travaux de Maryam. Si copier avec les esclaves relevait d'une indignité méprisable, l'incongruité de son acte pâlissait face au subterfuge monstrueux, odieux, du fils unique, du futur maître.

Samuel s'est muré à l'intérieur de ses appartements, dans lesquels même son épouse n'a plus droit d'entrée.

Impuissante, perdue, Ruth se couche devant, par terre sur le tapis, ou grimpe sur le toit, guettant, cherchant à l'horizon.

Les serviteurs se livrent à leurs tâches dans une maisonnée enfermée dans un silence morbide.

Ainsi survivait-on dans cet état de choc où la vie s'amenuisait...

Trois jours d'horreur plus tard, Martha, en un empressement qui manque de la faire tomber en se levant de son canapé, se jette auprès de sa mère, l'attrapant par les bras : « Mère, j'ai trouvé ! »

Tremblante, Ruth lève sur sa fille deux yeux rouges et bouffis. « Maryam et moi allons partir habiter à la campagne ! Je vis dans la honte, et Père et toi devez retrouver la paix. »

Ruth, hagarde, la fixe sans comprendre. Elle se dresse là debout, pétrifiée.

Elle se dirige finalement en titubant jusqu'à la pièce où se tient Samuel, et déclare d'une voix monocorde devant la porte fermée : « Les filles partent habiter à la campagne. Nous allons retrouver la paix. »

Elle reste droite, en attente d'une réponse qui ne vient pas. Et quand ses jambes ne peuvent plus la porter, elle s'assoit dans le corridor et éclate d'un rire entrecoupé de gémissements.

C'est ainsi qu'on acheta la *Maison de Martha*[41], une propriété proche de Jérusalem, et les sœurs, Stiphora, et deux veilleurs, s'y installèrent.

---

41 Lc 10,38.

19

Brisée, mais assoiffée de vie, Maryam sortait de sa prison. Son esprit profitait de cet espace pour se réunifier à son corps vivifié.

Elle se tenait fréquemment au seuil de la demeure à observer les voyageurs circuler, courait au marché avec sa sœur, écoutait les enseignements à la synagogue, bavardait avec la populace. Les cieux lui livraient chaque jour une manne inattendue, qu'elle dévorait. Elle remerciait Martha et elle remerciait Dieu qui avait éclairé Martha. A bientôt dix-sept ans, il la faisait renaître, ici, en cet endroit où elle était inconnue. Ou presque.

On commentait les circonstances de ces sœurs. La première altière, orgueilleuse, et au caractère direct, à l'étrange autonomie, inspirait le respect, et de la peur aux jeunes gens qui n'imaginaient pas la courtiser malgré sa beauté. La garçonne aux cheveux lâchés choquait davantage. Elle semblait un peu folle. Pécheresse ? Sans doute, pourquoi le père l'aurait-il exilée de Jérusalem sinon ? Dans cette configuration anormale de filles riches vivant seules, il paraissait évident que la grande gardait la petite, écervelée, trop libre.

Oui, ces deux-là intriguaient et on leur causait volontiers, car c'était à qui en apprendrait davantage à leur sujet.

Martha prenait goût à diriger sa maison. Quant à surveiller sa sœur, elle demandait inlassablement à Stiphora : « Où est Maryam ? », pour se voir répondre un des différents lieux du village. Martha avait bien clairement fait comprendre à Maryam que sa liberté dépendait d'elle, cependant elle avait fini par fermer les yeux sur ses allées et venues incessantes, et dont elle n'aurait de toute façon pas pu à chaque fois disputer la légitimité.

Maryam s'apaisait progressivement, assimilant au plus profond de sa chair que son agresseur avait quitté son existence.

Les deux filles regagnaient une vitalité oubliée, et partageaient des épisodes d'hilarité sur le compte des habitants du bourg, d'un vrai rire, comme elles n'en avaient connu que de manière fugace lors de leur enfance. Si six ans les avaient pour toujours séparées, aujourd'hui elles se passionnaient ensemble de la vie foisonnant autour d'elles.

A Maryam, une unique chose manquait : écrire.

Si elle voulait avoir une chance de s'y adonner de nouveau, elle devait amener Martha à lui permettre de se procurer le matériel. Elle pourrait au moins entretenir son écriture et noter ce dont elle se souvenait. Une nuit où Martha lui reprochait encore de s'être attardée, elle trouva le courage de la provoquer : « Si tu m'achètes de quoi écrire, je rentrerai plus tôt ! » Le visage de Maryam s'était enfiévré à évoquer son talent tabou. Martha avait répondu en la crucifiant du regard et Maryam avait pris un air d'enfant grondée.

N'ayant osé retourner à l'atelier prendre ses affaires avant de quitter le giron parental, il aurait été impensable de songer à emporter des textes. Alors elle se récitait ses passages préférés… Des mots se dérobaient, des phrases entières aussi, envolées. Elle réalisait le bien-fondé d'exiger des garçons qu'ils mémorisent chaque écrit. L'exil babylonien[42] et les tribulations qui avaient arraché son peuple à leur terre les avaient démunis de tout. Pourtant on n'avait jamais réussi à leur ôter leur identité, grâce à leur loi ancrée au centre de la mémoire des hommes, mot à mot, en hébreu, ou en grec pour les exilés. Pourquoi pas dans celle des femmes d'ailleurs ? s'irritait-elle, et là surtout contre elle-même. Que n'avait-elle appris au lieu de juste copier !

On ne lui aurait pas permis à son âge d'écouter à la yeshivah, le maître l'aurait chassée, et comment retenir ce qui était lu à la synagogue ? D'autant plus qu'elle était vieille pour acquérir cette précieuse habitude.

Elle ne garda pas longtemps rancune à Martha de son refus, tant ses distractions étaient grandes ici.

Et elle apprenait encore. A écouter les commerçants arrivant de tous horizons, elle commençait à saisir le grec.

---

42 7ème – 6ème siècle avant JC.

Aux fêtes, les pèlerins de l'Est et du Nord en route vers Jérusalem, affluaient et s'arrêtaient bien souvent, afin de souper moins cher. Certains même s'établissaient là, choisissant de marcher vers la ville pour les moments forts. Les abords se remplissaient alors de tentes et la place rassemblait à la veillée une foule bruyante, mangeant, buvant, qui ne se taisait que quand un conteur déclamait son histoire. Le reste du temps on discutait de la situation politique ; des Pharisiens stricts, scrupuleux, qui ne cessaient de se repentir des fautes d'Israël, tentant d'alléger la punition divine de la domination; des grands Prêtres respectés et à la fois haïs pour leur trop étroite relation avec le pouvoir romain ; des Esséniens étranges, principalement reclus à Qumran et se soumettant à une purification incessante et une chasteté suspecte ; des factions brûlant de renverser la puissance étrangère par la force et les actes terroristes, et dont on se protégeait en évitant de se taire, en affirmant bien haut et fort qu'on espérait une libération, afin d'éviter leurs coups de poignard ; des samaritains qu'on avait refoulés de Jérusalem ou qui s'étaient isolés d'eux-mêmes – le savait-on encore ? – et qui refusaient l'attribution d'une notion de sainteté à cette région; et d'autres parmi une kyrielle de personnages déroutants, de prophètes en tout genre, annonçant la fin du monde, comme un certain Yohanân qui proposait de se laver l'esprit sous les eaux du Jourdain – un véritable affront à la tradition puisque le rachat de ses faiblesses si près du Temple n'était envisageable qu'en son sein.

Un soir d'hiver après dîner, alors que la bourgade est vide et que les sœurs demeurent calfeutrées, Martha vient déposer sur les genoux de Maryam des paquets. Maryam scrute sa sœur énigmatique. Touchée de recevoir des cadeaux, la curiosité piquée, elle s'attelle à défaire l'attache du gros. A l'instant d'écarter le drap qui l'enveloppe, elle retient son souffle et enfin se lance : des rouleaux ! Elle frémit, le cœur étreint ; des larmes pointent sous ses paupières baissées vers ce trésor. Elle caresse les papyrus d'un geste timide, tendre, émerveillé. Puis l'excitation s'empare d'elle et elle se jette sur les plus petits colis qu'elle ouvre fébrilement. L'encre si coûteuse ! et des calames, bien sûr.

– Merci ! Est-ce que... tu m'encourages ? risque-t-elle.

Martha l'évalue d'un œil froid puis rétorque :

– En fait... non. Je ne vois pas ce qu'une femme peut rechercher dans une telle activité !

– Alors pourquoi ? questionne-t-elle en indiquant du menton les précieux dons.

– Ça t'occupera et je serai tranquille !

– Non, ce n'est pas la seule raison. Tu me les offres quand l'activité au-dehors est au plus bas et que je sors peu... Tu approuves ?

– Peut-être peux-tu le croire, néanmoins c'est trop réfléchir. Je ne sais pas... L'occasion s'est présentée... ce marchand m'a posé une question sur le pas de la porte, je l'ai fait entrer discrètement, et voilà.

– Je te bénis ! Je le bénis aussi !

– N'en parlons plus, requiert Martha, et ne me dis même pas ce que tu vas en faire ! C'est probablement une erreur de ma part. Père me blâmerait, c'est sûr. Mais lorsqu'il viendra en visite, tout sera rangé, n'est-ce pas ?

– Oui, lui assure Maryam, oui, j'y veillerai.

– Tout est dit, conclut Martha, s'absorbant dans son dessert au miel.

– Stiphora ! s'égaye Maryam, Stiphora, viens voir ! Et apporte du vin ! Fêtons cela !

Martha roule des yeux.

Stiphora accourt de la cuisine les bras chargés, arrive près de la table et remarque les objets merveilleux. Elle dépose son plateau, et pleure, émue.

Sa maîtresse la gronde :

– En quoi cela te concerne, toi ?!

L'esclave sèche de sa manche ses joues :

– C'est que Maryam, ça la rend vraiment heureuse.

Et en riant, Maryam la tire sur le divan pour célébrer avec elle.

20

Maryam est là dans sa chambre.

En hâte, elle s'est installé un coin sur le tapis de laine, a posé une lampe au-dessus d'un boisseau, et réfléchit, assise sur son coussin, ses doigts jouant avec le calame neuf, comblée de retrouver cette sensation familière.

N'ayant rien à recopier, que va-t-elle composer ? Sensible au froid humide de la nuit, elle resserre son manteau un peu plus étroitement et allonge sa main gauche en direction du brasero. La flamme rouge danse contre sa paume.

Inventer un chant, un hymne, ou raconter une histoire, comme il y en a tant dans les Ecrits, en a-t-elle le droit ? Le papyrus vide l'attire autant qu'il l'intimide ; ceux qui ont rédigé avant elle étaient divinement inspirés ou racontaient des faits…

Doit-elle narrer sa vie, son destin féminin… son viol ? Pour une raison qu'elle ne s'explique pas, elle perçoit que si elle témoignait de cette sauvagerie, c'est davantage elle que la honte de ce délit noircirait. Non, nul n'écrit à ce sujet. Ni même à propos de soi, si ce n'est en relation à Dieu, si ce n'est à la troisième personne, si ce n'est en une supplique ou une adoration.

Martha ouvre brusquement sa porte et se jette sur le lit. Maryam a le geste idiot de cacher le roseau derrière son dos, puis soupire en ramenant sa main.

– Maryam, je viens d'avoir une idée. J'aimerais tellement savoir où est parti Lazar ! Pas toi ?

Cette irruption de l'abuseur au sein de leur havre de paix est d'une violence inouïe. Maryam, déstabilisée, est un instant tentée de décharger sa peine auprès de son aînée et ensuite se ravise :

– Lazar ne me manque pas, vois-tu, énonce-t-elle d'une voix blanche en fixant le sol.

– Comment peux-tu dire une chose pareille ? Il t'a permis

d'apprendre ! Ne ressens-tu pas une quelconque gratitude à son égard ?!

Une douleur vive tranche tout à coup la tête de Maryam et une nausée s'insinue au creux de son estomac.

– Disons plutôt que « je » lui ai permis de divaguer comme il l'entendait, répond-elle durement. Que veux-tu Martha ?

– Que tu écrives une lettre à son ami Jonas. Il a sûrement eu des nouvelles.

– C'était ça ta motivation à acheter ce matériel ?

– Tu es sotte, j'aurais pu solliciter le scribe du village !

– Non tu n'aurais pas pu, il aurait su que Lazar a disparu.

Martha hausse les épaules et Maryam se résout à lui rendre ce service.

– Bien. Tu dictes. Après tout, quels que soient tes motifs, toi tu mérites le fruit de ma gratitude, oui. Toutefois, sache que le lot de notre frère m'est au mieux indifférent.

Martha marque une pause, semble digérer cette annonce, et se lance dans son message. Voyant sa sœur calligraphier, elle admire sa dextérité et la beauté des lettres qu'elle trace. A constater qu'une femme y arrive, elle aurait presque l'envie absurde d'essayer. Maryam découpe la missive et la lui remet :

– Voici. Je ne désire aucunement lire la réponse.

– Il le faudra bien, tu sais que je ne maîtrise pas la lecture !

Et tandis que Martha s'éloigne, elle la rappelle :

– Martha ? Même si c'est difficile à appréhender, voici : je souhaite ne *jamais* revoir Lazar.

Sa sœur pose sur elle une attention troublée et quitte la pièce.

Aucune inspiration ne vient à Maryam ce soir-là.

Sans compter l'injonction de secret qu'elle s'impose et qui l'étreint une fois de plus de son état de solitude, de nouveau abusée par l'effort émotionnel à servir le sort de son agresseur, elle se sent vidée de sa substance, exilée de son intimité.

Elle a failli avouer son malheur à Martha… Comprendrait-elle ? Prendrait-elle sa défense ? Pourquoi formuler d'ailleurs le besoin de confier ce crime *subi* par l'idée d'*avouer* ?

Non, il vaut mieux se taire. Cette ombre infernale restera tapie en elle. Sa famille a déjà trop souffert. Elle ne veut pas gâcher leur légèreté.

Pourtant, en ce temps de l'esprit qui s'annonce, toute chose viendra un jour à la lumière. Un jour, oui, peut-être un jour…

Il s'ensuivra deux ans de bonheur doux et tranquille, autant qu'il est possible au milieu d'une société en crise.

Lazar commerçait au loin, elles l'avaient appris. Il ne reviendrait pas. Les parents les visitaient rarement. Par contre leurs filles les rejoignaient aux fêtes.

Le reste de l'année, elles profitaient de leur indépendance. Martha ne parlait plus de se marier, Maryam ne le pouvait pas.

Parmi les plaisirs de leur liberté, il en était un que Maryam appréciait particulièrement : Martha avait loué les services d'un professeur de grec pour les instruire des subtilités de sa langue, qu'il était de bon ton de pratiquer – si l'Empire l'utilisait largement, elle n'avait rien en commun avec leur immonde jargon : leur latin !

Maryam s'était mise à écrire les lettres grecques, assez adroitement, malgré la bizarrerie d'avoir à avancer de gauche à droite. Le maître, un jeune homme des pays au-delà de la mer, ne se montrait pas outre mesure choqué : il existait en ces contrées lointaines un certain nombre de riches maîtresses ayant accès à l'éducation, assurait-il. Grâce à lui, les deux sœurs prenaient connaissance de textes étranges évoquant la migration de l'âme vers un autre corps après la mort, ou affirmant que nous n'étions que la moitié d'une seule âme et que la moitié perdue était à rejoindre dans l'univers ; ou bien décrivant une cité où les gens – enfin une partie – avaient pu choisir leurs chefs.

Choisir ses chefs ?! Comment cela était-il possible ? Maryam infligeait à ce pauvre garçon ses millions d'interrogations.

En dehors des leçons, Martha arrangeait régulièrement des corbeilles destinées aux pauvres. On admirait cette grande dame, ici, et on l'aimait. On l'excusait de se distinguer en se cultivant. Maryam, on la tolérait, en tant que sœur de Martha. En revanche les deux se savaient heureuses.

Maryam venait d'avoir dix-neuf ans, lorsqu'elle entendit au marché que dans l'entourage de Yohanân – celui qui baptisait[43] –,

---

43 Jn 1,19 et suivants. Mt 3, 1 et suivants. Mc 1,1 et suivants. Lc 3,2 et suivants.

œuvrait un individu nommé Yoshua. On avait affaire à un révolutionnaire tel qu'on n'en avait pas encore vu. Ses idées amusaient puisqu'il promettait de renverser le Pouvoir par... l'amour !

Renverser le Pouvoir romain par l'amour ? Tout le monde en riait... Un rabbi pour enfants !

Il n'était pas étonnant de rencontrer un tel être auprès de Yohanân, l'homme extravagant qui œuvrait à moitié nu, vêtu d'un vêtement en poil de chameau, ceint d'une simple ceinture de cuir et ne mangeant que miel et sauterelles.

Laver son âme en-dedans du Jourdain appâtait les foules. Par la purification, on espérait ramener Dieu à de meilleurs sentiments, ou tout bonnement à la raison. Il s'agissait d'un enjeu marchand, et aussi de survie. Le peuple élu l'avait-il été, élu, en vue de vivre replié sur lui-même, en marge ? Ne devait-il pas dominer le monde ? Depuis les origines, l'Eternel paraissait ne jamais se lasser de les malmener, de les jeter en proie à toutes sortes de dominations, encore que quelques-unes avaient respecté leurs curieuses traditions – entre autres celle de ne louer qu'un seul dieu. Seulement, si le Très-Haut ne les avait plus soutenus depuis l'accès à la terre promise, il devait se trouver des croyances à changer parmi leurs cœurs, à nettoyer.

Nombreux étaient ceux de Jérusalem que les sœurs voyaient traverser le bourg pour aller vers Yohanân le baptiseur, et d'aucuns tout simplement pour écouter les discours provocants de l'agitateur.

C'était stupide de narguer si futilement le Temple et ses prêtres, commentait-on. Et n'importe qui était capable de réaliser qu'à la force on doit opposer la force, et que si on œuvre comme un agneau, tel ce Yoshua, on se fait mettre en prison. Et tout ça pour des niaiseries ! Non, il fallait reconstituer une armée et leur nation reprendrait sa place. Le ferment de la colère faisait lentement monter la pâte de la révolte.

Quant à ce qui intriguait vraiment Maryam, c'était cette question qui ne cessait de la poursuivre : était-il « son » Yoshua ?

« Yoshua », « Dieu sauveur », appartenait aux noms ordinaires, mais penser renverser le pouvoir par l'amour ressemblait à l'histoire de la puissance d'un brin d'herbe... C'était un autre levain[44].

---

44 Mt 13,33.

Chapitre 6

21

Ada ! Ada ! appelle Hannah dans le hall. Personne…

Elle parcourt le jardin jusqu'à l'arrière de la maison, pour la repérer penchée au-dessus de ses bacs à herbes aromatiques.

– Ah vous voilà !

– Shalom Hannah, gazouille Ada, se redressant en se tenant les reins. Je suis rouillée, mes articulations ont soif plus que ces plantes ! Que penses-tu d'une infusion de thym ?

– Ça me détendra peut-être…

– Comment était ton après-midi ? Un souci ?

Hannah lui offre son bras.

– Vous ne devinerez jamais ce qu'Élie vient de me faire !

Ada tressaille et hésite :

– Euh… Quoi donc ?

– Il m'annonce qu'il m'envoie un gars travailler avec moi. Je suis folle de rage ! Il modifie notre deal. Je devais être libre d'agir comme je l'entendais !

– De toute façon ce garçon n'est pas archéologue, tu ne crains rien !

Hannah l'arrête, l'écarte un instant du coude en la dévisageant :

– « Ce » garçon n'est pas archéologue ? Qu'en savez-vous, Ada ?! s'exclame-t-elle, suspicieuse.

Ada se fige, troublée, et se rattrape :

– Si c'était un archéologue, il ne t'aurait pas embauchée, toi ! Il ne souhaite pas que sa quête s'ébruite ici. Non non, ce doit être pour te soutenir… des muscles, quoi !

Hannah l'observe encore, puis oubliant ses soupçons, commente :

– Je lui ai répondu que je n'avais besoin de personne, mais il s'entête.

Soufflant discrètement, Ada ajoute :

– C'est bien Élie ! Mais ce sera une bonne chose, j'en suis sûre.

111

Agacée de cette nouvelle « certitude » d'Ada, Hannah proteste :

– Vous n'êtes sûre de rien du tout !

– Ça ira, insiste Ada en lui tapotant l'avant-bras, allons à la cuisine.

Pendant qu'Ada prépare la théière, Hannah s'assoit à la table de bois et appuie sa tête sur sa main. Son visage la cuit du soleil pris sur le chantier.

– Pourrais-je loger ici durant ces fouilles, Ada ? Ce sera plus sûr pour moi.

– Je te l'ai proposé hier !

– Je paierai une pension, évidemment.

– Ce ne sera pas nécessaire ; à sa mort, mon époux ne m'a pas laissée désargentée.

– Au moins en échange des repas.

S'accrochant au plan de travail, sans se retourner, et inondée d'un espoir anxieux, Ada hasarde :

– Quelle motivation te pousse à abandonner ton camp ?

Encouragée par le fait qu'Ada ne la regarde pas, Hannah, gênée, confie :

– Je me dis parfois que j'ai un problème... un problème par rapport aux hommes.

Déçue que Hannah n'ait reçu aucun « signe » lié à « son » projet, Ada se recompose en versant l'eau bouillante sur les tiges de thym. La vapeur à l'arôme fade et piquant embue ses lunettes.

– Ne m'as-tu pas dit hier soir que tu as un fiancé ?

– Si, Sorel, mon américain. Là, il fait un trekking au cœur de l'Himalaya.

– Qu'est-ce qui t'inquiète alors ?

– J'ai honte de dire ça... mais je tremble à la perspective d'une éventuelle complicité avec cet assistant... oui, d'éprouver une attirance, voilà. Là-haut, tous les deux, toute la journée... Bon, au moins je serai chez vous les nuits !

– Hum, il me semble que si l'on se sent vraiment amoureuse, l'attirance ne représente pas un réel danger.

– On ne sait jamais. Et, Sorel va supposer que c'était prévu depuis le début et que je le lui ai caché.

– Sorel, j'imagine qu'il ne voyage pas avec un groupe exclusivement masculin...

– Certes. Je ne sais pas ce qui m'arrive, Ada, je me sens perdue.

Ada emplit les tasses.

– Puis-je te demander comment a commencé votre histoire ?

– Un coup de foudre !

L'odeur aromatique taquine les narines de Hannah et la dégoûte.

– Y'a-t-il une contrindication à ce qu'après la tisane je boive un whiskey ?

Ada lui tend la bouteille.

– Oublie la tisane et sers-toi.

Hannah se lève et sort les glaçons du frigo et un verre du placard.

– Donne m'en un aussi ! Au diable le thym !

Elles trinquent et Hannah descend son verre d'un trait, sous le regard ahuri d'Ada.

– Et avez-vous consommé rapidement, si je peux me permettre ?

Hannah se recule sur sa chaise, déstabilisée, doutant d'avoir bien saisi la question.

– Dans la chair ?

– Oui, acquiesce Ada.

– Euh oui, nous étions libres l'un et l'autre. On peut dire que nous avons ressenti une certaine urgence à conclure ! confirme Hannah rieuse.

– Ah, oui... Voilà... J'ai cette idée, un soupçon rétrograde et néanmoins vraie, que l'impulsivité empêche de réellement sentir l'autre, de le renifler en quelque sorte...

– Donc pour vous cet « enthousiasme » est négatif ?

– Bien, disons que si l'on se focalise sur cet « enthousiasme », comme tu le nommes... du coup tout le monde se met avec tout le monde, et pour les mauvaises raisons... Cela ferme de nombreuses portes ; il est urgent d'abolir la précipitation ! Voilà mon avis.

Hannah se ressert et sirote de petites gorgées cette fois.

– Oui, je vous accorde que c'est une véritable « chasse à l'homme », concède Hannah, et toutefois une réalité pour les femmes d'aujourd'hui. Il « faut » avoir un ami sinon on n'est pas « normale », et si on ne se hâte pas, les « bons » vont nous filer sous le nez. C'est le leitmotiv actuel !

– J'ai peur que cette rengaine ne soit ancienne... Par contre, quand j'étais jeune, les pères freinaient le processus. Quoi qu'il en soit, il est dommage de confondre aimer et envie d'aimer, et de passer à côté de l'âme-sœur !

– Vous croyez à l'âme-sœur ?

Ada fait tinter ses glaçons contre le cristal.

– Bien sûr ! Mais la dénicher implique de guetter les signes et de s'introspecter ; et non simplement de s'arrêter à un jeu de séduction ou un bon CV !

– Pour moi, le « feeling » prime, sinon à quoi bon ?! Et le CV de Sorel est impressionnant ! s'extasie Hannah.

Ada déglutit l'alcool brûlant et doux, appréciant sa rondeur.

– En fait, vois-tu, il existe un secret à l'amour.

– Un secret ? répète Hannah en alerte.

– Un secret à la portée de tous, qu'on intuite plus ou moins…

Hannah avance imperceptiblement le buste, à l'écoute d'Ada.

– L'amour se construit à trois !

– Non ! Vous plaisantez j'espère, s'esclaffe Hannah d'une voix grisée. Vous n'allez pas m'inciter à la débauche, tout de même !

– Attends, laisse-moi t'expliquer. Je ne veux pas dire un « trois » en chair et en os.

– Ouf, vous me rassurez.

Ada, la tête qui tourne, s'efforce de délivrer son message :

– Ce trois, deux amoureux peuvent avoir la sensation de l'avoir atteint, quand l'ardeur les unit. Pourtant cette faim-là est une disposition à se reproduire sous le diktat des hormones, et ça ne marche pas !

– Et donc ce « trois », c'est quoi ?

– L'élément indispensable.

– …

– Quand tu fais un feu, poursuit Ada, il est impossible d'allumer une seule bûche, ni même deux, ou uniquement le temps que le papier se consume. La passion, et ici notre papier, fait figure de *trois transitoire*, tu me suis ?

– Je crois…

Ada quitte son siège et tire des biscuits à apéritif de l'armoire.

– Si l'on veut assurer la durée de la combustion, cela nécessite d'avoir trois bûches. Le principe est dans le « trois ».

– Concrètement, quel serait ce troisième élément ? L'enfant ?

– Ce « trois », différent pour chaque couple, présage de sa durée. Le désir ? Une toute petite durée. Un foyer ? Un peu mieux, on pourrait le croire, surtout s'il y a des petits ; toutefois ce n'est pas gagné, car cohabitation et parentalité engendrent forcément des tensions. Des valeurs ? Elles permettent d'éviter les conflits, au mieux de faciliter le fonctionnement. Un partage de tâches ou de carrière ? On s'épaule. Seulement, Hannah, un idéal actif, vivant : voilà la clé ! Il s'élabore ainsi une pyramide, une pyramide d'énergie dont le duo fonde la base. L'élément tiers l'irrigue, le nourrit.

– Un idéal risque aussi d'être écrasant. Tendre à la perfection se révèle vite épuisant.

– Non, je ne te parle pas d'un idéal du couple – ce but irréaliste – mais d'un idéal qui le « dépasse ».

– Comme quoi ?

– Une foi ? lance Ada, un humanisme ? une lutte sociale ou politique ? un défi ? L'essentiel réside en une vocation qui contient grandeur et beauté. Et de profondément estimer l'aimé dans cette communion.

Soudain triste, Hannah articule :

– Vous aggravez ma confusion, Ada. Avec Sorel, nous sommes purement sur le registre de l'attraction et l'intention de s'établir.

Ada vide le fond de son verre, embarrassée de ce qu'elle a provoqué, et d'impacter la destinée de Hannah d'autant de manières.

– Nous nous plaisons et nous nous aimons…

– Et pourtant...

Ada s'interrompt.

– Dites, l'enjoint Hannah, au point où nous en sommes.

– La « grâce » de l'interaction ne suffit pas. Si elle rend les relations humaines plaisantes, elle n'en constitue pas un fondement solide.

– Bim tout faux ! s'écrie Hannah en se tapant le front.

– Ah, je suis confuse, je t'embrouille.

– Oui, effectivement, vous en avez trop dit ou pas assez.

– Alors je continue. En cas de consommation rapide, l'énergie de l'amour n'a pas l'occasion de se déployer en affectivité. Surtout concernant les mâles, tu as remarqué ? gouaille Ada. La femme, elle, programmée en vue d'une maternité, s'attache, immédiatement accrochée par le lien physique. Cependant, établit-on raisonnablement une vie sur une émotion ? car à ce moment précis, il s'agit de cela.

Curieuse du mode d'emploi concret, Hannah l'interroge :

– Mais alors, comment s'y prendre ?

– D'après ce livre français que tu dois connaître, *Le Petit Prince* : rêver à l'élu et rêver « avec » lui.

– Ah oui, la leçon du renard ?

– Oui, exactement. Le cœur s'approche et s'apprivoise doucement, lentement.

– Je comprends. Et vous ?

– Moi ?

– Non, « vous », c'était quoi votre « trois » ?

Ada, les yeux grands ouverts, paraît absente. Puis elle sourit :

– La tension vivifiante de ce clair-obscur que sont la foi et l'incertitude, ce grand saut hors de la « raison », Hannah, oui, ça c'était nous !

22

Par conscience professionnelle, Hannah a quadrillé le terrain. C'est de loin la tâche qu'elle aime le moins : fastidieuse, précise, interminable.

Elle doit rester vigilante et éviter de trébucher sur les cordes balisant les carrés, et auxquels sont accrochées des étiquettes : A1, A2...

Un chauffeur a livré la nouvelle tente commandée à Élie afin d'y installer l'atelier. Dommage qu'elle ne sache pas quand « l'aide » sera là, elle aurait pu lui en attribuer l'installation. Non seulement il est absent pour les besognes ingrates, râle-t-elle, mais elle va avoir à le briefer. La perspective des heures qu'il faudra lui consacrer l'irrite d'avance, en plus d'avoir à supporter une présence à ses côtés.

Satisfaite de ses accomplissements, elle photographie son carroyage et envoie les images à Élie. Ils ont convenu qu'elle lui ferait suivre les travaux.

Hannah installe son pique-nique du midi sur la table, puis enfile son kit mains-libres et appelle Sophia.

– Ah cool, tu n'es pas en cours. Je tentais ma chance à tout hasard.

– Une revenante ! Tu ne m'as appelée qu'une fois depuis ton départ, vipère !

– C'est bon, c'est mon sixième jour ici ! Calme-toi.

– En tout cas, je suis au lit avec une angine.

– Tu te reposes, profite.

– Tu délires, il va falloir que je rattrape. Une vraie plaie ! Sinon toi, quoi de neuf ? As-tu eu de la visite ?

– Si tu veux faire allusion à mon chéri de l'aéroport, non, il a perdu son GPS. J'ai passé mes soirées chez la voisine. Elle m'a prise en pension.

– C'est sage.

Hannah entame sa salade et raconte :

– Ada est une vieille dame intéressante. Nous nous sommes entretenues sur l'amour, ça t'aurait plu.

– Dis-moi !

– Son truc, c'est la rencontre. Il faut s'attacher à découvrir l'âme-sœur. Selon elle, la précipitation crée un dysfonctionnement sociologique qui empêche tout le monde de trouver tout le monde. Tu vois le topo. Et, ah oui, une fois que l'âme-sœur est repérée, la passion ne s'installe solidement qu'à condition d'user de patience et qu'il ait un « trois ».

– Un « trois » ?

Hannah s'étouffe de rire.

– Quelque chose de plus grand, de plus haut que le couple, et qui formerait une « pyramide d'énergie ».

– Ah, pause Sophia, tu viendrais à la messe, tu entendrais la même chose. Si Dieu est en haut, le couple et la famille forment la base.

– Oui, le fonds de commerce ! Une fête par-ci, une bénédiction par-là, des sacrements inventés, et qui n'ont jamais existé dans les évangiles !

– Nous ne sommes plus au Moyen Âge ! Tu t'arrêtes aux apparences !

– L'apparence du diable ! crache Hannah en postillonnant.

– Tiens donc ?!

– L'Eglise, poursuit Hannah sans relever l'ironie, elle momifie ce qui a été vivant. Elle aurait pu être bénéfique si elle n'avait pas adopté le faste du Temple d'Hérode, avec ses grands prêtres aux habits luxueux et sa soif de richesse. Je te rappelle que ton Jésus renversait les tables des changeurs d'argent, argent destiné au Temple.

– Tu exagères, Hannah ! Peut-on évoquer la religion sans que tu t'enrages ?

– Tiens donc toi-même ! Relis tes livres d'Histoire. Où est-elle l'humilité et la simplicité de ton Christ ? Les croyants authentiques, Sophia, ne déambulent peut-être pas à l'intérieur des églises !

– Mais moi j'aime ce temps hebdomadaire de réflexion.

– Tu n'étais pas comme ça avant de connaître Rodolphe…

– Et où est le problème ? Pourquoi ça te dérange autant ? Pour être cool il ne faut pas croire, c'est ça ?

Hannah se sent soudain idiote, elle qui prône la liberté

individuelle. Elle tartine une galette d'houmous et répond la bouche pleine :

– Non, ce n'est pas ce que je dis. La forme me gêne, voilà tout.

– Tu sais, reprend Sophia, aujourd'hui il n'y a plus de pression de la société en faveur de l'Eglise, c'est plutôt l'inverse, tu vois. Tes moqueries illustrent bien ça. Du coup il y vient davantage de « vrais » fidèles. Les lieux de culte se sont vidés de ceux qui n'avaient rien à y faire. Les pratiquants y sont imparfaits, mais ils cherchent.

– A se rassurer !

– Oui, la foi peut avoir une dimension affective. Une consolation, elle l'était dès l'origine. Tu te souviens du fameux sermon sur la montagne ? Des hordes de pauvres étaient venues écouter Jésus. Tous ces gens attendaient le Messie. Ils avaient faim et espéraient être affranchis de leur peine, eux qui n'étaient pas armés pour comprendre intellectuellement le salut. Désormais il s'agit de nous. Nous ne sommes plus limités et nous savons que la foi n'est pas une démarche de raison, mais une démarche de confiance. Et nous attendons son retour promis.

– Il n'est pas pressé ! fait remarquer Hannah sarcastique.

– L'adage dit que lorsque l'élève est prêt le maître apparaît.

Hannah boit un verre d'eau, et ironise :

– Une tournée mondiale ? Les billets sont en vente ?

– Exactement, quand l'humanité sera prête. L'idée de l'amour est complexe, difficile. Regarde combien il est dur de s'aimer à deux, d'aimer sa moitié ou son gosse, de les aimer vraiment ! Aimer sans mièvrerie, aimer avec la juste distance, aimer en se confrontant tout en restant proches… tu penses que c'est naturel ? En vue de ce cheminement, Jésus offrait l'espérance à ceux qui souffraient et répondait vigoureusement à la connerie humaine.

– Et à ceux qui présentaient les deux aptitudes ? souligne Hannah, moqueuse.

– Dans ce cas il appliquait bonté « et » rigueur. Comme au jeune homme riche qu'il accueille en lui proposant d'abandonner sa fortune, et qui ne s'y résout pas car la fascination qu'elle exerce sur lui est trop puissante. Ou avec Nicodème qui ne saisit pas ce que veut dire « naître de nouveau », ce renouvellement intime, nécessaire pour accéder à la vie réelle. Jésus réalise que ces mutations sont très difficiles, lui qui enseigne que le royaume des cieux est « en » nous…

– ... et non « parmi » nous, comme le prétendent la plupart des traductions, oui, je sais. Bon, Sophia, cette conversation me fatigue, soupire Hannah.

– Mais moi, j'ai besoin que toi aussi tu sois sauvée !

– ...

– Je ne veux pas te perdre au Jour du Jugement...

Hannah sort un sachet de figues séchées et en gobe une.

– Ça me dépasse...

– Tu utilises ces notions, Hannah, tu en connais davantage que moi sur notre culture chrétienne, tu as le privilège de lire le texte original de la Bible, et étonnamment tu ne captes rien ! Tu restes aveugle !

– Bon je te laisse, s'impatiente Hannah.

– Ok. A plus, conclut Sophia, déçue.

Hannah culpabilise de sa froideur et compatit :

– Soigne-toi bien !

Mais Sophia a déjà raccroché.

Narguée par l'énorme tente qui trône là, elle n'a pas la force de se mettre à la monter, et la chasse résolument de son champ de vision.

Cet échange l'a épuisée. Le hamac qu'elle a suspendu la veille revêt l'allure d'une tentation.

Elle a beau se réconforter par le bon sens, elle se perçoit vide et moche. Seule pour le moment – ainsi qu'elle l'a espéré –, à s'enorgueillir de son propre travail, et laide, oui.

Tout-à-coup elle a l'estime de soi dans les chaussettes. Le royaume des cieux n'est pas « en » elle, non.

Le hamac prend des dimensions disproportionnées... et elle est attaquée par l'envie incongrue de s'alléger, de s'excuser auprès de Sophia. Mais pour ce faire il faut du courage, et en outre surmonter le sentiment de s'infantiliser.

Elle s'y résout. En se vautrant, elle lui textote : « Excuse-moi de mon agressivité ».

« Je t'excuse » arrive aussitôt.

Un soulagement l'envahit, puis s'évanouit illico. Trop facile !

L'absolution de Sophia ne peut fonctionner que si elle-même cesse de se blâmer de sa fierté – résultat de son paradoxal manque d'assurance –, et de sa hargne.

Mais comment y arriver ?

Déjà, envers autrui, elle devinait le processus quasi impossible – et pourtant l'autre possédait l'avantage de ne pas se promener en permanence sous nos yeux –, mais soi ? Il était plus simple d'occulter ce qui la troublait, plutôt qu'essayer de s'accepter. Comment assumer cette double fonction : se demander pardon à soi-même et se le donner ? Une entreprise de schizophrène ! s'indigne-t-elle.

Se balançant pour calmer cette angoisse métaphysique inavouable, elle se souvient de l'offre d'intercession divine, le « Pardonne-nous nos offenses » ou plutôt « Efface nos dettes[45] ».

Peut-être qu'en fait on n'a pas le pouvoir de se libérer soi-même, regrette-t-elle. Peut-être qu'on ne peut que s'accommoder de ses fautes, de ses petitesses, et les ranger au fond de soi, dans une boîte à vilenies.

Jésus comptait bien là-dessus lorsqu'il a bravé les hommes voulant lapider la femme adultère « prise sur le fait », ainsi qu'il était écrit – où était d'ailleurs l'homme adultère, celui qui venait d'enfreindre les commandements 7 et 10[46] ?

« Celui qui parmi vous est sans péché, qu'il lui jette en premier la pierre[47]! » leur avait-il lancé. Bonne répartie à ces pharisiens remplis de contentement d'eux-mêmes ! Ils ont tous fui, les vieux d'abord ! Leur boîte pesait lourd...

Le regard tendu vers le Barbu, elle l'interpelle : « Pardonne-moi mes erreurs ! Efface ma dette ! », puis s'immobilise, à l'écoute d'un changement, d'un allègement...

Néant, elle est toujours moche et solitaire, là, sur la colline.

---

45 Traduction de l'auteur. Mt 6,12.

46 Commandement 7 : tu ne commettras pas l'adultère. Commandement 10 : Tu ne convoiteras pas la maison de ton prochain, tu ne convoiteras ni sa femme, ni son serviteur, ni sa servante, ni son boeuf, ni son âne, ni rien qui lui appartienne.

47 Traduction de l'auteur. Jn 8,7.

23

Élie avait dû changer d'avis, car trois semaines s'étaient écoulées et son « Yonatan » n'était toujours pas là.

Hannah avait pris ses marques. Le chantier avançait bien. Des puits creusés à distance régulière, elle avait retiré de nombreux tessons. Elle les avait lavés, emballés, stockés. Les après-midi, elle s'évertuait à mettre en rapport ces morceaux de puzzles 3D et à deviner s'ils constituaient un ensemble cohérent : un vase, un plat...

Elle appréciait la solitude apaisante de ces journées, et autant les veillées avec Ada qui lui délivrait ses observations malicieuses sur amour et Amour.

Ada possédait sa théorie. Tout adultère survenait au sein d'un couple qui avait omis de se préoccuper de son « trois », et de surcroît fonctionnait sur le modèle infantile parents-enfants, frères-sœurs.

Elle racontait leurs partages à Sophia, qui évitait maintenant de les relier à ses messes. Hannah ne pouvait appréhender cette dimension religieuse.

Un soir que Hannah relève ses mails chez Ada, l'un d'eux affiche comme objet : *Jeu de piste...* Luke !

« Chère Hannah,

J'ai triché. Je vous ai cherchée, mais lâchement, sur le net. Je redoute par conséquent d'être d'ores et déjà disqualifié. Pouvez-vous m'envoyer le règlement ? Ai-je droit à une seconde chance ? Pour être sincère, j'ai répugné à me comporter en ado et courir la campagne. J'aimerais vous découvrir en direct, avec mes émotions et mes pensées. »

Elle sourit, tout de même vexée que son challenge ait été étiqueté « ado ». Aucune faute par contre. Elle répond :

« Vous devriez être disqualifié, oui, d'autant plus qu'il vous a fallu passablement de temps pour me « localiser ». En revanche, ce petit mot en français impeccable vous fait gagner un deuxième essai. Bravo ! »

Il y a aussi des nouvelles de Sorel – pourquoi ne l'appelait-il pas ? Il est redescendu du camp de base, s'inquiète d'elle, et lui confie qu'il est à la fois éreinté et régénéré.

Elle juge son ton distant – le dépaysement probablement. Hannah était impatiente qu'il rejoigne Paris. Il rencontrerait de potentiels futurs employeurs, et ils allaient bavarder longuement au téléphone. Si parfois elle ne savait plus où elle en était, il lui manquait.

Et alors qu'elles dînent sur la terrasse, dans la fraîcheur de cette soirée de mai, Hannah déclare :

– J'ai un nouveau prétendant !

– Ah ? Que vas-tu faire du premier ?

Surprise de cette répartie directe, elle bafouille :

– Le premier ? Oui... Je me sens un peu perdue en fait... Et je tâtonne encore plus à cause de ce que vous m'avez appris.

Ada a aussitôt l'air concernée.

– Désolée, Hannah.

– Ne le soyez pas. Vous êtes libre d'avoir vos idées. Si je les prends, c'est qu'elles résonnent en mon for intérieur, non ?

– Je suis gênée. On peut être influencée malgré soi.

– C'est à moi de me positionner. Je me marie bientôt, je dois être sûre de ma décision. Et j'y réfléchis.

– Souhaites-tu partager cela ?

– Oui, merci. Je vais vous dire mes interrogations.

– Je t'écoute.

– Jusqu'à récemment, il me paraissait évident que Sorel m'aimait fort... Il était prêt à s'établir en France. C'est tellement flatteur un gars qui se livre à ce genre de folie, ce pas de géant au-dessus de l'Atlantique. Pourtant je doute : peut-être que Sorel a juste besoin de ce saut vers l'inconnu. Il adore les défis.

– Tu doutes, oui, renchérit Ada. L'attention reçue est valorisante, je comprends, néanmoins elle demeure différente de la profondeur, non ?

– J'apprécie votre franchise.

– Alors je suis là.

– En réalité, reprend Hannah, au lieu de la conviction intime d'un sentiment qui s'imposerait, d'un lien précieux que je sentirais bien vivant au fond de mon cœur, je constate que je ne cesse de rationaliser notre relation et de faire des efforts. Je me focalise sur le positif, et je mets de côté ce qui me dérange. Ou je me culpabilise de ce qui ne va pas.

– Marche arrière ! claironne Ada. Remets Sorel au plan des simples amoureux !

– Il construit notre avenir, le train est lancé ! Depuis la crise, vous savez, la concrétisation se fait plus rapide. Il y a cette idée, très raisonnable en outre, que survivre à deux est autrement facile. Et si tout cela est inconscient, comme le dirait ma mère, je subis cette pression.

– L'amour… utile ?

– Oui, même si on ne se l'avoue pas. Du coup, c'est un facteur important dans cette hâte qui gagne les gens. Toutefois, en vis-à-vis, il reste cet espoir de l'amour véritable, à l'exemple du vôtre, Ada.

– Pourrais-tu prendre ce risque ?

– Lequel ? Foncer ou attendre ?

– Celui que tu désires vraiment…

∞

Yonatan n'arriva qu'au bout d'un mois, par une matinée brumeuse mais clémente.

Hannah époussetait minutieusement un artefact partiellement coincé dans le sol, lorsque des pieds s'imposent à elle.

« Shalom ! » entend-elle. Elle relève le nez et escalade des boots, un jean, et une chemise blanche couronnée d'une bouille ronde aux cheveux noirs bouclés et à la mine *tintinnabulesque*.

– Shalom ! émet-elle en écho.

– Je suis à votre service !

Elle se redresse en s'époussetant les genoux, et se trouve face à un homme atteignant tout au plus la moitié de son visage. Déstabilisée dans son stéréotype du mâle, il lui faut un instant pour reprendre sa contenance. Un lutin est-il sorti de ce pays magique ? Hannah s'empêche de rire bêtement.

– Tu es Yonatan ?

– Et toi Hannah ! énonce-t-il.

Elle soupire de soulagement. Ce qui émane du « lutin » est tout sauf une présence écrasante.

125

– Ada ne m'a dit que de bonnes choses à ton sujet, annonce-t-il, je me réjouis d'être là !

– Ada ? A mon sujet ?!

– Où est-ce que je pose mes affaires ?

– Tu connais Ada ?... Pas Élie ? insiste-t-elle, choquée.

– Qui ne connaît pas Ada ! Et Élie ! Je mets où mes affaires ?

Eperonnée, Hannah l'ignore, se jette dans la tente, attrape un sac vide, dévale le chemin jusqu'à la maison, et repère Ada en méditation sous le chêne.

Et voici que le lutin a dégringolé à sa suite.

– Ada ! Nous devons parler !

La femme ouvre un œil étonné, puis deux, apercevant Yonatan à proximité de Hannah.

– Yonatan ! gronde Hannah, je ne t'ai pas invité à me suivre ! Retourne m'attendre là-haut !

– Je vais embrasser Ada ! chantonne-t-il.

Stupéfaite, Hannah se raidit en contemplant le farfadet et la vieille accrochés l'un à l'autre en une effusion de tendresse.

– Va, va mon garçon ! le repousse-t-elle avec affection.

Il s'élance.

Hannah se retient de hurler, attentive à l'âge avancé d'Ada, tout en questionnant soudain la légitimité de cette habitude de ménager les vieux.

Elle règle le volume de sa voix au plus bas, et d'un son curieusement grave l'apostrophe :

– Ada, c'est vous Yonatan ?!

– Mon petit-fils et lui sont amis depuis le berceau ! babille-t-elle. Je l'aime beaucoup. Quel rayon de soleil !

– Est-ce que quelqu'un va me répondre normalement aujourd'hui ?! braille Hannah. Dites-moi si oui ou non vous êtes pour quelque chose dans le fait qu'Élie m'ait envoyé Yonatan !

Ada pointe du doigt l'espace derrière l'arbre, celui de son rêve :

– C'est elle...

Hannah porte la main à son front, sa vision scintille dans le vertige noir qui l'engouffre. Elle cherche d'une main une chaise, s'assoit et ferme les yeux. Inspire... se monitore-t-elle, expire... dis-toi que ce n'est rien... dis-toi que tu n'y peux rien et lâche... Tu veux une migraine ? Non, donc lâche...

Les alentours reprennent consistance. Hannah se lève et, désormais solide, se dirige vers « sa » chambre, sans un regard à Ada. Cinq minutes après, odieuse, elle traverse la cour, sac à dos plein et bras chargés, et remonte la colline, se promettant une fois de plus de ne jamais fouiller la terre d'Ada.

Yonatan l'accueille, folâtre, accourant afin de la délester de son chargement. Elle s'y agrippe.
Balayant son mouvement d'humeur, il s'exclame :
– J'ai installé mon lit près du tien !
Génial, fulmine-t-elle, encore six comme lui et je m'appelle Blanche-Neige.
– J'arrive et je t'indique le travail, le cadre-t-elle froidement, se demandant si elle vient de se connecter sur le mode de communication parallèle qui s'avère la norme de cette contrée.

A son grand étonnement, Yonatan se révèle particulièrement intuitif des méthodes archéologiques. Il a le geste léger, habile, intelligent.
Pour le repas de midi, ils partagent un pique-nique improvisé du panier que Hannah a monté le matin, et des réserves de conserves qu'elle n'a quasiment pas touchées depuis son arrivée.
Elle entreprend de calmer ses nerfs en buvant une bière chaude, puis une autre. Elles ne font qu'alourdir sa tête. Elle ne ressent aucune envie de communiquer avec l'intrus.
Elle doit s'y soumettre quand il lui demande de lui expliquer sa progression. Remarquant qu'il comprend bien, il lui vient une idée. Elle lui propose de se lancer sur une parcelle d'exploration distincte de la sienne. Ainsi pourra-t-elle l'éloigner d'elle.

Ravi du défi, il s'y colle dès leur collation terminée, le walkman sur les oreilles. Il n'a posé aucune question sur la finalité du projet. Pas étonnant. Il doit être au courant de l'histoire des Hanshow.
Son calme et sa sérénité agacent Hannah autant que la jubilation qu'il a manifestée le matin. Contrariété, chaleur et alcool finissent par la plonger au creux du hamac.

Lorsqu'elle revient à elle, la nuit tombe déjà et elle a froid.
C'est absurde, elle a dormi tout l'après-midi. Ses jambes flageolent. Elle avale un comprimé, espérant arrêter la douleur de

son crâne, et enfile sa veste.

Yonatan s'active autour du barbecue. L'odeur l'écœure. Il l'observe aller et venir, affichant un sourire dans lequel elle n'arrive à déchiffrer que l'expression d'un contentement idiot.

Elle tente de se dynamiser et de recouvrer son quant-à-soi, l'image de l'archéologue, la pro, et finalement tourne en rond, indécise. Aucune urgence ne justifie de s'occuper immédiatement du tri des céramiques et, faisant le compte des possibilités s'offrant à elle, elle dresse le bilan, pêle-mêle, qu'elle n'a ni faim, ni connexion internet, ni la force de téléphoner, ni l'énergie de lire, et encore moins le désir de faire la connaissance de Yonatan qui flotte au milieu des effluves de viande grillée.

Elle retourne se vautrer sur le hamac et se rendort.

24

Elle s'éveille dans un silence troublé par un murmure quasi inaudible qui provient de la tente.

Passant la tête, elle aperçoit Yonatan assoupi, son walkman sur les oreilles.

Dehors, un thermos de café trône sur la table, heureuse initiative du lutin. Elle s'en verse une tasse, et sort son portable de sa poche. 22h18. Peut-elle encore appeler Sophia ? Elle lui écrit un texto : « t'es là ? »

Rappel immédiat.

– Tu vas bien ? demande Sophia.

– Pas trop, tu me manques. Tu viens prendre un café ?

– Ok, on se branche en visio, j'ai déjà ma tisane.

– Je ne crois pas que ce soit faisable, je dors parmi les arbres.

– Essaye…

– D'accord, accepte Hannah. Voilà… Ah t'es là, super !

– Pas toi... Il fait noir dans ton coin, c'est flou, commente la brunette parisienne depuis sa cuisine.

– Une seconde, j'attrape la lampe.

Hannah agite la main.

– C'est bon. Raconte. Quoi de neuf ?

Hannah chuchote :

– Le lutin d'Élie est arrivé…

– Quoi ? Je t'entends à peine !

Puis se souvenant que Yonatan a ses écouteurs, elle articule distinctement :

– Le lutin a débarqué !

– Un lutin ?

– L'assistant, envoyé par Élie.

– Et alors ? Il est sympa ?

– Non, à côté de la plaque, genre imbécile heureux. Ada m'a joué un sale tour.

– Ada ?

L'application se brouille et Sophia se déconstruit.

– Oui...

A la place, sur son écran, un homme et une femme apparaissent. Ils semblent en conversation dans la pénombre.

– Sophia ? T'es là ? Attends c'est bizarre...

– Oui. Qu'est-ce qui est bizarre ?

– Attends... Tais-toi...

– HELLLLLO ! s'énerve Sophia.

– Je capte un truc...

– Oui, moi ! Arrête ce cirque !

– Non, s'il te plait, tais-toi, mais ne coupe pas ! L'image va peut-être disparaître...

Les deux se tiennent les avant-bras.

– Je t'ai vue cet après-midi sous l'arbre, dit le gars.

– Tu m'as reconnue ? murmure-t-elle d'une voix émue.

– Je te cherchais.

– J'ai accouru dès que j'ai su que tu étais là.

– Je suis venu pour toi.

– Pour moi ?

– Il me faut ton aide.

Hannah remarque que Sophia n'est plus en ligne, pourtant ils sont toujours là. Il fait un pas vers elle. Elle les aperçoit se rapprocher l'un de l'autre, jusqu'à joindre leurs paumes, les bras le long du corps, et unir leurs fronts à la façon des chevaux qui s'aiment.

La gorge de Hannah se serre.

Sophia rappelle. Hannah l'ignore.

L'homme s'éloigne et la femme le regarde partir.

Hannah note qu'ils portent des tuniques comme celles des gens du désert...

Ensuite tout s'éteint.

– Putain, c'était quoi ce truc ?! s'étouffe Hannah, ne percevant maintenant que le crachotement de la musique de Yonatan.

Sophia n'a cessé ses tentatives. Elle finit par décrocher.

– Qu'est-ce qui t'arrive ?!

Hannah s'entend répondre :

– Rien rien. On a été déconnectées, c'est tout.

– Mais tu as dit que tu voyais quelque chose quand tu m'as ordonné de me taire... Je t'ai rappelée quatre fois, qu'est-ce que tu as vu ?!

– Rien en fait ! J'ai juste « cru » apercevoir quelque chose.

Voici que je me mets à mentir, se dispute-t-elle.

– Bon, tu n'as pas l'air bien. Discutons !

– Non, Sophia, je souffre d'une migraine. Elle avait diminué, et là elle revient. Je vais m'allonger.

– Tu es vraiment frustrante !

– Désolée. Je t'embrasse.

– Bisous, vilaine.

Cette nouvelle pique exaspère Hannah. La fusion absolue, critère essentiel de l'amitié pour Sophia, l'égratigne une fois de plus. Ne comprendra-t-elle jamais que si Hannah a envie de complicité elle a aussi besoin d'espace ?

Elle se lève, incertaine, troublée, curieusement émue, et divague dans le noir.

D'où provenait cette scène ? D'une tribu nomade ? Possédaient-ils des portables ?

Il existait des moyens satellites pour téléphoner des endroits perdus ; mais avec des caméras ? Sans compter que ce type de service était très coûteux. Comment des nomades auraient-ils pu se payer un tel équipement ?

Elle prend son sac et en tire son tabac. Allumer une cigarette lui donne l'illusion qu'elle l'aidera à percer le mystère. Elle n'a pas fumé depuis un mois, réalise-t-elle soudain.

Quoi qu'il en soit, ça ne tient pas debout... Ils étaient ensemble. Ces deux-là n'étaient pas en train de s'appeler... Ça devait plutôt être un film, un téléchargement inopiné qui se serait immiscé au milieu de sa connexion avec Sophia... Avait-on *hacké* sa ligne ?

Dans quelle langue s'étaient-ils exprimé au demeurant ? N'était-ce pas en... araméen ? Curieusement, elle n'aurait pu l'affirmer après-coup avec certitude. Non, ce devait être un dialecte quelconque. Mais elle avait compris leurs paroles.

Ses maigres connaissances technologiques ne s'avèrent d'aucun secours. Elle devra enquêter. Ou laisser tomber. C'était probablement anecdotique et sans intérêt, une erreur d'aiguillage. Ça n'avait aucun sens... des gens du désert, un arbre...

Pourtant l'émotion qui émane de ce couple subsiste en son esprit.

Elle a de nouveau fâché Sophia. Elle textote : « Pardonne-moi d'avoir abrégé ! » Ça devient une habitude...

Elle reçoit en retour : « Je dors », et se glace.

C'est toujours elle qui claque le bec aux autres... Moche ! Me voici encore moche. C'est fou, je me voudrais indépendante, et au total, dès qu'on me rembarre je me vois en négatif.

Du coup elle grille une deuxième cigarette et sent le sang pulser à travers son crâne douloureux. Elle l'écrase aussitôt, considérant plutôt l'option de retourner se coucher.

A la recherche d'un plaid, elle fouille la Jeep qui ne sert que d'entrepôt, et chaudement enroulée dans la couverture, se recroqueville au creux du hamac.

Très vite le vent se lève et l'irrite en lui soulevant les cheveux. Elle s'exporte dans le véhicule, puis, gênée, tendue de ne pas pouvoir inconsciemment surveiller les bruits d'alentour, se résout à se glisser, idiote, auprès de Yonatan. Elle sombre enfin, emportant en elle la présence des étranges silhouettes.

Au réveil, Yonatan est là, appuyé sur son coude, à l'espionner. Elle frissonne de dégoût et recule son visage.

– Shalom !

– Oui oui, fait Hannah, se concentrant pour repérer la fermeture de son sac de couchage et se lever illico.

Quelques minutes plus tard, il patauge en slip blanc rendu transparent, dans la flaque d'un grand baquet d'eau froide qu'il s'est renversé par-dessus, se savonnant méthodiquement. Ecœurée, Hannah s'assoit dans la direction opposée, sirotant un fond de café à peine tiède. Elle regrette déjà le confort de chez Ada. Et son intimité.

Intriguée par les évènements de la nuit, elle tente de se connecter à internet. Aucun réseau ne s'affiche. D'ailleurs il lui faudra descendre au moins « à côté » de chez Ada si elle veut récupérer ses mails.

L'énigme reste donc entière. Qu'à cela ne tienne, elle appelle son opérateur pour exposer le problème. La téléopératrice bataille une bonne minute dans le but d'obtenir de l'appeler par son prénom, et se met à articuler de plus en plus lentement lorsque Hannah explique le « phénomène ». Elle va interroger le technicien, « Hannah »… surtout qu'elle patiente, « Hannah »… pour finalement entendre une voix mâle marmonner on ne sait quoi. Puis Hannah comprend « une malade », et raccroche.

Yonatan la rejoint, propre et souriant. Son baromètre intérieur est-il bloqué en permanence sur « beau fixe » ? Il ouvre une boîte de sardines, un paquet de pain sous vide, et entreprend de déguster ce petit déjeuner dont l'odeur la fait reculer.

Elle aura à acheter du frais quasiment chaque jour, car la glacière ne gardera pas longtemps les vivres. Ou alors, elle se procurera un mini frigo à brancher sur la voiture, ce qui suppose de supporter régulièrement les émanations du diesel.

Elle en fait part à Yonatan.

– Ne t'inquiète pas Hannah, je m'occuperai du ravitaillement. J'irai au village. Tu me fais une liste, ok ? Et pour l'eau, Ada nous la fournira.

Elle descend avec lui jusqu'à chez Ada. Il court évidemment chez elle tandis qu'elle demeure assise sur une souche, au bord de la route, à relever ses messages. Il y en a un de Sorel !

Elle lit : « Hannah, j'ai oublié de te dire que je ne tiendrai pas compagnie à ton chat en juin. Je suis amoureux de quelqu'un d'autre. Désolé. »

Oublié ?! prononce-t-elle.

Chapitre 7

25

Il est là ce matin, au milieu de la place, Yoshua, le col de son manteau de laine et ses cheveux agités sous les bourrasques. Il se dresse, mains ouvertes.

Curieusement il lui paraît jeune, tandis qu'à l'époque de ses dix ans il était pour elle déjà un adulte. Ses yeux s'ouvrent étoilés de sillons blancs, saillant contre sa peau noircie de soleil, lorsqu'il étend son regard plein de lumière au-dessus des gens amoncelés à ses pieds. Et les rides s'effacent quand il les tance de la force de sa conviction. Mais est-ce une conviction ? Tout son être irradie, alors qu'il s'adresse à eux d'un souffle singulier qui fascine et transmet un goût, une senteur, un chemin, un merveilleux espoir.

Une foule s'est réunie autour de lui qui enseigne. Certains ont grimpé dans les arbres pour mieux voir, et avoir une chance de saisir ses paroles, malgré les uns et les autres commentant ses propos. C'est toujours comme ça ici, à part à la synagogue. Si tout le monde prétend écouter, tous parlent en même temps. Et il y a ceux assis qui crient après ceux debout qui ne veulent pas salir leur vêtement.

Elle le contemple, de loin. Lui fera-t-il signe ? Goûtera-t-elle la joie qu'ils se retrouvent une fois de plus ?

Elle perçoit par bribes qu'il réconforte les humbles, les pauvres, ceux qui souffrent. Ils ne possèdent pas la superbe des pharisiens ? Ni les certitudes des sadducéens ? Encore moins les moyens de payer un sacrifice au Temple, ni les services d'un rabbin ? Ils n'ont pas pu étudier les Ecritures car leurs pères devaient errer de labeur en labeur, de village en village ? Dieu connait leur souffrance ! leur annonce-t-il. Un intercesseur n'est pas nécessaire : leur douleur, ils sont en mesure de l'exprimer.

On chuchote. Pas besoin de rituels, les harangue-t-il, ils ne servent à rien. Il suffit qu'ils offrent leurs esprits confiants et le Père les accueille. Parce qu'ils sont Ses enfants et qu'Il est amour qui se soucie.

Père, il est LE Père tout simplement. Notre Père.

Soyez simples, les enjoint-il, demandez ! Votre appel le cœur ouvert, votre confiance, érigent un pont vers le Ciel !

Et c'est à vous d'oser cette liberté, d'ouvrir ce pont de Lui à vous, de dépasser les conventions et les limitations. Ou le fermer et mourir à jamais.

Certains disputent ses mots, méfiants. Maryam entend l'un d'eux revendiquer : « Et pour les petits qui sont trop jeunes pour s'adresser d'eux-mêmes à Dieu ? », ou un autre qui n'a rien compris : « Et une épouse, doit-elle sacrifier à Dieu sans son père, son époux ou son frère ?! » Et encore un, hostile, envieux : « Croit-il que chacun a l'autorité d'effacer les péchés passés, de soi ou de ses ancêtres, sans plus débourser ? Il balaye nos traditions, la légitimité de notre pouvoir religieux, l'unique qu'il nous reste ! » Enfin ceux choqués, amères : « Allons-nous prier seuls comme les femelles impures ? »

Yoshua s'avance et interroge celui qui tend les bras, celle qui l'appelle : « Que veux-tu ? Que cherches-tu ? » Et à chaque supplique, il guérit, et va même au-delà : il n'est pas un simple faiseur de prodiges, un ordinaire guérisseur, quelqu'un qui prend l'ascendant sur autrui. « Ta foi t'a sauvé, déclame-t-il, ta foi ! Pas moi, mais l'esprit à travers moi, explique-t-il, car le royaume des cieux est en vous. Adressez-vous au Père ! Comment peut-il vous combler si vous ne désirez rien, si vous laissez la distance s'installer ? Par contre si vous rompez ce silence, alors, en vérité, vous venez à la vie. »

Traversant ainsi la multitude, il atteint Maryam, et murmure en prétendant la bénir : « Au crépuscule, dans ta cour. Préviens tes gardes qu'ils me laissent entrer ! » Elle inspire son odeur, celle dont elle a gardé le souvenir et qu'elle a redécouverte la veille, et expire un « oui » de bonheur.

Les vieux qui la jouxtent lui demandent ce qu'il lui a dit. Confuse, elle bredouille en retour quelque chose d'incompréhensible et quitte l'assemblée, de peur d'être davantage questionnée.

Elle court à la maison et aperçoit Stiphora dans la grande salle, en train d'épousseter les divans avec un linge de coton.

– Il n'y a que toi ? lui demande-t-elle.

– Oui, ta sœur n'a pas embauché de seconde servante, ironise Stiphora. Heureusement que je n'ai que cinq bouches à nourrir et à entretenir !

– Martha est sortie ?

– Oui, et les veilleurs sont à leur poste à l'entrée. J'étais donc bien seule ! Mais maintenant tu es là, la taquine-t-elle.

– Promets-moi le secret pour ce que je vais te confier !

Stiphora lève les sourcils.

– Pardon, je suis bête.

Maryam l'embrasse.

– Oui bêtasse, je mérite bien un baiser ! Est-ce que j'ai été fidèle à quelqu'un d'autre qu'à toi ?!

– Yoshua ! Tu te souviens de lui ? tente Maryam.

– Comment aurais-je pu l'oublier ? C'est sa faute si tu as été fouettée. Est-il donc revenu te créer de nouveaux soucis ?

Maryam la dévisage, déconcertée :

– As-tu pu imaginer un instant que j'aie regretté cette rencontre ?

– Oui ! Quelle misère ! On t'a maltraitée. Tu as perdu ta désinvolture de fillette. Pourtant tu n'étais pas coupable…Tu t'es blottie dans son giron parce qu'il t'a ensorcelée !

– Oui Stiphora, j'ai souffert. Mais je suis allée vers lui parce qu'il m'a reconnue en tant que personne. Il ne m'a pas ensorcelée ! Au contraire, il m'a réellement vue. Il s'est adressé à mon âme et l'a habitée. Yoshua m'a permis d'apprendre, de tenir bon, de croire en un univers meilleur. Et tu vois, tout est arrivé afin que l'on se rejoigne.

– Il est là ?

– De passage. Je l'ai vu rapidement hier, et il sera chez nous ce soir.

– Chez nous ! Ta sœur le sait ?

– Non évidemment, « bêtasse », lui retourne Maryam, amusée. Je l'emmènerai dans la chambre haute. Je compte bien que tu occupes Martha et que tu mentionnes le côté très banal de ce rendez-vous, un vieil ami d'enfance de Jérusalem qui séjourne quelques jours dans le coin. Ou non ! Insinue qu'il veut peut-être m'épouser, elle nous laissera tranquilles.

Stiphora s'est assise sur le lit et pétrit son chiffon, répandant dans l'air la poussière qu'elle vient de collecter. Pour la première fois, elle a envie de trahir sa petite, de tout avouer à sa maîtresse, d'empêcher le pire. Elle scrute l'objet de son cœur de mère stérile :

– Maryam, j'ai entendu qu'il rassemble des disciples qui voyagent avec lui, ce Yoshua, des hommes, mais aussi des femmes…

– Oui ! Il les initie. Il s'adresse à elles directement ! Tu réalises ce que cela signifie ? s'exclame Maryam, les prunelles brûlantes d'une lueur étrange.

– Cela ne se fait pas… Maryam… tu ne comptes pas le suivre ? gémit-elle, un long soupir secouant sa poitrine.

– J'aimerais tellement !

– Non tu n'aimerais pas ! objecte Stiphora. Ils n'ont plus de foyers. Ils vagabondent sur les routes, sans but, et sont menacés partout où ils vont ! On bavarde dehors ! Je suis au courant ! Et on raconte qu'ils ramassent des individus égarés.

Maryam considère ce qu'elle perdrait, ce nid douillet, son indépendance. Leur salon est magnifique. Elle mène sa barque au gré de ses envies : sortir, lire, écrire… écrire… Écrire ? Voilà !!!

Mais, lui permettra-t-il ? Lui demandera-t-il ? Dans tous les cas je le ferai, décide-t-elle.

– Ne t'inquiète pas Stiphora, je veux juste consigner son histoire et ses enseignements. Je n'ai pas à marcher avec eux. Je peux servir Yoshua autrement. Il est venu ici pour moi. Il savait. Il sait tout. Il reviendra me voir. Oui j'écrirai pour lui !!

– Tu es amoureuse, remarque Stiphora à demi-rassurée.

– Non ! Mais… quelle femme pourrait ne pas succomber à un homme si étonnant ?

Stiphora gronde :

– Une qui prépare son avenir, et qui a la tête sur les épaules !

– Je ne l'ai jamais eue. Et un destin d'épouse ne me concerne pas, ajoute-t-elle, la voix sombre et les yeux soudain couleur d'orage.

Stiphora ignore volontairement l'allusion et reprend :

– Je suis ta famille, Maryam, je ne supporterais pas de te perdre, ma grosse bête !

– Yoshua prêche qu'il n'y a qu'une famille, celle de ceux qui se tournent vers le Père.

– Le Père ?

– Oui, Dieu. Nous sommes libres d'être ses enfants. Tous ceux qui le souhaitent !

– Non, ça, ce n'est pas donné à tous…

26

Il grimpe l'escalier derrière elle pour accéder à la chambre haute, et sa présence touche son dos, l'enveloppe, l'embrasse tout entière, embrasant profondément son cœur. Elle aimerait toujours monter ainsi, sans un mot, et juste sentir cette indicible communion.

Ils s'assoient sur un simple banc, sous la voûte profonde saturée d'étoiles. Il lui raconte l'aventure de l'humanité des origines à ce jour. Il les condense et lui dit avoir été là de toute éternité[48]. Elle l'écoute, intriguée. Ici-bas, presque deux ans se sont écoulés depuis le début de son ministère tant attendu. Tergiversant sur le moment opportun pour délivrer son message aux humains, c'est sa mère qui l'a précipité dans l'action, à Cana[49]. En réclamant qu'il change l'eau en vin, à des noces où il manquait à boire, elle l'a irrité de le faire remarquer de la sorte.

Par contre, son baptême reçu de Yohanân[50] a véritablement ouvert sa mission, sans oublier sa contemplation au désert[51], ces quarante jours durant lesquels la force nécessaire s'est accumulée en lui. L'esprit mauvais l'a alors tenté, comme il éprouve quiconque accroît de cette manière sa puissance... Désirait-il le pouvoir ? Le monde était à lui !

Non, il n'est pas venu en vue d'être roi, mais afin d'initier une ère nouvelle. Et, reprenant son bâton de pèlerin, il a croisé la Samaritaine[52], un midi où la soif le tenaille et qu'il est épuisé.

A elle parmi tous il dévoile son essence. Avec cinq maris, ayant dépassé toutes convenances sociales, elle est en mesure de s'ouvrir à l'extraordinaire !

– Mais pourquoi t'es-tu adressé en premier à une femme ?

48 Prologue Jn 1.
49 Jn 2, 1-11.
50 Mc 1, 9-11. Mt 3,13-17. Lc 3,21-22.
51 Mc 1,12-13. Mt 4,1-11. Lc 4,1-13.
52 Jn 4,4-42.

s'enquiert Maryam.

Il évalue le visage tendu sous les rayons de lune, soupesant combien elle est capable d'appréhender de ce qu'il s'apprête à lui dire de sa propre nature :

– Parce que je n'ai pas été conçu de la semence d'un homme, énonce-t-il en insistant sur chaque mot, mais du sang de ma mère et du souffle du Père[53]. Comprends-tu ?

– Veux-tu dire que tu n'as rien pris de l'homme qui engendre la vie ?

– Le Père s'est voulu pur du péché, m'entends-tu ?

Cette révélation inonde Maryam d'une connaissance qu'elle serait en peine de transmettre. Il était femme et Dieu. Il n'était pas issu du liquide gluant et acide. Etait-il…

– Il est en moi, Maryam, et… je suis en Lui, lui explique-t-il avec une grande douceur.

Elle se dresse brusquement et recule jusqu'au muret contre lequel elle se plaque, terrifiée, grelottante, la respiration difficile.

– Maryam ! Ne t'éloigne pas ! Souviens-toi ! Tu t'es assise sur mes genoux quand tu étais enfant… Je suis le même, je suis de chair ! Le Père, c'est moi, c'est toi, c'est nous tous. Il n'y a rien à redouter ! supplie-t-il, tendant les bras vers elle. Viens !

Frissonnante, hésitante, muette, elle l'observe longuement, puis se rapproche pas à pas, s'accrochant à la simplicité de ses dix ans, pour déposer ses mains frêles dans les siennes, et s'émerveiller d'y trouver une douce chaleur et la fermeté de ses paumes.

Et soudain troublée d'être debout alors qu'il est assis et de surplomber sa tête, elle se jette à ses pieds.

– Mais alors pourquoi n'es-tu pas plutôt une femme ? ose-t-elle questionner.

– Parce que personne ne m'aurait écoutée !

∞

Quand le téléphone d'Hannah a vibré dans la nuit, elle s'est mise à trembler. Qui appelait ?

Malgré la compagnie finalement bénéfique de Yonatan, depuis que Sorel l'a quittée des attaques de panique l'agressent régulièrement, et sans qu'elle puisse les élucider.

Ses jambes se dérobent et elle s'asphyxie. Va-t-elle mourir sur

---

53 Lc 1,35.

place ? Elle le croit, tant que les symptômes perdurent et qu'elle lutte pour regagner son calme. C'est comme si un démon devait être expulsé. Toutefois son inconscient refuse d'en livrer l'identité et il lui échappe.

Elle a pleuré la perte de Sorel, puis a été surprise de s'en être aussi vite consolée.

Ces émotions tellement contradictoires la laissent encore plus incertaine.

Alors quand son téléphone s'allume et qu'elle est spectatrice de cet échange, elle doute de sa santé mentale. D'autant plus qu'elle retrouve ces deux êtres dans un espace-temps étiré en comparaison du sien. On dirait qu'il viennent seulement de se retrouver alors qu'ici des semaines ont passé.

Mais cette nuit-ci, mystérieusement alerté, Yonatan s'est levé et a suivi la scène de cette rencontre, tout aussi fasciné qu'elle.

Suite à cela elle a eu une autre crise. Yonatan l'a attirée contre lui et serrée doucement, le temps que le malaise s'apaise. Et l'ayant incitée à s'asseoir, lui a proposé une boisson chaude.

– Hannah, c'était quoi ce que tu regardais ?

– Je ne sais pas trop en fait. Mon portable s'est enclenché de lui-même. C'est la deuxième fois que ça se produit. Le premier coup, c'était le soir de ton arrivée.

Et elle lui raconte.

– Je n'ai jamais entendu un truc pareil ! s'exclame-t-il.

– Penses-tu qu'il pourrait s'agir d'un téléchargement ? Les deux dialogues ont l'air de se suivre. On dirait un scénario sur l'évangile de Jean, et une autre source.

– L'évangile de Jean ?

– Un des livres des chrétiens. Il y a quatre évangiles. Mais on ne sait pas si celui-ci est réellement d'un « Jean », ce nom lui a été attribué au deuxième siècle et d'une manière peu fiable[54].

– Ecoute, lui suggère-t-il, la technologie ce n'est pas mon fort, mais nous chercherons demain s'il existe un tel film. Maryam, la naissance par l'esprit... je connais ces histoires... ces histoires au sujet de...

---

54 Le quatrième évangile aurait été attribué à Jean, le Zébédaïde, par Polycarpe qui aurait été en relation avec ce dernier, le tout rapporté par Irénée de lyon (fin du 2ème siècle, Irénée de Lyon, *Contre les Hérésies*, III, 1,1.), selon un de ses souvenirs d'enfance de sa rencontre avec Polycarpe, alors qu'il évoque sa mémoire défaillante (Eusèbe de Césarée. *Histoire Ecclésiastique*, V, 20, 5-6).

– De ?

– Le nom qu'il nous est, à nous les Juifs, interdit de prononcer, avoue-t-il en rougissant.

– Jésus-Christ ?

– Oui. Je sais, c'est idiot. C'est aussi le cas du tétragramme, le nom de l'Eternel. Même combat. Mais pour des raisons a priori opposées.

Elle fronce les sourcils, et reprend en se moquant :

– Laissons Yahvé à ses affaires. Quant à la possibilité que ce soit un « film », je n'en vois aucun évoquant Jésus en tant que mâle XX.

– XX ?

– Oui, sans chromosome Y.

– Stérile alors ?

– Probablement.

Hannah boit sa tisane dont s'échappent des volutes de vapeur et, désignant son mobile, lui confie :

– Ces phénomènes me rendent nerveuse.

– Ce qui n'est pas familier inquiète forcément. Je n'ai pas ressenti ça sur l'instant, j'ai cru que c'était une série. Maintenant j'ai le poil hérissé !

Pour la première fois, Hannah et Yonatan dialoguent vraiment. Les boucles noires et la bouille souriante ne sont plus un écran, mais une humanité rassurante.

– Merci d'avoir vu ce que j'ai vu. J'ai cru que je souffrais d'hallucinations, en plus des angoisses.

– Tu ne m'as pas demandé de t'aider, mais je suis là, Hannah.

– J'ai préféré garder ça pour moi.

– On ne doit pas rester seul à porter son existence.

– Pourquoi me dis-tu cela ?

– Tu sembles bien solitaire.

Hannah ne répond rien, étonnée qu'il ait remarqué son vide actuel et dont elle ne lui a pas fait part.

– Yonatan…

– Oui ?

– Tu crois qu'on a vu Jésus ?

– Yeshua ?

Elle rit de l'avoir piégé et il hausse les épaules.

27

Yoshua revient pour le troisième soir sur le toit en terrasse. Martha, n'y tenant plus, fait irruption. Maryam s'est levée, protectrice, afin de l'affronter.

Martha dévisage Yoshua longuement :

– Je me souviens… Tu as fait scandale chez nous… Maryam avait dix ans ! Que fais-tu là avec ma sœur ? Prétends-tu l'épouser cette fois ? le confronte-t-elle.

– Comment t'appelles-tu ?

– Martha.

– Martha, ta sœur n'est plus une fillette, et je lui enseigne.

– Père n'acceptera pas de te la donner, sache-le.

– Nous sommes des amis, Maryam et moi.

– Il est mon maître, ajoute Maryam, et je suis sa disciple, s'entend-elle affirmer, réalisant à ce moment précis cette décision dans son cœur.

– Le mot « disciple » n'existe qu'au masculin ! s'indigne Martha.

– Alors je suis « son » disciple, si cela te sied mieux.

Martha qui déteste perdre la main, change de tactique :

– Je ne peux pas permettre au voisinage de jaser sur tes visites. Ma sœur, avec son manque de retenue légendaire, sa façon de se moquer des convenances, suscite déjà toute sorte de suspicions, tu t'en doutes. Tu seras donc officiellement mon hôte. Nous garderons de cette manière les apparences sauves. On me respecte !

– J'accepte, Martha, ce sera préférable pour Maryam. Et il me plairait de te connaître.

– Viens demain soir célébrer shabbat.

– Je ne suis pas seul…

– Je t'accueillerai avec tes amis !

Et sur ce, elle tourne la tête et redescend l'escalier.

– C'est tout Martha ! lui explique Maryam. Il lui faut continuellement reprendre le contrôle. En tant que femme seule, elle ne reçoit personne et personne ne la reçoit, hormis les veuves. T'inviter est une aubaine, une revanche sur les esprits étroits.

– Elle veut dominer, comme la plupart des aînés qui restent des enfants qui méprisent leurs cadets. Venir après, serait-ce une tare ? La vérité appartiendrait-elle forcément au passé ?

Maryam, soudain lointaine, souligne sans savoir ce qui sort de sa bouche :

– C'est ce que dit Ada.

– Ah oui, Ada ! confirme-t-il dans un sourire.

Reprenant ses esprits, elle n'ose l'interroger.

C'est ainsi que Yoshua prit l'habitude d'instruire sa plus jeune élève, chaque fois qu'il revenait dans la région.

Il lui racontait tout ce qu'il avait traversé et vu, et elle l'écrivait. Il fallait se hâter, disait-il.

Elle abhorrait ce rappel. Et à l'idée du temps compté, elle s'envolait parfois le rejoindre – lorsque la rumeur soufflait qu'il était proche.

Martha lui en tenait rigueur, et probablement l'enviait, sans se résoudre à ouvrir son esprit à la proposition de Yoshua. Pourquoi aurait-elle quitté son rang, sa propriété, ses richesses ? Elle n'avait rien des faibles ou des fous qu'il rassemblait ! Mais elle appréciait la distraction qu'il lui procurait, et elle était fière qu'il vînt chez elle. Si elle se sentait conventionnelle, elle aimait l'idée d'une petite originalité qu'elle n'aurait pas supporté d'abandonner totalement à sa sœur. Quant à s'abaisser à être « sa » disciple, croire en lui, non, quelle horreur ! L'attitude de Maryam l'excédait.

Dîner avec Yoshua et profiter du divertissement, oui. Se jeter à ses pieds et boire ses paroles, certainement pas ! Et ses « signes », comme il les appelait – ni plus ni moins des miracles –, elle n'en avait pas besoin ! C'était bon pour sa cadette, calmée d'ailleurs – elle devait l'admettre. Elle mangeait sans problème, et sa tristesse l'avait quittée… Mais finir contre la poitrine de Yoshua lorsqu'ils avaient tous bu… elle exécrait la voir ainsi !

Par contre, Maryam n'avait pas modifié son comportement du tout au tout. Si elle avait retrouvé l'appétit, elle ne se souciait pas des préparatifs occasionnés par ces multiples repas[55]. Elle restait assise, fascinée, et la charge reposait sur Stiphora et Martha – jusque lors de leurs périodes, car bizarrement Yoshua dédaignait la notion d'impureté.

Il dédaignait aussi l'activisme de Martha et se moquait souvent d'elle, mais elle endurait tout, se félicitant en secret de sa propre bonté. Et si d'aventure elle interpellait Yoshua au sujet de la paresse de Maryam, non seulement il la défendait, mais la défiait, elle : « Maryam a choisi la bonne part et elle ne lui sera pas retirée ! » Et Yoshua la renvoyait à sa tâche, et tournait de surcroît en dérision sa cuisine « compliquée » : elle ne savait pas faire simple… Il ne comprenait décidément rien aux préoccupations de ce monde ! Qu'y avait-il d'absurde pour une maîtresse de maison, à exiger la tenue décente de son logis ? Et quand elle s'énervait de sa réponse, il l'amadouait en l'appelant par son prénom « Martha, Martha, tu t'inquiètes de beaucoup de choses ! », d'un ton affectueux.

Elle s'y était attachée en retour. Il représentait un peu un frère, remplaçant celui peut-être perdu à jamais. Et s'il l'irritait à l'occasion, elle ne se serait pas privée de ses histoires extravagantes ; elle était bon public, quand bien même elle ne s'accordait pas avec ce qu'on prétendait qu'il fût. Il était si naïf devant le pouvoir, rêveur, et un tel casse-cou !

Maryam en était amoureuse, c'était sûr. Et il l'embrassait plus que tout autre. C'était sans doute dangereux d'y laisser libre cours. Mais quand il s'agissait de Yoshua, Maryam se révélait indomptable. Cela alarmait également Stiphora qui peinait sur son travail dans une humeur sombre, et pleurait dès lors que Maryam s'absentait. Martha aussi s'inquiétait, qu'aurait-elle dit à Père s'il les visitait en l'absence de Maryam ?

Or ce jour-là, arrivé dans la brume de l'hiver, un voyageur a mis le cœur de Martha en fête : Lazar !

N'osant frapper à la porte de la demeure paternelle, il s'est directement réfugié chez elle.

Martha a serré dans ses bras cet unique frère, amaigri mais bien vivant, toujours aussi beau, toujours avec autant de superbe.

Et comme la troupe est justement là, elle l'a présenté à Yoshua qui s'est montré étrangement froid.

Maryam s'est braquée, alors même que Lazar a flatté sa beauté

---

55 Lc 10,38-42.

et s'est approché pour l'étreindre. Elle l'a sèchement repoussé et il en a été visiblement froissé. Ces échanges ne sont pas passés inaperçus et la soirée n'a pas été très animée.

Yoshua a gardé Maryam près de lui et s'est tu. Ses compagnons, d'ordinaire volubiles, ont somnolé.

Ils repartent dès le matin vers le Jourdain. Reviendront-ils malgré le malaise engendré par Lazar ?

Peu importe. Martha est heureuse de récupérer sa fratrie au complet. Lazar leur redonnera un statut dans le village.

Maryam n'osera plus s'échapper maintenant qu'il vivra avec eux car, tôt ou tard, père et mère seront informés de son retour et il parlera.

Yoshua et son groupe lui manquera, mais il est plus important d'avoir un vrai foyer.

Lazar retravaillera, peut-être ici, en tout cas elle l'espère.

Il faudra simplement réussir à le réconcilier avec les parents, et avec leur sœur. Elle y arrivera.

Elle se couche confiante.

La suite ne sera pas conforme à ses espoirs. Le lendemain tôt, tandis qu'elle est encore au lit, elle perçoit des cris, et se lève pour constater que sa sœur a de nouveau disparu.

28

Maryam n'est plus en sécurité chez elle. Ce matin-là, Lazar s'est glissé sous sa couverture.

Pensant dans son sommeil qu'il s'agit de Stiphora, elle s'est collée à lui.

– Tu t'enflammes avec ton Yoshua et il ne partage même pas ton lit, il est cruel... chuchote-t-il à son oreille, à l'instant même où elle identifie l'objet dur et chaud frottant son abdomen.

Elle le repousse alors de toutes ses forces.

– Sors de là immédiatement ou je vais te tuer !

Il éclate de rire.

– Oh là ! revêche ! tu n'étais pas si sauvage à douze ans ! la provoque-t-il, en lui pinçant une fesse.

– Satan ! Tu m'as ôté ma virginité ! Recule !

– Tu en rêvais, avoue. Tu avais besoin que quelqu'un te calme.

– Descends de là ! crie-t-elle, secouée de dégoût.

– J'en descendrai de la même façon que j'y suis monté, et quand il me plaira.

Il se jette sur elle et la serre violemment.

– Je t'aurai cette fois, tu ne m'échapperas pas !

Un bruit dans le couloir le déstabilise. Profitant de la diversion, Maryam arrache son corps à l'étau des bras et des horribles jambes velues, attrape en courant sa tunique, et fuit. Elle s'habille au milieu de la cuisine auprès de Stiphora.

– Je t'ai entendue crier, c'était après Lazar ? s'inquiète cette dernière.

Maryam enveloppe du pain avec un linge et l'enfonce dans son sac. Elle chausse ses souliers montants, attache son manteau de laine le plus épais d'une ceinture, jette un châle sur sa tête afin de braver les gelées – et tout œil inquisiteur –, et charge sa besace sur l'épaule.

– Je reviens, lance-t-elle en guise de réponse. Mais ne m'attends pas avant quatre jours.

– Mais où pars-tu ?!

– Ne me demande rien.

Elle salue les gardes, traverse la cour puis la place, et gagne la route de Jéricho. On l'observe passer dans l'air glacé. Elle localisera la sorcière, se promet-elle, celle qui administre des remèdes contre toutes sortes de maux, et la convaincra. Ou lui mentira. Il lui faut décider.

Après presque deux journées de ce voyage vers le nord, à s'être jointe à des groupes d'inconnus, à s'exposer aux regards curieux lorsqu'elle s'enquiert de la guérisseuse, elle arrive enfin à une chaumière entre deux bourgades.

Elle la repère dehors, occupée à trier des plantes.

A l'encontre de tout ce qui se raconte, elle n'a ni verrue ni cicatrice, mais un beau visage encore jeune, des yeux gris, et une voix légère et gaie. Elle aperçoit Maryam.

– Bonjour gazelle ! claironne-t-elle.

– Bonjour, je suis Ma –

– Non, je ne veux pas ton nom. Viens, Gazelle. Rentrons chez moi nous restaurer et boire. J'ai soif !

– Merci, oui.

La thérapeute l'installe sur une paillasse et apporte des olives, une miche, et une soupe de lentilles à l'huile. Maryam y plonge son pain et s'en délecte. Étudiant autour d'elle les herbes qui sèchent au plafond et la multitude de jarres qui jonchent le sol, elle vide une tasse de vin mêlé d'eau et de miel.

– Tu es de la ville ?

– Non, d'un village près de Jérusalem.

– Et il te faut te débarrasser d'un animal enragé, c'est ça ?

– Euh... oui. C'est ça, admet-elle en baissant le front.

– Nous y veillerons. Mais certains insistent sur l'idée de ne pas ajouter de violence à la violence, j'ai entendu dire.

– Oui, acquiesce Maryam, ébranlée.

– C'est le cas d'un maître proche de toi, non ?

– Oui, concède-t-elle encore.

– Notre ancêtre Moïse a également dû en éliminer un, sais-tu ? Il y a des êtres que l'on ne peut appeler « humains ».

150

Maryam, troublée par sa clairvoyance, avance :

– Vous croyez qu'il est nécessaire de… enfin, concernant cette bête enragée…

– Oui, tu dois. Et n'aie aucune hésitation. C'est lui ou toi.

C'était ce qui avait décidé Maryam. Si elle requérait une aide officielle, elle ne serait pas crue, et serait lapidée parce qu'adultère ou tenue pour une prostituée. Elle n'avait pas le choix. Lui seul l'avait et il ne reculerait pas. Il était pris par cette folie.

Partageant la même couche, elles causent tard dans la nuit, et la soigneuse lui vente l'efficacité des emplâtres, des onguents, et son travail de sage-femme. Elle n'a pas d'élève à qui transmettre, elle lui apprendra si elle le souhaite. Maryam est émue de sa sollicitude. Désireuse de lui rendre sa sympathie, elle s'enquiert de son sort :

– Vous n'avez pas peur de vivre toute seule ?

– La peur qu'autrui nourrit envers moi est un rempart suffisant, rit-elle. Ils craignent que j'attire sur eux de mauvais esprits, ou pire, que je les empoisonne. Et par ailleurs ils dépendent de moi pour donner la vie, ou que je la leur conserve.

– Vous me tentez !

– Reste ! Tu seras débarrassée de ce chien par la même occasion.

– J'aimerais bien acquérir votre savoir, oui…

– Ton destin est auprès de cet homme, je comprends. Et on doit supporter d'être traitée de sorcière !

Etre prise pour une magicienne, elle pourrait s'y faire, elle est habituée ; on lui a attribué tellement de qualificatifs. Non, la question n'est pas là. Si cette science lui fait envie, elle a soif d'une autre connaissance, l'ultime, celle de Yoshua.

C'est ainsi qu'elle repart vers la *Maison de Martha*.

A son arrivée, elle ne répond pas aux questions de sa sœur, mais l'étonne à vouloir se mettre aux fourneaux et à se conduire différemment. Elle semble changée, presqu'apaisée, même si, curieusement, elle s'est remise à dormir avec Stiphora. Et non contente d'aider, elle tient à servir. Du jamais vu ! Elle a en outre à cœur que Stiphora se soumette au repos hebdomadaire. Cependant l'esclave éprouve de la gêne à se relâcher et Maryam la pousse vers sa chambre à l'heure de la sieste… Un miracle s'est-il accompli ? Martha remercie Yoshua.

Oui, finalement, il est bien son ami à elle aussi.

Or au bout de quelques temps de cet état de grâce, justement un jour de shabbat, Lazar tombe malade.

Il est pris de terribles maux de ventre, se penche sans cesse comme s'il voulait vomir, les pupilles dilatées. Il tremble d'un froid intérieur et ses mains, ses doigts, fouillent le vide, tentant d'attraper quelque chose qu'il ne peut plus réclamer, incapable d'articuler.

Martha convoque le rabbin, qui se dépêche, aussi vite que la loi lui permet.

Stiphora s'empresse de chauffer des couvertures et de les renouveler, de faire bouillir des tisanes qu'il ne réussit plus à avaler.

On a fait prévenir les proches du retour de Lazar et de son état inquiétant.

Affolée, désespérée, Martha se lamente. Maryam pareillement. Martha, de peur de perdre Lazar, Maryam de risquer d'être rejetée par l'être qu'elle aime plus que tout au monde... Yoshua saurait...

Le rabbin, impuissant, se retire.

Martha fait soudain un bond, sous l'effet d'une révélation :

– Maryam ! Faisons quérir Yoshua ! Il le guérira !

– Pourquoi ?! Tu ne crois pas en ses signes !

– Je suis prudente, voilà tout. Et il est notre unique espoir !

On envoie un messager qui le trouve facilement.

Il annonce qu'il viendra, mais ses disciples ne comprennent pas, devant l'urgence, qu'il ne se mette pas aussitôt en marche. Ou au contraire qu'il ne renonce pas à s'approcher si près de Jérusalem, car les autorités ont commencé à le chercher, et ses compagnons craignent le pire.

Les sœurs se désespèrent de cet ajournement.

Père et mère ont accouru. Lorsqu'ils arrivent, Lazar s'est éteint. Samuel récupère son fils, maintenant doublement aimé, à cause de la haine éprouvée dont il se repent, et de la honte dont il vient d'être délivré.

La nouvelle se répand et les amis de la famille les rejoignent en vue de l'ensevelissement. On afflue de la ville sainte et la demeure se gonfle. Il faut nourrir tous ces gens. Les villageoises prêtent main forte et on s'affole au service. On a mandé les pleureuses et les joueurs de flûte. Une terre riche d'une grotte est achetée et on a taillé une pierre, afin de fermer l'entrée de cette tombe de nantis. Selon la tradition, le soir même, tout est terminé.

Beaucoup s'attarderont à les entourer et les soutenir, se retirant petit à petit. On ne sanglote plus que par moment, on se réchauffe ensemble, on discourt, lorsque les endeuillés lancent quelques mots. Quant à Maryam, solitaire, elle s'enferme dans un trou de désespoir.

Les parents demeureront ici le mois de deuil, c'est la coutume. Ils souhaitent aussi profiter de leurs filles, ayant compris la dure leçon, à savoir que les liens sont des biens temporaires.

L'univers de Maryam s'étouffe une fois de plus.

Yoshua, qui a par le passé manifesté sa gloire en ressuscitant le fils d'une veuve de Naïn, a deviné son acte et changé d'avis. Il ne s'est pas présenté.

Il la méprise, et elle le comprend. Il méprise d'ailleurs tous ceux dont les lèvres disent une chose et les actes en prouvent une autre.

Ce frère qui avait non seulement détruit sa jeunesse, brisait aujourd'hui son amour, son futur.

Elle ressentait de nouveau cet étrange désert en elle, cette tentation interdite par leurs Livres.

Mais l'était-elle encore ? Yoshua avait mis l'humain au-dessus de tant de coutumes, de tant de rituels, et leur avait fait le cadeau de la liberté. N'avait-elle pas le droit de fuir ce sort, si celui-ci devenait insupportable ? Elle avait tué, elle. Comment recouvrer la paix, après avoir sali sa nature de femme ? Elle s'était sentie déterminée. Mais là, elle était torturée de doutes. Elle avait laissé partir Yoshua sans une parole, malgré l'intuition qu'il avait de sa souffrance. Elle ne lui avait rien confié. Elle en pleurait des larmes amères.

Écartelée, elle lance sa supplique : « Père de Yoshua, Père de mes ancêtres, notre Père, étends sur moi ta miséricorde. Regarde mon crime. J'ai tué Lazar. Je n'ai pas su me défendre autrement. Père, entends mon tourment. Remets la faute de ton enfant impuissante à pardonner à son prochain, à soi-même. Eloigne la misère de mon âme. Et permets que mon chemin parmi les ténèbres rejoigne celui de ton fils de lumière. »

Chapitre 8

Chapter 8

29

L'archéologue et son assistant n'ont pas déniché de film évoquant la nature, pleinement divine et pleinement féminine, de Jésus. Et pourtant ils ont consacré la journée à cette recherche, déjeunant dans un café offrant une connexion internet. Non, rien. Troublant.

– Si j'avais cru qu'un jour je m'occuperais de… de Yeshua ! s'étonne Yonatan, surpris de dépasser si vite le tabou de prononcer ce nom.

– Que ressens-tu ?

– Je ne peux pas dire. Rien, en fait. Ou plutôt si, une sensation d'étrangeté. Et aussi oui, une sorte de petite culpabilité, je l'avoue. Mais c'est cool, je n'affectionne pas les interdits. D'ailleurs je devrais lire ce qu'on raconte à son sujet, vos « évangiles », c'est ça ?

– Oui enfin, « vos » évangiles, souligne Hannah. Ils vous appartiennent en priorité. C'est très étrange votre phobie de ce qui touche à « Yeshua ».

– Le but est de conserver notre identité, tu vois. Il a menacé nos croyances, nos habitudes, nos prescriptions, en nous imposant de les envisager autrement et de les relativiser, d'avoir un rapport à Dieu totalement différent. Et de permettre que les étrangers accèdent à qui nous sommes. Un vrai traumatisme, et toujours présent aujourd'hui.

– Mais le repousser radicalement, c'est comme si nous rejetions Einstein parce qu'il a dérangé notre perception du monde !

– Vous l'avez fait ! Vous avez tué des savants.

– Ça date, proteste Hannah. Le pouvoir religieux craignait à l'époque d'être ébranlé par la science, de perdre sa suprématie, et par la même occasion son argent. Ces hommes n'avaient guère foi dans le projet divin. Il me semble que quand on croit *à* Dieu, on ne peut douter qu'il se pérennise, non ?

– Pour tuer un être, il suffit parfois de ne pas l'entendre… Et la certitude que tu allègues est donnée à si peu de personnes, Hannah, ne le sais-tu pas ?

Cette conversation les bouleverse de part et d'autre. Inconsciemment, il parle d'elle, estime-t-elle. Seule et sans foi.

Un raz de marée avait détruit ses fondements, en une unique grosse vague.

Elle avait perdu Sophia, Ada, et Sorel. Une véritable nuit obscure était tombée sur son être. Même Luke, son soupirant, s'était envolé, non que le petit jeu lui manquât – c'était tellement vain. Et sa mère avait littéralement disparu. Hannah avait fini par lui laisser un message, mais n'avait pas été rappelée.

Il lui arrivait d'aller se cacher à l'autre bout du domaine et de pleurer sans bruit, avec la crainte que ses seuls amis fussent le rouge-gorge, l'abeille, le vent dans les arbres. Ce voyage faisait ressortir toutes les aspérités de son existence et mettait en exergue ses contradictions. Elle se disait qu'elle était en train de s'étouffer au fond d'une trappe imaginaire qui la suffoquait.

Imaginaire ? Pourquoi ai-je pensé cela ? questionna-t-elle. Peut-être avait-elle à l'esprit qu'il se jouait en elle une suite de ricochets, dont le lanceur ne se dessinait pas clairement. En était-elle l'actrice, et non pas la simple victime comme il aurait été confortable de le croire ?

Sorel avait ressenti son ambivalence et l'avait quittée pour des bras plus accueillants. Sophia se lassait qu'elle ne lui rende pas la pareille. Ada, non, Ada ne l'avait pas rejetée, c'était elle qui lui tenait rigueur et l'avait désertée. Ada avait seulement tenté sa chance. Et Luke, elle avait joué la coquette, refusant de se dévoiler ; il avait fui. Finalement elle se montrait inaccessible envers ceux qui l'aimaient. Mais gardait-elle les autres volontairement à distance, ou était-elle tout bonnement elle-même ? N'avaient-ils pas aussi à balayer devant leur porte, au lieu d'essayer de la plier à leurs désirs ? Elle questionnait le bien-fondé de ces relations collectées au hasard de la vie. S'était-elle efforcée de vivre dans un cercle qui n'était pas le sien, d'accoster des êtres par trop différents ? Elle se comprenait si peu elle-même... Comment aurait-elle pu trouver « son » univers ?

Elle souffrait du manque de réponses à ces questions, et du sentiment d'isolement qui l'engloutissait à certaines heures, la recrachant le moment suivant sur cette terre sur laquelle elle se penchait et travaillait, cette terre bien concrète, bien réelle, où elle aurait pu retourner vers Ada et s'ouvrir à Yonatan.

Yonatan… Elle n'avait pas pris la peine de le connaître. Classé, oui, voilà.

Elle l'avait rangé d'emblée dans le groupe de ceux qui ne l'intéresserait jamais, au-delà de ce qui se vivait ici dans l'instant. Quel était son quotidien, à lui ? Elle n'en savait rien, mis à part qu'il était un Juif vivant en Israël.

Mais pouvait-elle tout à coup le questionner, après plusieurs semaines de travail côte-à-côte et néanmoins tissées d'indifférence ? Elle s'endormit emplie de honte.

C'est ainsi que le lendemain matin au petit déjeuner elle l'interroge entre deux bouchées de sa tartine :

– Tu fais quoi dans la vie d'ordinaire ?

Il la considère longuement, ses yeux bruns dans les siens :

– Pourquoi te couches-tu toujours dans ce hamac ? Viens dormir à côté de moi. Je ne te toucherai pas.

Il recommence, soupire-t-elle.

– Mais, je ne t'ai pas demandé ça !

– Je vois que tu as peur de moi – dans le meilleur des cas. Tu te sentirais mieux si tu dormais auprès de moi. Tu peux avoir confiance.

Elle éructe bruyamment, malgré elle, et se sent vulgaire :

– Pardon, s'étouffe-t-elle.

Elle boit un peu d'eau, afin de calmer son estomac.

– Un doctorat en Histoire de l'art.

Elle recrache sa gorgée sur lui. Saisi, il tire de sa poche un mouchoir de tissu blanc, pour s'essuyer le visage.

– Pardon !

– Encore ?! Bon, l'idiot du village va reprendre ses fouilles, conclut-il en se levant. Je crois que je tiens un filon !

Elle le regarde s'éloigner, enfiler sa casquette à l'envers afin d'éviter la morsure du soleil sur son cou, entrer dans la tente et prendre ses outils avant de rejoindre son ouvrage.

Chamboulée par son indulgence, elle file se recroqueviller une fois de plus au fond du terrain, se sentant de nouveau nulle, mauvaise, ridicule, prétentieuse, horrible, méchante, stupide, rancunière et derrière ces défenses là… blessée, fragile.

Il l'a rejointe en quelques enjambées. Elle perçoit alors les bras souples l'entourer, un corps la serrer tendrement en accompagnant les sanglots qui l'inondent.

– Il faut creuser des puits chez les humains, si tu veux discerner ce qu'il est possible d'établir avec eux. C'est difficile Hannah. Mais tu en es capable, j'en suis sûr.

Elle s'apaise dans son étreinte et a soudain cette envie dérisoire de lui faire remarquer à lui aussi : « J'en suis sûr, ça signifie qu'on n'en est justement pas sûr ».

30

– Travaille près de moi ce matin, lui propose Yonatan, quand elle a cessé de pleurer. Une certaine pierre ne va pas te laisser indifférente.

Elle se fige, le regard à l'intérieur. Il la scrute, la peur au ventre à l'idée d'avoir malencontreusement appuyé sur le bouton de la bombe H.

– En conclusion, il n'y a pas de connexion internet ici et pas de film ! Affirme-t-elle.

– Oui ?

– Je n'aurais pas dû pouvoir me connecter en visio ni recevoir cet… appel.

– Le réseau d'Ada ?

– Non, trop loin.

– Tu as dû en capter un, forcément, soutient-il.

– Non. J'ai réessayé plusieurs fois.

– Tu veux donc dire que c'est… un miracle technologique ?

– LOL, ironise-t-elle

– Je ressemble à un lutin, LOL me va.

– Ok, « Lol », puisque tu te moques, tu seras maintenant nommé « Lol » devant Dieu. N'est-ce pas ? fait-elle, le visage vers le ciel.

– Tu t'adresses à qui ?

– Au Barbu, là-haut.

– Le Seigneur ? Nous, nous le prions vers le sol.

– Et peut-être à son Ashérah, son pendant féminin[56]. Le Barbu n'a pas divorcé au 7ème siècle avant notre ère, on l'a seulement prétendu. C'est la folie du prophète Jérémie ; comment a-t-on pu le prendre au sérieux ? Il allait jusqu'à encourager les siens à se soumettre aux babyloniens !

---

56 Un ostracon de Kuntillet Ajrud (désert du Sinaï) livre l'inscription : « Je vous ai bénis par YHVH de Samarie et son Ashera. »

Il l'écoute patiemment exposer ses théories, puis tente de l'éclairer :

– Hannah, Dieu est mâle et femelle. Ashérah, séparée de l'Eternel, fait figure de déesse parallèle, d'idole. Une source de confusion pour l'esprit en conflit et qui a besoin de se centrer en un point focal.

– Oui enfin, qualifier Dieu de « masculin », c'est une autrement plus grande source de confusion, puisqu'il n'y a pas de genre, sinon le masculin et le féminin, pour définir les humains. On croit que Dieu est « homme » et qu'il crée un « homme », alors qu'il s'agit de « l'humain ». Donc Yahvé et Ashérah, couple divin, ça me plaît mieux !

– Tais-toi ! Il ne faut pas prononcer le nom divin[57] !

– Yiiii, on se croirait dans Harry Potter... braille-t-elle. Relax Max !

– C'est vraiment important. Ce n'est pas un tabou, c'est maintenir le Seigneur au-dessus de tout, au-delà de ce qu'on imagine, et s'en souvenir, s'en imprégner.

– Ok, je t'entends, mais bon, ça fait un peu phobie-TOC-TOC. Votre Jésus vous a incités à aller à l'essentiel, ou « l'Essentiel » avec un grand « E ».

– Il n'est pas « notre » Jésus ! On l'a rejeté, et d'autres s'en sont accaparés depuis.

– A l'époque, une partie des Juifs ont adopté ses enseignements. T'arrive-t-il de te poser des questions ou aimes-tu juste les certitudes ? Moi je m'en moque, je fais de l'archéologie, je connais les textes parce que je dois les connaître, et il y a eu tellement de malheurs à cause de ces idéologies... Je ne crois en rien, et je vais plus loin : croire est toxique.

– L'athéisme et le matérialisme, voici le nouvel opium du peuple, Hannah. Il y a eu plus de morts lors des guerres matérialistes. Sans compter les motifs politiques à la plupart de celles dites religieuses.

– Bravo, quoi qu'il en soit je ne ressens toujours rien !

– Sans le religieux – et là je vais être généreux – dans un sens large, on vivrait tels des bêtes qui se déchirent.

– Mais toi, tu vibres quand tu évoques « celui dont on ne doit pas prononcer le nom » ? questionne-t-elle d'un ton obséquieux.

---

57 Ex 20,7. Et le nom « Je suis » révélé à Moïse en Ex 3,14.

– Le Seigneur aime chacun de nous, et moi j'essaye, avoue-t-il, sincère.

– C'est chrétien, ça ! lui fait-elle remarquer.

– Tu embrouilles tout Hannah, l'accuse-t-il défensif. Pas étonnant que tu sois perturbée !

– Perturbée ?! Ceux qui ne se posent pas de questions sont perturbés !

– Tes questions n'auront jamais de réponses, et tu le sais. Tu t'approches de ce qui brûle, et tu t'étonnes de t'y blesser.

– Eh bien, je préfère me brûler que vivre programmée comme une imbécile ! lance-t-elle en colère et en reculant.

Mais tandis qu'elle tâche de fuir de nouveau, il la rattrape par la manche :

– Hannah, arrête de faire ça, on dirait une enfant qui boude. On peut penser différemment sans se séparer, sans se couper, sans guerroyer. C'est ça aimer autrui. Chercher au moins une passerelle, même fragile. Le plus petit commun dénominateur, tu vois, l'humanité de base que nous pouvons tous partager, dans les gestes simples, dans l'envie d'être proches. Il suffit de ne pas vouloir se battre. De le décider. Reste auprès de moi, Hannah !

Elle hésite, mais le creux de son bras fléchit déjà.

– En tout cas, y'a jamais eu de connexion internet ici !

– Ok, mais enterrons la hache de guerre !

– Oui, cela vaut mieux que de te la planter au milieu du dos…

Elle l'observe d'une manière inconnue et ajoute d'une voix soudain grave :

– … surtout que je n'ai plus que toi sur cette terre.

Il tressaille, lui lâche la manche, et se demande comment il doit interpréter le mot « terre ».

Et afin de dissiper sa stupéfaction, il s'éloigne et la hèle tout ensemble :

– Allons, travaillons pour Élie !

Ce jour-là, ils commencent à mettre à nu des pans de murs qui semblent courir au-delà de la propriété. Ils les dégagent grossièrement, puis brossent les pierres.

Le soir, Hannah envoie des photos à Élie. Il les accueille tel un jeune fou.

« I'll be there as soon as I can ! » annonce-t-il.

Yonatan l'a laissée seule un moment, et revient chargé d'une bouteille de champagne au fond d'un panier.

– Hannah ! Viens ! l'appelle-t-il en riant.

Il a même rapporté deux vraies coupes.

– Nous allons trinquer, à toi et à ton chantier !

– Où as-tu trouvé ces verres ? s'étonne-t-elle.

– Tu ne peux pas renoncer une seconde ?! s'indigne-t-il en faisant sauter le bouchon. Souris, Hannah, s'il te plaît, et oublie de lutter ! Une heure au moins !

Il verse le précieux vin qui crépite doucement. Le rouge-gorge se pose sur la table, intrigué.

– Ok, mais à « notre » chantier alors ! offre-t-elle, levant la coupe déposée entre ses doigts.

– Non, à toi, je suis ton aide.

Ils boivent les yeux dans les yeux. Dégustant l'arôme de la première gorgée frémissant sur sa langue, Hannah s'incline :

– Ça me touche. Merci.

– Je les ai pris chez Ada.

– Quoi ?! se crispe-t-elle.

– Ada se réjouit avec nous.

– Cela m'étonnerait, elle veut que je creuse son jardin !

– Son jardin ?

– Elle désire aussi des fouilles.

– Ada a une profonde sagesse. Elle partage notre joie, je l'ai vu.

– J'ai refusé.

– Ada est riche, malgré ce qu'elle laisse paraître. Elle pourrait se payer ce qu'elle souhaite. Il y a probablement une raison particulière à ce qu'elle a bien pu te raconter. Détends-toi, il ne s'agit que d'un fantasme de sa part, sinon elle l'aurait déjà mis en œuvre, j'en suis sûr.

Déposant son chapeau sur une chaise, Hannah grogne et avale d'un trait le liquide qui bouillonne dans sa bouche. *Tu n'es sûr de rien !*

Et comme s'il l'avait entendue, il confirme :

– Ada sait qu'il y a un temps pour tout, et elle a confiance.

– Confiance ?

– Oui, sa foi.

– Tu l'idéalises !

31

Cette nuit-là, ivre de la joie de leur découverte et du champagne, elle s'est couchée à côté de lui.

Puis dans l'inconscience, ils se sont lovés l'un contre l'autre, jusqu'au petit matin qui les a trouvés étroitement enlacés.

Le téléphone de Hannah les a brutalement électrisés, les réveillant pour une nouvelle vision.

– Regarde çaaaaaa... mugit Hannah, le gosier sec.

La femme, dont ils se rappellent la silhouette, sanglote. Et soudain, c'est l'affolement. Une autre court au-devant de quelqu'un qui s'avance... Yoshua... pour lui reprocher de n'avoir pas été là plus tôt[58]. Il ne s'est mis en route qu'au bout de plusieurs jours, proteste-t-elle, indignée. Est-ce qu'il ne veut pas les aider ? Est-ce que Lazar, par ricochet de son amitié pour elle, n'est pas également son ami ? Il l'éprouve sur le fait qu'elle ne croit pas en qui il est, et lui fait maintenant l'assurer que oui.

Elle lui accorde du bout des lèvres : il est le messie, le Fils de Dieu – elle est prête à tout pour sauver Lazar. Mais il est trop tard. Que n'est-il arrivé avant !

Il ne vient pas jusqu'à chez elle, mais réclame qu'on lui envoie Maryam. Nul doute qu'il ne souhaite pas se retrouver face à leurs parents.

Hannah accroche l'avant-bras de Yonatan, réalisant, dans cet enchaînement « en plein jour », que la fille qui se précipite, là, vers Yoshua, est trait pour trait la personne ayant traversé sa première nuit de cauchemar sur la colline. Elle lui plante ses ongles :

– Maryam !

– Que se passe –

– Chut ! l'arrête Hannah.

_____

58 Jn 11,1-44.

Maryam éplorée s'approche de Yoshua. Des gens la suivent. Elle s'écroule à ses pieds.

– Rabbouni, si tu avais été ici, mon frère ne serait pas mort. Je n'ai pas su faire autrement, réussit-elle à articuler entre ses larmes.

Il s'est penché au-dessus de sa tête et a relevé son visage vers le sien, afin que ses paroles restent secrètes :

– Je ne te laisserai pas porter seule ce poids. Il recouvrera la vie.

– Mais mon acte t'oblige à ressusciter un homme mauvais !

– L'époque n'est pas encore venue de séparer les épis de blé des mauvaises herbes.

Il pleure alors avec elle – lui qui ne pleure jamais que sur Jérusalem pécheresse[59] – de devoir ranimer un être odieux, et tout autant de la détresse de Maryam.

Ni les Juifs ni ses disciples ne comprennent pourquoi il n'a pas accouru à l'annonce de la maladie de Lazar. Et pas plus la raison de ses pleurs.

Lazar est-il finalement son ami ? s'interrogent-ils.

Il se fait désigner la sépulture et, empli d'une froide colère, exige qu'elle soit ouverte. Martha, toujours incrédule, tente de s'y opposer. Le corps est là depuis plus de trois jours, il se décompose déjà ! Il s'irrite de son doute. On roule la pierre.

Yoshua ordonne à Lazar de sortir de sa tombe, et aux Juifs de le délier des bandelettes et de le relâcher.

Pas une embrassade, pas d'amour. Il n'a que faire de Lazar, si ce n'est pour manifester la gloire du Père.

Lazar s'éloigne sans un mot, sachant qu'il n'a pas mérité un tel don. Et Martha n'ose exprimer son bonheur, tant ce miracle semble coûter à Yoshua. Elle ne comprend rien à ce qui se déroule sous ses yeux.

Et alors que la foule s'ébahit du retour du mort, Yoshua a entraîné Maryam à l'écart :

– Il doit mourir, c'est écrit. Il ne sera bientôt plus parmi nous. Sois forte[60].

∞

Yonatan et Hannah retombent sur leurs oreillers.

– On dirait que Maryam a tué Lazar ! commente Hannah. Ce

---

59 Lc 19,41. Comparer avec Mc 5,39.
60 Jn 12,10.

n'est pas la version de l'évangile ! Mais tant de passages ont été modifiés au fil des siècles... Il est vrai que ce texte est troublant[61], il n'en émane aucune joie et Lazare n'est jamais mentionné autre part en tant qu'ami ou disciple de Jésus d'ailleurs. Et dans ce passage son nom est noté en dernier, c'est juste « un malade », dans « le village de Marie et de Marthe », et finalement leur frère, ce qui n'est pas logique si l'on raconte que quelqu'un va ressusciter son « ami ». On a dû ajouter son nom à la suite de celui des deux sœurs pour donner un sens positif à cette résurrection[62]. Mais... Pourquoi aurait-elle fait ça ?!

– Et pourquoi m'as-tu écorché ?!

Elle hésite un instant, puis se lance :

– Je l'ai reconnue, elle !

– Qui ? Celle qui venait vers lui ?

– Oui, mais la deuxième, Maryam.

– Mais comment peux-tu la « reconnaître » ? L'autre fois, c'était dans l'ombre, on voyait mal. On peut seulement « imaginer » que c'est la même...

– Tiens-donc ! Tu poses beaucoup de questions !

– Oui, Hannah, miaule-t-il d'un ton d'enfant pris en défaut.

Puis la sermonnant, ajoute :

– Simplement en général, je les formule dans mon for intérieur. Je ménage autrui.

– Donc, je ne te dirai rien. Je me tais, comme toi.

Elle se retourne pour dormir.

– Désolé, lui murmure-t-il, cette réflexion était idiote.

– Ah, voilà, là ce n'est pas moi qui présente des excuses, le taquine-t-elle, égayée par sa petite victoire.

– Raconte, s'il te plait, et dis-moi tous tes questionnements, la cajole-t-il. Je suis assez fort pour les entendre.

– Alors écoute : il était une fois une archéologue qui venait explorer, en douce des autorités, la terre d'un illuminé.

Yonatan glousse.

– Et quand elle atterrit sur son chantier, elle fait ce rêve curieux d'une fille qui porte des rouleaux et cherche quelque chose qu'elle ne trouve pas. Et l'archéologue, elle aussi, se sent égarée, et pareillement en quête, que ce soit d'un objet dans le sol, pour le sens de sa vie, ou de partager un jour un amour véritable...

---

61 Jn 11.
62 Jn 11,5.

– Ahhhf, compatit Yonatan en la saisissant pour la serrer contre lui.

– Et l'archéologue évoque cette apparition à une dame charmante et têtue, souffle Hannah à son oreille, qui lui sort de nulle part que cette jeune femme lui indique à elle un endroit, à l'entrée de son jardin, où il y a urgence à creuser. Et du coup manigances de la vieille, pour que ladite archéologue se fasse remplacer par un lutin, et vienne de préférence travailler chez elle ! A suivre…

– Ada a vu cette femme-là, précisément ?

– Oui ! Dans ses songes ! Elle prétend que c'est la même. C'est donc Maryam.

– Fonce ! Ada ne peut pas se tromper !

– Vraiment ?

– Oui, si vous êtes deux à qui Maryam s'est montrée et si… disons que nous la captons on ne sait comment sur ton écran, c'est très troublant comme suite de hasards.

– Synchronicité ! aurait dit le vieux psy Jung. Te rends-tu compte que cette fois c'est sûr, on a vu Jésus, Marthe, Marie et Lazare ! Ada n'en reviendra pas !

– Ce sont des suppositions !

– Ils ont l'air tellement réels… Et tu me dis de foncer, non ?!

– Il est vrai que je fais confiance à Ada. Elle est inspirée.

– Ada pourra-t-elle me pardonner mon emportement ?

– J'en suis convaincu.

– Est-ce que moi je lui pardonne ? se demande Hannah tout haut. Cette histoire de faute acceptable ou non, me poursuit.

– Ada est incapable de tenir rancœur. Et franchement c'est logique que tu te sois braquée, elle t'a fait un coup dans le dos. Vas-y Hannah. Je vais fouiller ici pendant que tu pioches là-bas.

– D'accord, j'irai la visiter dans la matinée. En tout cas, le rythme de ces phénomènes s'accélère étrangement depuis qu'on les observe ensemble.

Puis elle réfléchit… mais réfléchit-elle réellement ? Elle éprouve l'envie, oui le désir de rester près de Yonatan.

– Non, plutôt demain, ou dans quelques temps. Je dois d'abord dégager avec toi ce que nous venons de mettre à nu.

Yonatan scrute son portable :

– Bon, on se lève ou on reste au lit ?

Sans répondre, Hannah s'enfonce un peu plus entre ses bras.

32

Maryam, pleine de gratitude envers Yoshua, consignait avec application les récents événements.

Elle évoquait ceux la concernant à la troisième personne, comme il se doit lors d'un récit.

Les parents étaient repartis pour Jérusalem. Samuel fuyait maintenant son fils.

Lazar restait chez ses sœurs, sans plus poser son regard sur le corps innocent de Maryam. Cette époque était révolue. Il se tenait dans sa chambre et se montrait seulement aux repas.

La Pâque se profilait. Maryam tremblait toujours, non à la présence de Lazar, mais plutôt à suivre la rumeur. La résurrection de son frère ayant concentré l'attention des autorités sur Yoshua, l'étau se resserrait autour de lui. A cause de ce dernier miracle, il rayonnait bien davantage[63]. On s'en inquiétait et on lui tendait des pièges.

Son destin semblait mu par les femmes : l'ordre de sa mère, à Cana, de changer l'eau en vin, et là, le rattrapage de sa folie meurtrière à elle.

∞

Dans l'expectative, Hannah surveillait constamment son portable, même si « le phénomène » s'était chaque fois produit de nuit.

Avec Yonatan, ils continuaient de se heurter aux questions insolubles suscitées par ces visions technologiquement assistées.

Et parfois ils badinaient, comme d'autres l'avaient fait deux mille ans plus tôt. Jésus était beau, avait décrété Hannah, très beau. Yonatan se disait insensible à son charme, mais il avait un parti pris, c'était évident. Il préférait Maryam – la belle affaire ! –, ses grands

---

63 Jn 11,45-56.

cheveux et sa silhouette élancée ne pouvaient que séduire un homme.

Mettant à nu les pans d'un édifice que Hannah ne qualifiait pas encore – était-ce une habitation ? une synagogue ? –, les débris de céramiques alentour lui laissaient à penser qu'on y avait vécu le quotidien.

Elle retrouvait en elle son aspiration à tenter de sentir ce que les humains avaient traversé ici même. Elle jouait à écouter les blocs calcaires et relâcher des images hors de la prison qui les voulait captives. Des êtres les avaient touchés. Elle croyait capter ces présences fugaces, ces restes de vie : des amours, des malheurs, des espoirs, collés à ces vestiges. Que s'était-il dit en ces murs ?

Yonatan et elle parlaient peu, peut-être afin de ralentir le temps, de soustraire à son appétit ravageur le cocon de leur douce réclusion. Autour d'eux s'étirerait ce halo qui refusait de s'identifier, d'être épinglé.

Pour Hannah, il était clair qu'elle ne pourrait persister indéfiniment à s'exclure de l'autre réalité, celle des relations inscrites sur un agenda, des contrats, des échanges, des attentes. Élie viendrait ; elle devrait discuter avec Ada, Sophia ; sa mère la rappellerait à un moment ; et elle avait postulé à un poste de recherche à l'université.

Chaque soir sur la colline, pour s'évader, ils prenaient un verre. D'un accord tacite, ils assoupissaient par l'alcool la nécessité d'un face-à-face qui les aurait précipités dans les couloirs d'un futur dont ils préféraient garder la porte close. L'heure du coucher n'était jamais assez tôt, cet instant essentiel où ils se blottissaient sans mots.

∞

Maryam aussi évitait de considérer l'avenir. Tout était suspendu. Elle traçait les lettres du passé et redoutait ce qu'elle aurait à écrire un jour. Alors que les journées tiédissaient, que les fleurs inondaient de nouveau les champs et les blés faisaient pousser leurs tiges vertes vers le soleil de printemps, elle avait froid. Son astre à elle, elle le portait à l'intérieur, fragile au sein de l'obscurité d'un futur effrayant. Elle avait apporté à Lazar la maladie et la mort. En retour, les maux de l'angoisse avaient pris possession de son âme. Yoshua réussirait-il à revenir jusqu'à elle ?

∞

Une fin d'après-midi, Yonatan remarque une pierre différente des autres, scellée un peu plus librement. Il dégage au pinceau les pourtours qui s'évident, avant d'en appeler à l'expertise de Hannah.

– Hannah, viens regarder ça !

Elle s'agenouille, s'appuyant sur son dos.

– Ah intéressant ! Voyons …

Elle saisit une truelle et l'enfonce avec force à travers l'interstice qu'il a délicatement nettoyé. Formé à la restauration des toiles, il n'aurait osé appliquer une telle vigueur.

– Une cavité ! s'exclame-t-elle, joyeuse. Attrape un outil et fais le tour avec moi !

Devant son hésitation, elle l'encourage :

– C'est solide ! Cette construction a des milliers d'années. Suis bien la rainure, voilà tout.

Ils travaillent côte à côte, transpirant dans la chaleur et l'anticipation. S'ils sentent une vacuité à l'arrière de la fine paroi, cette dernière résiste.

– Qu'espères-tu en fait ? l'interroge Yonatan.

– En général, avec ce genre de configuration, on peut s'attendre à une cachette. Les gens y confisquaient une part de leur fortune aux collecteurs de taxes, ou y conservaient certains documents importants.

– Comme le « Guet » de divorce, sans lequel une femme sera adultère le reste de son existence, précise-t-il.

– Tandis que l'homme non !

Et il ajoute :

– Ahhh, Hannah. Ma culture est rétrograde et machiste, je te le concède.

Sa voix grave tremble, devient aiguë, et les paroles coincées au fond de sa gorge jaillissent, inattendues, cruelles :

– C'est mon peuple, mes racines, tu comprends. Je suis ici chez moi. Si j'en sors, je me jette dans le vide. Je perds tout.

Des larmes piquent les yeux de Hannah qui se penche plus que nécessaire, s'efforçant de déverrouiller la plaque :

– Je sais.

La main tenant la truelle s'affaisse alors et il la couvre de la

171

sienne, juste avant que de longs sanglots ne la secouent. Il l'attire contre sa poitrine, la serre à la broyer :

– Je crois que je t'aime, Hannah, mais…

– Non, ne dis rien ! J'ai trop mal, gémit-elle en le repoussant.

– Hannah, non, je n'accepte pas, murmure-t-il tendrement. Tu ne cesses de te retrancher en toi-même. Au cœur de notre tradition, tout est lien. La mémoire et les liens, voici ce qui nous a permis de traverser l'éternité. Nous devons faire ce deuil de l'amour impossible, mais ensemble.

Et lui aussi se met à pleurer.

Chapitre 9

Chapter 5

33

Six jours avant la Pâque, alors que Maryam et Martha n'ont pas encore rejoint Jérusalem, il apparaît[64].

La troupe se montre sombre, et Yoshua insondable.

On ne s'amuse plus des réactions diverses suscitées par ses agissements. On boit ses paroles, plus encore que d'habitude. On le regarde avec émotion et retenue.

Maryam sent ses yeux brûlants. Elle a hâte de se retrouver en tête-à-tête avec lui et de lui ouvrir son âme. Il le sait et lui propose de monter sur le toit.

Un an déjà ! Sitôt en haut des marches, elle se retourne pour l'étreindre et respirer son odeur qui toujours la hante, celle du vent, celle de la liberté. Il la tient contre lui. Le temps compté la tiraille entre le désir de ses bras accrochés à lui, et la nécessité de lui confier son tourment. Si parler d'elle quand Yoshua se trouve en danger lui semble incongru, elle étouffe à porter ce poids :

– Yoshua, je n'ai pas pu te dire ce que j'ai fait à Lazar.

– Tu n'as pas besoin, lui souffle-t-il. Sois en paix.

– Mais j'ai été infidèle à ton enseignement ! infidèle à Dieu ! Et je m'en repens. Je n'avais pas le droit de tuer, quel qu'en soit le motif.

– En vérité, en vérité, il est écrit : seul Dieu est fidèle[65]. Ceux qui considèrent l'être pêchent par orgueil, le pire des péchés, et il les tue à petit feu. Ton repentir plein de douleur t'honore.

– Je n'ai pu m'élever au-dessus de l'adversité... tendre l'autre joue[66] !

Elle resserre son manteau autour de son corps.

– Maryam, qu'avances-tu ? Je revendiquais la lutte contre la droiture superficielle et la fierté qui sépare, pas de se laisser piétiner

---

64 Jn 12,1.
65 Ps 71,2. Es 49,7.
66 Mt 5,39.

par un animal ! Comment as-tu pu l'interpréter de cette façon ?! Moïse lui-même a tué l'égyptien cruel.

– Oui, on me l'a rappelé. Mais si Moïse défendait les siens, je ne m'occupais que de moi.

– Tendre sa joue, c'est opposer à la violence organisée, la subversion violente de l'Amour. Quant à toi... esseulée... il n'aurait fait de toi qu'une bouchée.

– Tu nous as pourtant encouragés à nous réconcilier avec nos frères et sœurs !

– J'ai recommandé de ne pas maudire, de s'expliquer, d'écouter vraiment celui qu'on imagine trop vite en faute. Les tribunaux sont remplis de personnes se targuant d'avoir raison. Mais toi, qui t'aurait entendue ?

– C'était lui ou moi, le haïr ou me haïr...

– Il y a des frères et sœurs dont il faut se défaire, plutôt que les honnir. L'important consiste à énoncer, afin que ce que l'on offre à son ennemi ne soit jamais simple faiblesse.

– Il arrive que je me demande comment il est compatible d'écrire « tu ne tueras pas » et de néanmoins lapider quelqu'un ?

– Maryam, il y a plusieurs mots chez nous pour « tuer » et tu as utilisé « assassiner ». Là, tu étais en légitime défense.

– Yoshua, entre les deux, il n'y a qu'un pas.

– Non, il y a un gouffre. On prétendra m'exécuter légalement, or on va m'assassiner. Et les Sadducéens en refuseront la responsabilité[67].

– Je ne peux pas supporter cela, Yoshua ! Pars au loin ! supplie-t-elle.

– J'ai à accomplir l'œuvre du Père[68].

– Tu Le mentionnes maintenant comme si vous n'étiez plus Un... comme si par Lui tu étais condamné[69]...

– La chair crée l'impression d'être coupé[70]. Ni bonne ni mauvaise, elle trompe. Elle a ses intentions, ses exigences, et nous sommes écartelés chaque jour entre son appel et ce à quoi notre esprit aspire. Tout être ressent cette faille, cette fragilité, même s'il essaye de la maîtriser par un rituel, un jeûne, ou l'exercice – ainsi que le font les Romains. Elle procure à chacun l'illusion de

---

67 Jn 18,30-31.
68 Jn 12,24.
69 Jn 12,27.
70 Jn 6,63.

séparation, chacun dans son logis. Vivre éternellement, c'est traverser le leurre de cette coupure. La vraie proximité n'est pas celle des corps. On se sent parfois désespérément solitaire en compagnie d'autrui, tu le sais. Et un rite guérit-il le cœur ? Non. Alors la chair doit devenir intelligente, c'est le travail de l'être humain.

– Toi qui possèdes toute cette connaissance, pourquoi risquer de mourir plutôt que la transmettre ?

– Ce dépassement a pour but d'ouvrir la voie à tous, car ma présence physique occulte celle de l'Esprit[71]. Les érudits le constateront un jour en étudiant la matière.

Et sentant sa détresse :

– Je suis désolé, Maryam, je ne serai pas ton époux, lui annonce-t-il.

Remettant de ses doigts les longs cheveux, il caresse son visage. Elle ferme les yeux, goûtant cette précieuse intimité.

Cette attention la fait souffrir aussi, puis se cristallise en elle. Elle se révolte malgré tout :

– Disparais ! Vis dans une contrée étrangère, où on ne saura pas qui tu es ! Enseigne à des gens différents ! Je te suivrai. Je quitterai tout. Nous prendrons des ânes. Nous voyagerons. Je continuerai à rédiger tes enseignements.

– Maryam, en vérité, je te le dis : le Père a choisi ce peuple et l'a conduit. Aujourd'hui il doit comprendre ce que je fais.

– Trouvons-en un qui te mérite !

– Si cela aurait pu être n'importe groupe humain, celui-ci est prêt.

– Non ! Il te juge dérisoire, et paradoxalement dangereux.

– Ecoute-moi… Il y a très longtemps, sauvés des eaux du déluge – lorsqu'une grande vague a inondé la terre secouée – et vivant en petits groupes isolés, ces êtres ont été réunis par la peur. Ces survivants ont ressenti un tel effroi qu'ils ont cherché à expliquer pourquoi leur monde avait basculé. Ils étaient des enfants ignorants et se sont crus coupables. Leurs sorciers se sont mis à l'étude des signes, à tenter de discerner les volontés des puissances d'en haut. Ils ont distingué ce qu'ils pensaient « vie » de ce qui, selon eux, symbolisait la « mort ». Le sang féminin les terrorisait d'ailleurs[72]

71 Jn 16,7.
72 Lev 15,19-33.

– n'était-il pas comparable à une maladie ou une blessure ? Ils décidèrent ainsi du bon et du mauvais, du bien et du mal. Et le Père a pu alors se faire connaître, et les amener à sortir de leur existence de bêtes impulsives s'exterminant au gré des inimitiés. Cependant, leur perception, ils la répandaient sur une multitude de visages : « les » dieux.

– Comment les a-t-il guidés vers lui ?

– Les hommes apprennent par la souffrance, l'as-tu remarqué ? Ils ont été dominés, pris en esclavage. Et parce qu'ils attribuaient au divin ce qu'ils constataient de leur propre nature, ils en ont conclu qu'il était jaloux[73] et voulait régner seul. Sacrifiant sa dimension féminine, ils ont réécrit leur histoire dans ce sens. Cette nation rassemblée, unie dans l'épreuve de la traversée du désert, de l'exil, fut enfin prête pour le grand basculement. Il lui reste une marche à gravir vers le Père...

– Par toi ?

– Oui, je suis la porte[74].

– Raconte-moi !

– Le Père, source et expansion, lance sa flèche, le masculin, et au même instant, en vis-à-vis, déploie la cible vivante du féminin qui fait retour[75]. La vie se manifeste à travers ces deux forces et le rapport qu'elles entretiennent. Si elles s'effondrent l'une sur la seconde, c'est la confusion, et si elles s'éloignent trop, il n'y a plus rien, Maryam. La vie est cet espace simultanément vide et vibrant.

De son doigt levé, il dessine un arc entre un couple d'étoiles, puis pointe la profondeur du ciel.

– La relation de l'homme et de la femme est terrible ! oppose-t-elle.

– Elle est terrible si elle n'est pas juste. Les deux entrent en tension grâce au trois, l'archer. Lorsque j'évoque le « destin » des villes Maryam, c'est parce que croire en son salut individuel représente un délire et un mensonge. Le salut se partage, nul n'est juste seul. Toutefois si le masculin et le féminin s'accordent enfin[76], cet univers renaîtra. Aimer permet de concevoir qu'on porte autrui en soi, et à la fois en miroir. L'unicité de chacun côtoie au même instant l'altérité la plus intense, la plus déconcertante, la plus

---

73 Ex 20,5.
74 Jn 10,9.
75 Gn 1,2. L'esprit de Dieu est un nom féminin : רוּחַ
76 Mt 19,4.

extrême, et pourtant la plus ordinaire, c'est le sexe opposé. Accepter cela, c'est pénétrer dans l'humilité créatrice. A la distance de l'Amour, elle couronne celle ou celui qui perce son secret de ce sentiment unique, la joie.

– Et si tu meurs, Yoshua, où sera ma joie ? pleure Maryam.

Il l'étreint longuement et lui chuchote tendrement ces mots horribles :

– Tu devras, pareil à moi, migrer de l'attache de l'enveloppe corporelle à celle de l'esprit[77]. Et je vais me livrer parce qu'eux aussi sont attendus sur ce chemin. Je me donne telle une femme fragile qu'ils piétineront, afin qu'ils méditent leur folie.

_____

77 Jn 14,26.

34

Ils quittent le toit. Maryam débouche un flacon de senteurs précieuses et oint le front[78] de Yoshua.

Puis elle tombe à ses pieds et, mue par une infinie dévotion, les inonde[79]. Ses larmes de deuil s'y mêlent[80]. Et sous prétexte qu'il ne glisse pas sur l'huile en se levant, elle se penche vers les extrémités adorées et les essuie de ses cheveux.

Par cette fragrance partagée, elle veut rester avec lui jusqu'à la fin.

Des disciples arrivent encore, apportant la nouvelle que les plus grands noms des autorités judéennes mettent tout en œuvre afin de le capturer avant la Pâque. Pourtant certains dirigeants s'interrogent à son sujet, mais craignent d'être exclus du Temple et finalement se taisent. Les autres redoutent une émeute et souhaitent agir vite ; se garder d'arrêter de jour cet être légendaire, pour ne pas déchaîner les foules et se discréditer, et l'attraper en secret.

– Le peuple espère t'apercevoir Yoshua, annoncent les derniers. Ils ont ramassé des branches de palmiers pour t'accueillir.

Il s'ensuit une discussion amère sur les risques, même sous les yeux de tous. Yoshua y met un terme :

– Je ne me déroberai pas. Amenez-moi un ânon[81], il me portera à travers la multitude.

Le lendemain, il se rend à Jérusalem assis sur la bête. Sur le chemin, on a étalé des draps et des vêtements en guise de salut. En ville, l'essaim en délire l'acclame et, agitant les rameaux, lui ouvre une haie d'honneur. Une voix retentit au milieu du tonnerre, est-ce

---

78 Mc 14,3.
79 Jn 12,3.
80 Lc 7,38. Mc 14,8.
81 Jn, 12,14. Mc 11,7. Lc 19,35. Mt 21,7.

celle du Très-Haut ? On ne discerne plus que des cris.

Certains l'interpellent quand il annonce sa mort qu'ils ne comprennent pas :

– Le messie restera avec nous ! protestent-ils.

Comment ouvrir leurs esprits à l'idée choquante que la portée du plan divin qui se dessine sous leur nez ne peut se limiter à un corps temporaire, limité, restreint. Yoshua doit disparaître et revenir vers tous par l'Esprit. Ils devront dépasser la vision d'un messie en chair et en os, et affûter leur cœur, s'ils veulent ressentir sa Présence.

Un disciple lui demande :

– Pourquoi d'aucuns ne croient pas en toi, avec tous les signes que tu as prodigués ?

– Parce que, selon le prophète Iesaïe, Dieu les a aveuglés[82].

– Pourquoi ?

– Afin que Sa gloire n'appartienne pas à cette seule nation, mais la déborde, puisque cette dernière répugne à partager son trésor comme le devrait une sœur aînée.

Au coucher du soleil, ils sont accueillis par un sympathisant. Maryam se joindra à eux, ceux-là qui insistent pour être appelés les « Douze », quel que soit leur nombre qui ne cesse de varier, en souvenir des douze tribus d'Israël.

∞

Hannah a grillé de la viande sur le feu et Yonatan préparé une salade. Plongés dans un silence rempli d'affection et de désolation, ils ont dîné.

– Hannah, ne restons pas figés sur ce qui aurait pu être, c'est trop triste…

Il caresse tendrement ses épaules et l'invite à élargir sa perspective :

– Considérons ce sentiment comme un beau présage, celui de la capacité de chacun à se donner.

– Tu me révoltes. Roméo et Juliette, c'est loin ! riposte-t-elle.

– Loin de vous, oui, mais encore réel ici. Et ailleurs aussi. Il y a beaucoup de pays où les gens ne peuvent pas se choisir ; et même chez vous, il est difficile d'enjamber les « castes » sociales. Hannah, si nous retenions le meilleur de cet amour humainement

---

82 Es 6,10. Jn 12, 39-40.

impossible ?

– Comment ?

– En décidant par exemple que je serai ton ami, vraiment ton ami. Je te connais un peu et j'aime ce que tu exprimes.

– Mon ami… et concrètement ?

– Ici-bas, on ne choisit qu'une personne, cependant en son âme on en chérit plusieurs, non ? On doit permuter quelque chose à l'intérieur. Peut-être Ada aura-t-elle une clé.

– Ada, oui. Je descendrai demain chez elle. Là je suis lasse de réfléchir et de retourner cette situation sans solution.

– Tu dois y aller depuis –

– J'irai ! coupe-t-elle.

Elle se ressaisit :

– Et si on essayait de desceller cette fichue trappe ? Il fait déjà sombre, mais installons l'éclairage.

– D'accord. L'action nous apaisera.

Deux minutes plus tard, se penchant sur l'ouverture, en tirant doucement et sans enfoncer autant la lame, Hannah fait céder la trappe.

Il sortent cette première pierre puis observent le fond de la vacuité.

– Regarde ! s'écrit Hannah, tu vois ces petits trous au fond ? Il y avait une poignée, sans doute en bois… oui, il y a des traces de poussière, un peu grumeleuse…

– S'agit-il d'un tiroir ?

– Non, probablement la fermeture d'une cachette. On voulait éviter qu'en passant une pointe on découvre trop facilement la supercherie.

Introduisant un crochet par l'orifice, Hannah ferre la plaque qui résiste.

– Le sol a bougé, elle est coincée. La partie gauche est un peu écrasée. Je vais l'user et elle va nous révéler ce qu'elle recèle.

– Une lime ? propose Yonatan.

– Oui, le grain le plus léger.

Hannah l'insère puis retient son geste :

– Il faut d'abord prendre une photo, si jamais je la casse. Tant pis si c'est avec le flash. De l'archéologie occulte peut bien se faire la nuit !

– Oui, Élie ne pourra pas se scandaliser !

Elle a pris quelques clichés et s'applique maintenant à user la pierre, méticuleusement, quand un fragment lâche.

– Arrr, c'est bien ce que je redoutais, elle est très fine ! s'énerve Hannah.

– C'est grave ?

– Ça dépend de ce qu'on trouve derrière. Cette petite porte est intéressante en soi. Redonne-moi ce crochet.

Hannah tente de l'extraire et la sent cette fois-ci se mouvoir.

– Yonatan, elle vient !

Il est muet, ému de cette exploration, la première pour lui.

La plaque se détache. Hannah la tire délicatement, jusqu'à ce que Yonatan la reçoive dans les mains.

– Ouaah, deux petites portes en une seule soirée ! s'exclame-t-il.

– Nous allons les préserver, viens.

Ils emballent le précieux artefact et retournent vers la cavité.

– Yonatan, tu peux m'éclairer ?

Hannah s'incline et, gênée par l'ombre de sa propre tête, a besoin de plus de lumière.

– Attends, c'est tout noir, tends-moi la torche.

Elle entre alors son bras, explore manuellement, et détecte des restes de fibres et des choses dures et rondes.

– Yonatan, crie-t-elle, on dirait qu'il y a de la monnaie !

– Montre !

– Mieux vaut les sortir en plein jour.

Elle saisit la lampe :

– Approche-toi.

Le faisceau lumineux abandonne à la pénombre les deux visages penchés, où leurs pupilles brillent de reflets scintillants.

– Des pièces d'or ?! crie Yonatan.

– J'en suis sûre, répond-elle avec un sourire espiègle qu'il ne voit pas. Et apprécie, d'ordinaire on creuse des années pour avoir cette chance !

35

Maryam et Martha ont regagné la demeure paternelle en vue de la Pâque.

On va fêter, ainsi que chaque année, la libération du peuple hébreu, échappé des griffes de *Pharao*. Cette nuit-là, on avait dévoré l'agneau[83], et le pain qu'on n'avait pas laissé lever.

Afin de célébrer ce départ intempestif d'Egypte[84], non seulement on ne va plus employer de levain[85], mais on doit aussi nettoyer la maison de fond en comble et en traquer toute trace.

On le vendra à un voisin étranger qui l'entreposera, et les fêtes passées on le lui rachètera.

L'agneau parfait d'un an bêle au coin de la cour. Il sera égorgé au Temple où tout le monde viendra porter son offrande. Le sang qui coulera marquera la protection des premiers-nés[86] – humains ou bêtes – contre la colère divine.

Martha et Ruth s'affairent, pour terminer à temps cette grande purification rituelle du logis. Elles veillent à ôter toute souillure de la vaisselle et des ustensiles de cuisine.

Lazar, lui, est resté à la campagne, rejeté par son père qui lui interdit sa porte et ne veut plus être associé à ce fils un peu trop célèbre, honteusement célèbre.

En cette veille de Pessah, Maryam s'est esquivée et a rejoint le groupe. A l'instar des esséniens, cette soirée sera leur Pâque.

Malgré le danger proche, elle ne réalise pas que c'est le repas du condamné. Blottie sur sa poitrine[87], elle imagine la mère de cet être adoré qui n'a pas revu son enfant depuis si longtemps. Pauvre et

83 Ex 12,11.
84 Ex chapitre 12 et 13.
85 Ex 13, 3-16.
86 Ex 12, 12-13. Ex 13,1-15.
87 Jn 13,23-25. Sur la poitrine de Jésus.

simple femme, comment avait-elle appréhendé le petit au regard étoilé qui trottait à côté de sa lueur à elle ? Croit-elle toujours en lui ? Il l'a repoussée parfois quand elle a tenté avec ses autres fils de l'arrêter, alors qu'au début elle l'avait aiguillonné. De sa fierté de mère juive d'avoir donné naissance au messie, elle a dû passer aux tourments de l'inquiétude, et elle aura à l'avenir à sauter dans l'inconcevable.

Il est nerveux ce soir son fils, exalté. Il fait des choses tellement étranges. En écho au geste de Maryam à son égard, il lave les pieds de ses compagnons et leur montre que c'est du rang de serviteur qu'il faut envisager autrui[88]. Ils veulent l'élever, il choisit de se rabaisser. Shimon-Kephas s'énerve. Il déteste, autant qu'elle, le voir s'abîmer dans l'absurde. Jusqu'où a-t-il prévu d'aller ? Tous désirent garder ce prodige, cet ami incroyable, ce maître bienaimé qui illumine leur existence. Comment l'encourager dans son funèbre dessein ? ce lien terrible avec le Père aux intentions une fois de plus infanticides[89]. Il a choisi d'être l'agneau de la Pâque, l'innocence assassinée. Il lève sa coupe, non pour rendre grâce à Dieu – comme à chaque shabbat –, mais pour prononcer des paroles terribles sur son propre sacrifice. Il prévoit même que l'un d'eux le trahisse[90] ! Qui ici ?!

On le demande à Maryam. Elle lui pose la question. C'est Iehouda qui va s'atteler à cette tâche immonde, et ainsi livrer son âme au diable.

Et tout à coup tout s'emballe. Ils doivent filer.

Martha est venue accompagnée d'un des gardes, chercher sa sœur. C'est Ruth folle de honte qui l'a envoyée. Elle s'est rendue cette fois à sa chambre – sans doute vérifier qu'elle n'a pas de restes de pain chez elle – cette fille cadette qui ne se soumet plus aux prescriptions rituelles. Martha l'attend.

Juste avant de se séparer, Yoshua attire Maryam à l'écart et l'enlace. A chaque fois elle perd tout discernement et plus encore là, submergée par la panique. Elle cherche ses lèvres des siennes, espérant les sceller ensemble à jamais.

∞

---

88 Jn 13,5 et 12-17.
89 Gn 22,1-15.
90 Jn 13,21.

Hannah et Yonatan n'ont pas pu s'empêcher de s'étreindre. Leur joie a été prétexte à boire et danser sur la colline. Le poids de la conversation amère s'est envolé, le désir a retenu leur souffle. Hannah, ivre de tout, a nié le risque d'ouvrir un peu plus son cœur à cette situation sans issue. Ils badinent et plaisantent.

Leurs rires s'éteignent lorsque le téléphone de Hannah s'allume. Ils se penchent et scrutent l'écran sans oser le toucher. Aucun appelant ne s'annonce. La clarté blafarde qu'il irradie s'intensifie jusqu'à illuminer largement les deux tentes. Se tenant par la main, ils reculent, remplis d'effroi dans l'air tiède.

C'est un autre couple qui prend forme à côté d'eux. C'est elle et c'est lui. En une seconde ils sont immenses, rayonnants, les surplombant de leur taille de plus d'un mètre cinquante.

Le visage de Yoshua se gonfle soudain, comme si un spot l'éclaire de l'intérieur et le métamorphose. Sa tunique ocre blanchit, ruisselant d'un éclat qu'il communique à Maryam.

Hannah et Yonatan, éblouis, la devinent se tendre, résister un instant à la sensation peut-être étrange, et enfin s'abandonner, s'altérant elle aussi.

Leurs visages aux yeux clos révèlent l'extase qui les envahit, une sorte de transe amoureuse qui n'a rien de physique, un échange atomique, une danse inconnue de l'humanité. La lumière les unit, les dissout l'un dans l'autre. Et au moment où Yonatan et Hannah s'attendent à ce qu'ils fusionnent et montent vers les cieux, ils reprennent doucement consistance et couleur, et redescendent ici-bas.

L'homme murmure des mots dont ils ne discernent que « éternité ». La femme frissonne.

Ils rétrécissent, s'humanisent de nouveau. Leurs haleines soufflent maintenant des traînées de vapeur dans l'obscurité.

Il la repousse brusquement et s'enfuit sans se retourner.

∞

Hannah et Yonatan retombent sous l'éclairage grossier de la lampe.

– Ce n'est pas technologique ce truc ! commente Yonatan.

Hannah soupèse son portable, tentant de résoudre l'équation :

– Pourtant il se sert bel et bien de la technologie.

Le silence s'immisce sans qu'ils s'aperçoivent que l'autre s'est également plongé dans la contemplation de ce mystère, cet insoluble *koan*.

– C'est peut-être Maryam ? suggère Yonatan, sortant de sa torpeur.

– Non, écoute, je sais tu as un blocage, néanmoins là je n'ai pas d'hésitation. La transfiguration est un épisode bien connu des évangiles[91] et le phénomène est parti de lui.

– C'est quoi ?

– Une manifestation qu'on rapporte au sujet de Jésus. Traditionnellement il est entouré d'Élie et de Moïse.

– Et là, Maryam…

Ils s'absorbent dans cet abîme perplexe. Hannah en émerge la première :

– Oui, c'était Marie, sa disciple, enfin « son » disciple, en grec. Le mot n'existait évidemment qu'au masculin.

– Marie, ce n'était pas aussi le nom de sa mère ?

– Si, mais ici c'est notre Maryam, la sœur de Marthe et de Lazare, celle qu'on a déclinée de plusieurs manières. On a prétendu désigner par « Marie »[92] plusieurs femmes, en les distinguant. Je pense qu'on a voulu banaliser cette histoire de Jésus enseignant à une fille d'Ève et faisant d'elle son apôtre.

– Ça se comprend… vu l'époque !

Hannah le fixe.

– Pourquoi tu me regardes ainsi ? questionne Yonatan.

– Tu entends ce que tu viens de dire ?

– Que ça se comprend vu l'époque ?

– Oui. Tu crois vraiment que ce serait différent aujourd'hui ? Sois honnête !

Il observe ses chaussures.

– C'est difficile de sortir de ce qu'on connaît. Tu as le mode d'emploi ?

---

91 Mt 17,2. Mc 9,3. Lc 9,29. Comme pour Moïse Ex 34,29.
92 « Marie » apparaît plusieurs fois dans l'évangile de Jean et n'est dite « de Magdala » que deux fois.

36

Cette nuit-là Hannah et Yonatan s'agitent entre sommeil et éveil. S'ils dorment côte à côte, ils sont distants. L'étreinte à laquelle ils viennent d'assister semble avoir rendu grotesque toute attraction humaine. Seul le matin a réussi à relâcher leurs nerfs.

– Shalom ! lance une voix mâle.

Un géant s'impose au milieu du cauchemar de Hannah, et terrasse l'énorme souris cherchant à grignoter les écus d'or… une bénédiction ! Elle soupire en dormant.

Quant à Yonatan, c'est son père qui l'accueille, le serrant sur son cœur. *Je t'aime papa*, ose-t-il, en écho à son…

– Shalom ! insiste la voix.

Hannah repousse Yonatan en marmonnant :

– Laisse-moi dormir…

Quelqu'un tousse à l'extérieur.

– Je n'ai rien dit, proteste Yonatan.

Une pleine montée d'adrénaline flanque Hannah sur ses pieds. Elle agrippe son soutien-gorge, le glisse sous son T-shirt et enfile un short. Yonatan s'efforce de fermer son pantalon, en s'exclamant :

– C'est Élie !

Ils se présentent échevelés, le visage marbré par l'oreiller.

– Ah Ah ! Les archéologues n'œuvrent pas à l'aube ! fait remarquer Elie. Alors, où en sont ces investigations ?!

Devant son effervescence stressante, Hannah supplie :

– Pourrions-nous d'abord en parler autour d'un café ? Nous avons travaillé tard.

– Travaillé ?! s'étonne Élie, en appréciant la table jonchée de bouteilles diverses et de restes de nourriture.

Hannah acquiesce en mettant l'eau à chauffer, et Yonatan s'empare d'un sac et débarrasse.

– Je vous dois des heures supplémentaires ? persifle-t-il.

Élie, tendu d'avoir à contenir son impatience, accepte cette perte de temps par pure politesse. Et Hannah, essayant de reprendre l'ordre habituel, se présente :

– Je suis Hannah et vous êtes donc Élie, n'est-ce pas ?

– Nous savons tous qui nous sommes, risque Yonatan.

Les hommes la dévisagent. Elle se ravise, recule sa main tendue et la passe sur sa chevelure ébouriffée.

– Finalement je vais aller me coiffer, conclut Hannah en se dirigeant vers la tente.

Lorsqu'elle réapparaît, elle examine Élie... C'est un beau monsieur aux cheveux blancs et à l'allure dynamique. Et soudain elle réalise que l'apparence d'Élie est conforme à celle de son rêve du premier jour.

– Quelque chose ne va pas ? demande Élie, étonné de leur mutisme.

Hannah interroge du regard Yonatan. Il lui sourit, puis répond à Élie :

– Tout va bien, Élie. Vous allez même assister à l'extraction de notre principale trouvaille, n'est-ce pas Hannah ? Il y a un trésor caché ici, nous allions justement nous en occuper !

– Un trésor ?! s'écrie Élie en se tournant vers Hannah, vraiment ?

– On dirait bien ! confirme Hannah, retrouvant un peu de sa vivacité professionnelle. Vous avez une chance inouïe !

Il n'est plus question de déjeuner. Élie est debout et piaffe.

– Il est où ? où ?!

– Dans le mur.

– Allons-y ! intime Élie, visiblement irrité de leur lenteur.

– Élie, il me faut préparer le matériel pour recueillir de manière appropriée ces artefacts. Mais visitez l'excavation en attendant que je sois prête ! Yonatan, montre-lui.

Quand tout est en place, Hannah accouche la vieille pierre. Elle recueille tendrement ce que lui livre une vie d'antan : des pièces, et des bijoux qui ont été la fierté d'une femme. Élie saute de joie :

– Je le savais ! Nous le savions tous !

Il va jusqu'à embrasser la terre de ses pères. A son émotion, les yeux d'Hannah s'humidifient, cette délivrance est aussi pour elle une grande première.

Puis Élie dévale la colline, accompagné de Yonatan. Il faut

raconter à Ada, lui signifier qu'il a gagné leur vieux pari, lui annoncer sa fortune, partager avec elle son bonheur. Il a fait confiance à la tradition, et elle ne l'a pas trahi.

Hannah, restée seule, veut encore vérifier l'état de la niche. Son bras est maintenant englouti dans l'orifice.

Elle inspecte minutieusement chaque paroi, et sent une extension à gauche, une nouvelle cavité contenant quelque chose qui se révèle friable, moins froid. Le miroir qu'elle engage réfléchit un objet lisse, probablement en bois, et plaqué contre le fond. Elle attrape une truelle fine et l'insère dessous l'objet. Elle en suit le contour et un jeu se fait. Elle y retourne à main nue. L'artefact se détache et lui tombe sur la paume. Elle le dégage délicatement et le dépose dans un plateau.

Intriguée, elle s'installe afin de l'étudier à la loupe binoculaire.

Ce sont deux petites planches jointes et magnifiquement conservées. Elle les consolide avec une résine acrylique, avant de tenter de les séparer.

Il serait impensable d'agir aussi impulsivement si elle était en équipe, mais son intuition la pousse à avancer. Elle n'a pas l'option de demander un scan comme il le faudrait lors de fouilles officielles.

Elle introduit une lame et les planchettes s'écartent. Elle retient son souffle et s'applique à les disjoindre. Elles lâchent d'un coup, avec un minuscule claquement.

Hannah repère contre l'une d'elles des restes de fragments de parchemin qu'elle centre aussitôt sous la lentille.

Sa respiration s'accélère, elle tremble d'excitation.

L'écriture est abîmée. Elle arrive à décrypter en bas « massilia »... Marseille !

Elle exulte. Ce manuscrit, si minime soit-il, est enfin à elle !

Elle remonte et déchiffre en haut, après un mot effacé : « à Martha ».[93]

---

93 Au datif en grec. Ne forme qu'un mot.

Chapitre 10

37

A Paris.

C'était l'été. Il faisait chaud à l'intérieur du cabinet. Elles goûtaient néanmoins une légère brise en buvant un thé.

Rose avait écouté attentivement Hannah assise en face d'elle. Arrivée à cet endroit de son récit, elle se montrait intense et à la fois fragile.

Rose n'avait rien évoqué de ses souvenirs de l'enfant de Jérusalem, hésitant à faire intrusion.

– Quel a été le point culminant de votre solitude ? questionna-t-elle.

– A cet instant, justement. Pleurer dans mon coin, je connaissais, mais là je me suis demandé avec qui partager mon enthousiasme pour ces quelques lettres insignifiantes qui boostaient mon adrénaline. Sophia ? Non, Sophia ne saisit pas ce genre de joie. Ada ? Élie était là, et j'avais à renouer avec elle avant. Yonatan ? Non plus. Cher Yonatan, enfermé dans ses traditions.

– Vous étiez seule avec votre émoi, donc.

– Totalement. Du coup, j'ai compensé en imaginant qu'en rentrant à Paris ce cauchemar d'isolement s'arrêterait : j'aurais un poste à l'université et je raconterais mes découvertes à mes collègues ; je rirais ou bataillerais encore avec Sophia ; j'aurais Yonatan comme amant à distance, ou peut-être qu'il viendrait ; j'embrasserais ma mère qui ne serait plus indifférente. Oui, si j'avais ça, je me disais que sans doute je me sentirais en paix. Je me reconstruisais artificiellement un décor.

– Vous fantasmiez de rassembler vos mondes, de nier les difficultés aussi... D'avoir une baguette magique ?

– J'étais fatiguée de sans cesse buter contre un mur invisible. Comment se faisait-il que je n'accédais à aucun de mes désirs ? Ils me narguaient, enfermés sur eux-mêmes dans une bulle étanche, sous mon nez. Ce sentiment d'impuissance m'irritait, m'épuisait.

J'étais en mode pause. Vous savez, les gens qui attendent le bonheur sont des clochards la main tendue sur le bord de la route de l'existence, ne comprenant pas pourquoi ils n'ont pas gagné le gros lot. La fée fortune me dépassait sans me voir.

– On oublie qu'il faut jouer si l'on veut gagner...

– Je n'osais plus. Je me recroquevillais. Je m'introspectais sur la cause de l'effondrement de mon équilibre. J'étais confrontée à plusieurs questions. Qu'est-ce qui ne fonctionnait pas en moi ? Pourquoi tout allait de travers ? Comment convertir mon existence étrangement solitaire en une communion avec les autres ? Il était évident que j'idéalisais le passé. Dans mon milieu, on discute plutôt de choses superficielles, parce que ses recherches on les garde pour soi – de peur de se faire voler ses idées –, ou on ne s'en passionne pas vraiment. Les interactions y sont passagères ou deviennent vite artificielles. En fait, je soliloquais en une sorte d'ivresse. J'oscillais entre exaltation et désespoir. Et puis ces visions me perturbaient profondément. Elles débordaient mon connu. Heureusement que Yonatan les avaient vues lui aussi. Au moins, j'avais la certitude de ne pas délirer, ou alors nous délirions à deux.

– Un trouble psychotique partagé ?!

Rose rit. Elle ne pensait pas Hannah ou Yonatan malades, même si rien n'expliquait comment de tels phénomènes avaient pu se produire. Le psychisme est tellement vaste et surprenant. Il est créateur, alors pourquoi pas récepteur ? Les deux sont d'ailleurs liés. Les scènes vues sortaient-elles réellement du téléphone ? Rien de moins sûr. En même temps elle ne pouvait faire l'économie de prendre en compte un phénomène nouveau. On a toujours tort de voir le monde comme un continuum figé. Chaque être qu'elle avait eu le privilège d'écouter portait en lui l'immensité d'un univers inexploré. Elle sentait le plus souvent quels propos l'aideraient : un soutien, un éclaircissement ou une confrontation contre les « certitudes » irréelles et toxiques. Mais là, Hannah avait surtout besoin de chaleur humaine, et elle n'avait pas de réponse à ses perceptions extraordinaires. Elle devait seulement se tenir auprès d'elle, à la croisée de ses chemins, et l'aider à cerner où elle voulait aller.

Hannah reprit :

– Par chance, il y avait le rouge-gorge qui réclamait son bain et à manger. C'est idiot, mais juste un animal peut nous empêcher de basculer. Il ramène au concret, à la simplicité. Il est très déstabilisant de vivre mentalement entourée d'êtres d'une autre époque, et en ce qui concerne le réel, d'individus d'une culture différente. Je venais de traverser une rupture, et je me mettais à aimer un homme qui me l'interdisait. Ma meilleure amie semblait à des années-lumière. Mon chat me manquait. Alors cet oiseau me permettait de redescendre de mes questionnements existentiels ou métaphysiques.

Son visage refléta soudain l'effroi :

– Est-ce que j'aurais pu devenir folle, Rose ?

– L'angoisse donne cette illusion.

– En tout cas, j'ai su à ce moment-là qu'il ne m'était pas possible de continuer ainsi.

Elle marqua un silence que Rose respecta, puis exposa :

– Dans l'évangile de Jean – enfin sous le nom de Jean –, il est écrit que Jésus est le Logos, la parole. Et si j'ai retenu quelque chose de Jésus, si un truc m'a touchée lors de cette « rencontre », c'est bien ça. Je me transformais en une énorme boule émotionnelle. J'allais exploser. Il me fallait exprimer. Le bien et le mal. Mais ce qui apparaissait vrai à mes yeux. C'est une des raisons pour lesquelles je suis là.

– Vous avez eu le désir d'ouvrir la porte de la vérité, et de vous avancer dans une relation plus profonde à autrui.

– Oui et je me suis dit : et si je regardais mon destin autrement ? Est-ce que les personnes heureuses ont accompli tous leurs rêves ? Est-ce qu'elles le sont grâce à des évènements précis ou parce qu'elles l'ont décidé ? Peut-être que le contentement est une aptitude, et même une habitude à acquérir ? L'argent, la réussite vont et viennent ; les amitiés s'ébauchent et s'effondrent, ou perdent parfois leur saveur ; l'amour aussi. Des enfants nous naissent et vingt ans plus tard nous quittent... Les gens meurent, ceux qu'on n'aimait pas et on est soulagé, et ceux qu'on aimait et on souffre. On aspire au *package* parfait nous assurant une félicité constante... quel leurre !

– C'est forcément éphémère.

– J'ai réalisé que ce qui vacillait, c'était mon « idée » de ma vie, mais pas la « réalité » de ma vie.

– Notre cerveau archaïque déteste les changements. Il les vit comme une menace.

– Oui, je me crispais à l'idée de ce bouleversement. Je

m'accrochais à hier. Je n'en avais pas fait le deuil. Et j'étais incapable de vibrer à l'instant présent ; je ne voyais pas comment l'investir au sein de mon futur. Inconsciemment, j'étais dans un simple calcul, et je crevais de faim alors qu'on m'offrait un festin, là, sur cette colline. Je restais aveugle.

– Quelle prise de conscience, Hannah !

Rose admira sincèrement son avancée.

– Alors j'ai ouvert les yeux à la beauté de cette terre éventrée qui nous avait livré ses trésors, émue d'avoir dégagé ces deux lambeaux de papyrus. Ces quelques mots. « A Martha ». Martha ! Rose, vous entendez ? J'ai bondi ! Marthe et donc Marie ! Les sœurs de l'évangile de Luc et de Jean. Elles vivaient près de Jérusalem. Une confirmation !

– Vous avez fait un lien entre cette indication et vos visions, et vous avez accepté que votre inconscient les associe. Etait-ce une bonne déduction ?

– Une légende raconte que Maryam est partie pour Marseille, alors pourquoi pas ? Et laissez-moi vous conter la suite...

38

Hannah fut distraite par un chant. L'hymne à la joie. Ada !

La chaleur qu'elle ressentit au cœur à cet instant lui fit mesurer combien elle avait adopté la vieille dame, et combien elle lui avait manqué.

Elle se reprocha une fois de plus son caractère ombrageux qui compliquait tout, sa volonté d'agir seule, de ne pas pouvoir supporter que quelqu'un dévie, même d'un millimètre, sa destinée, ou simplement ses projets.

De la soumission de l'enfance, elle avait développé une soif énorme d'autonomie... L'intervention d'autrui menait-elle forcément au pire ? Sa façon à elle d'envisager sa vie était-elle la meilleure ? Elle devait s'ouvrir, même si c'était angoissant.

Elle se leva l'attendre en haut du chemin, puis eut l'envie de descendre à sa rencontre et de lui offrir son bras.

– Shalom Ada !

– Ah, te voici ! J'avais besoin d'une présence féminine. Et j'avais hâte de nous réconcilier.

Ada s'arrête pour souffler.

– Vous ne m'en voulez pas de vous avoir quittée de cette manière ? s'inquiète Hannah.

– Et tu ne me gardes pas rancune d'avoir manigancé derrière ton dos ?

Elles s'assoient et Hannah sort de la glacière une limonade miraculeusement fraîche, en expliquant :

– Je vous en ai voulu, oui, d'essayer de me forcer la main pour m'utiliser.

– Tu as eu l'impression que je voulais t'utiliser ? C'est terrible !

– Oui, lorsque vous avez cherché à me faire remplacer par Yonatan sur ce chantier.

– Je m'y suis mal prise. Tu ne pouvais pas comprendre. Et Élie allait se bloquer si je lui en faisais la requête. C'était ce sens d'urgence qui m'a poussée. Tu vois, la hâte est rarement profitable... Peux-tu me pardonner ?

– Pour être honnête, j'ai du mal. Je suis rancunière et je n'ai pas votre croyance.

– Je n'ai pas de croyance, j'ai une confiance, une espérance ! Une croyance est un dogme – et certains s'y accrochent. Une foi est ouverte. Elle nous façonne selon ses desseins, plus qu'elle nous rassure. C'est une aventure intérieure, unique, grandiose.

– Je ne me rendais pas compte de cette différence...

– Remettre sa dette à autrui, c'est lâcher. Décider qu'on ne va pas se miner pour des gens indélicats, n'ayant pas assez mûri pour en assimiler la démarche. Les bouddhistes diraient plus précisément, ne pas se créer de « karma » avec la personne, ne pas conserver de lien émotionnel.

– Le karma ? dans les émotions ? s'étonne Hannah.

– C'est mon idée. Et un haut responsable tibétain me l'a confirmé. C'est à ce niveau-là que nous l'engrangeons, au début du moins. Quant à pardonner activement, c'est un cheminement à deux.

– Un cheminement ?

– C'est un élan, de l'un ou de l'autre, ou des deux. On s'écoute, on s'explique. Il est toujours étonnant d'être convaincu suivre son bon droit, et de se surprendre à être « sincèrement » dans l'erreur.

– Enfin là, je considère que vous aviez tort de me manipuler, même pour une bonne cause.

– Tu as raison. J'étais happée par une logique à part, un plan distinct si tu préfères, et j'ai tenté de te manipuler, c'est vrai. Tu n'étais pas prête, sinon je n'aurais pas eu à commettre un tel acte. Je te prie de m'accorder ton indulgence. L'impatience est un manquement sérieux.

Des yeux gris émanent une douceur et une affection, lorsque Ada propose :

– Si tu es d'accord, on va prendre le temps, afin de nous défaire de nos entraves ; moi de ma culpabilité...

– ... et moi, de mon ressentiment, oui.

– Mon acte te demande un effort supplémentaire, pour un problème que tu n'as pas recherché. J'en suis désolée. Cependant si nous nous engageons sur cette voie de pardon, un cadeau nous attend.

– Une attache plus profonde ? suggère Hannah.

– Oui, et plus forte. C'est comme un os cassé, il est plus solide là où on lui a permis de se réparer.

– Bon, fait Hannah, il y a autre chose, et qui ne relevait que de moi : j'aurais pu ne pas me mettre en colère. J'aurais pu même en rire. Et non seulement en rire, mais refuser que Yonatan s'installe.

– Tu as oublié ta liberté.

– Je me suis soumise. J'ai préféré vous voir mauvaise, voir Yonatan mauvais, et moi aussi par la même occasion. C'était absurde ! J'aurais pu ne pas subir. Je n'ai pas agi, j'ai réagi, et je suis restée passive.

– Par ailleurs, si tu avais résisté, tu n'aurais pas connu Yonatan…

La nuit tombe doucement. Un calme les enveloppe. Nos erreurs peuvent-elles apporter du positif ? songe Hannah perplexe.

– Regarde à l'intérieur du panier, je nous ai apporté à manger.

– Vous ne dînez pas avec les hommes ?

– Non, Élie a eu un petit malaise… Toute cette excitation ! Yonatan le veille et lui chauffera un bouillon. Je suis heureuse pour Élie. Et lui te bénit.

Hannah déballe de la viande froide et une salade de haricots à la coriandre. Elle s'apprête à disposer les couverts quand son portable sonne. Elle tressaille, soudain tendue. Ce n'est que Yonatan. Il la prévient qu'il dormira en bas auprès d'Élie. Lorsqu'elle raccroche, Ada la questionne :

– Qu'est-ce qui ne va pas ? Tu as des ennuis ?

– Non.

– Tu as sursauté en entendant la sonnerie… Tu t'attends à une nouvelle désagréable ?

– Ada, c'est une longue histoire… Comment vous expliquer sans que vous me preniez pour une illuminée ? Disons que ce téléphone est devenu bizarre…

– Un téléphone, c'est bizarre ! Les premiers coups de fil ont été ressentis comme déconcertants. La voix d'un individu au loin comme s'il était à côté de soi, c'était fou !

– Oui bien là, c'est pire !

Et elle lui rapporte l'affaire.

Ada s'est levée de sa chaise. Elle écoute la main sur la poitrine, les larmes aux yeux. A la fin du récit, elle évalue Hannah longuement, étrangement :

– Voilà, j'en étais sûre, il t'a choisie.

Hannah respire. Sûre de quoi ? Ada ! Toutefois ce qui sort de sa bouche est :

– Qui ? Qui m'a choisie ?

– Yoshua ! Il réclame que tu œuvres pour lui !

Cette fois, c'est Hannah qui se dresse :

– Mais comment pourrait-il m'élire ? Je suis athée !

– Yoshua n'est pas « chrétien », il ne vit pas au sein des églises. Il déteste les rituels. Il est vivant, ici, parmi nous, et il s'adresse à ceux qui sont vivants comme lui. Ceux qui interpellent et qui tolèrent d'être déstabilisés. Il est un « certain » esprit qui souffle où il lui plaît, et pénètre là où on lui ouvre une porte. Sors de ton catéchisme de petite fille !

– J'ai uniquement été le témoin de ces scènes. Et Yonatan aussi d'ailleurs. Voilà, Jésus souhaite que Yonatan le reçoive. C'est normal. Yonatan est croyant et il est du même peuple. Mais moi…

– La vérité n'appartient à aucune origine ethnique, ni à aucune religion. Il y a des Justes partout. Hannah, tes idées sont tellement vieillottes !

Hannah la fixe, sidérée, et elles éclatent de rire.

– Jésus ne riait pas, d'après les textes, commente Hannah.

– Ta ! ta ! ta ! Yoshua buvait du vin[94], et comme il avait une belle nature, ajoute-t-elle malicieuse, il riait.

– Bien, il y a une seconde hypothèse concernant ces appels. Ces « mémoires » de l'univers…

– Peut-être. En tout cas, c'est à toi qu'ils étaient destinés, c'était ton appareil. Vous les avez reçus ensemble, c'est vrai. Alors ? Que vas-tu faire ? Qu'allez-vous en sortir ?

Hannah sent tout à coup l'évidence s'imposer :

– Je vais explorer votre jardin !

– Ah non ! Je t'ai fait suffisamment souffrir. Je ne peux pas accepter.

– Maintenant que le vin est tiré, il faut le boire.

– Ce n'est pas possible. Élie est là. Il est amoureux de moi. Il désire m'épouser.

– Vous épouser ?! Ouah… Et vous allez dire oui ?

– Je ne sais pas encore. Je réfléchis. Élie a été mon amour secret

---

94 Lc 7,34.

de jeunesse. Il m'en reste un attachement. Avec Élie, la petite flamme ne s'est jamais totalement éteinte. Toutes les amours impriment en nous leurs stigmates, non ?

Passant sous silence sa rupture récente, Hannah bredouille :

– Je suis trop jeune, mes relations d'avant ne m'ont pas marquée.

– Je parle de ce fameux « karma »… Est-ce qu'on permet à notre psychisme de s'apaiser au sujet de l'ex ? Est-ce que tu as vraiment quitté Sorel ?

– Vous êtes au courant ?!

– Oui, Yonatan m'a informée.

– Ce n'est pas moi qui ai rompu, c'est lui.

– Toi aussi tu dois te séparer de lui, en toi-même. Lui rendre mentalement ce qui est à lui. Et en outre, on pense à reprendre ses possessions, mais est-ce qu'on se soucie de récupérer ses sentiments ?

Hannah soupire, absorbée par la contemplation du soleil qui fuit l'horizon, l'immolant de ses traînées de feu.

– On peut quand même creuser chez vous, insiste-t-elle. Vous ne devez pas abandonner ce qui vous tient à cœur depuis si longtemps au profit d'une potentielle union !

Ada rougit.

– Je suis amoureuse, je crois… L'amour est tout pour une femme, non ?

– C'est mal, la taquine Hannah. Je vais fouiller derrière ce chêne !

– Je serai obligée d'appeler la police et de signaler qu'on est en train de me voler mon rêve !

– Non, Ada, d'en révéler la justesse…

Ada l'interroge du regard.

– Venez, l'invite Hannah en se levant, venez jeter un coup d'œil sur ce que j'ai trouvé.

39

Les heures qui suivirent se révèleraient les plus atroces que Hannah eût connues.

Seule dans son duvet, elle a froid, de ce froid humide qui glace les os. L'odeur de Yonatan remplit la tente et elle la respire en se relâchant, lorsque le téléphone sonne. Elle fait un bond et prend conscience qu'elle a redouté cet « appel » plus que tout. Chronologiquement, il y a toutes les chances qu'il lui livre la pire des visions : un crucifiement[95] datant de plus de deux mille ans et qui se déroulerait sous ses yeux. Un spasme la secoue. Pas d'appelant. Elle se révulse. Non ! Hors de question ! « Non ! » crie-t-elle. Elle raccroche.

Il ne rappelle pas. « Il » ? Elle frissonne. Quelle remarque absurde. Elle met sa ligne sur *off* dans le but de bloquer toute intrusion, de se protéger, et tourne nerveusement sur sa couche austère. Puis elle finit par se détendre, soulagée d'avoir échappé à l'atrocité du spectacle d'un être transpercé. Finalement, il ne tient qu'à elle de maîtriser ce qui lui arrive.

Elle s'endort rassurée.

∞

Maryam redescend la colline où elle l'a cherché et pleuré. Le soleil la réchauffe, séchant sa robe et ses cheveux maculés. Elle perçoit le grondement de la marée humaine au-dessous, et croise ceux qui montent installer leur campement là-haut, afin d'y coucher les nuits de la fête.

Elle franchit la porte dans l'autre sens et entre dans Jérusalem bourdonnante. Dans la rue bondée, on la rudoie, la prenant pour

---

95 Le crucifiement est le supplice de la mise en croix. Le terme « crucifixion » ne s'applique qu'à Jésus.

une souillon des bas-fonds. Des bougres ricanent en cherchant à la toucher. Elle les repousse du coude, et entend des commères se scandaliser.

La ville grouille de millions de gens venus célébrer la Pâque qui commence le soir même. Des Juifs et des étrangers, de toutes couleurs, de toutes nations. On crie partout dans des langues qu'elle ne reconnaît pas forcément. Elle a peine à cheminer. Les rues étroites les précipitent, les broient les uns contre les autres.

Soudain elle devient attentive aux conversations de ceux qui avancent dans le même sens qu'elle. On dit qu'au cœur des ténèbres, on a arrêté un révolté. Certains semblent inquiets : « Il nous porte malheur en provoquant le pouvoir ! Ça va mal se finir ! » D'autres se moquent. « Ils s'en sont saisis, mais s'en sont débarrassés aussi vite ! » beugle un gaillard corpulent. « Il leur brûlait les doigts ! » s'excite son compagnon. « D'ordinaire on ne juge pourtant que de jour, reprend le grand, mais là il paraît qu'ils ont craint les réactions du peuple ! » Le petit rondouillard s'esclaffe : « S'ils l'ont refilé aux Romains, il va faire l'acrobate sur un poteau ! Et nous, on s'en fout ! » Les deux éclatent de rire.

Maryam enfonce ses ongles dans l'avant-bras du grand, qui braille :
– Hé ! Lâche-moi la gueuse ! T'es une vraie truie dégoûtante !
Le nain redouble d'hilarité.
– De qui s'agit-il ? demande-t-elle.
– D'un dingue qui se prend pour Dieu !
Le grassouillet ayant retrouvé son souffle, ajoute :
– On dit même que ça vient de sa mère. Elle s'est fait culbuter par un Romain et elle a raconté qu'un ange l'a visitée !!! Y'en a vraiment qui prennent les bonshommes pour des abrutis, vous croyez que son mari a gobé ça ?
Maryam s'évanouit sans chuter, emportée au sein de la foule compacte. Ce sont des disciples femmes, qui l'extirpent et passent un linge sur son front. Elle se ranime.
– Où est-il ? hurle-t-elle, tentant d'échapper à leur soutien.
Elles la retiennent :
– Ils le torturent, fit l'une d'elles. Il faut prier.
– Comment peuvent-ils ? Il n'a rien fait de mal, il nous a enseigné ! Il faut faire quelque chose ! supplie Maryam en se tordant

les mains.

– On ne peut rien, affirme une autre. Tais-toi. Il y en a une ici dont l'épreuve est bien plus grande que la nôtre.

– Personne ne peut être affligé plus que moi !

– C'est sa mère, chuchote la disciple, tais-toi, répète-t-elle.

Maryam aperçoit une petite dame qui tient son voile devant sa face et dont la silhouette tremble dans les bras d'une compagne.

– Elle est venue jusqu'à Jérusalem en vue de Pessah, précise-t-elle. Tu imagines ?!

La pitié ne trouve pas le chemin de son cœur bousculé par la panique :

– Où sont les Douze ? Ils doivent s'interposer !

– Maryam, ils ont tous fui.

– Fui ?

– Ils ont eu peur. Ils se cachent.

– Et ceux qui l'acclamaient hier ?

– Tout le monde a peur...

C'est alors qu'on vocifère des injures. On jette des déchets et des pierres volant sur un bois immense qui s'approche à travers la masse dont on ressent les remous et qui peine à lui faire place. C'est Yoshua !

Maryam manque de défaillir.

Il arrive devant elle, portant une lourde croix qu'il traîne péniblement sur le sol. Ses beaux yeux coulent de larmes et de sang. Les paillettes s'y sont éteintes. Ils sont vitreux.

Elle le hèle et agrippe son regard, et comprend qu'il veut cet abaissement.

On lui crache au visage.

– Arrêtez ! Vous crachez sur Dieu ! Vous le paierez ! maudit Maryam.

Maintenant il est là au-dessus d'elles, offert, comme un agneau innocent écartelé, qui attend la mort et frissonne.

Les disciples se serrent, fragiles devant son insupportable douleur.

De sa bouche sèche, il explique à sa mère effondrée « Voici ton fils !⁹⁶ », en la désignant, elle, « *le disciple* » qu'il aime…

Comment pourra-t-elle jamais le remplacer ?

Maryam a cessé de souffrir. Son esprit s'est envolé et a rejoint celui de Yoshua. Elle a basculé dans l'extase.

On l'a raccompagnée chez elle. Et quand elle revient à elle, on la calme. Il a trouvé la paix de l'ensevelissement. Il a été mis en tombe, une bonne tombe, une tombe de riches, par Joseph d'Arimathie et Nicodème.

Elle a juste eu la force de retirer sa tunique et de sombrer sur son lit.

∞

Hannah expire un râle profond. Son portable vibre, c'est Yonatan ; elle décroche.

– J'ai rêvé…

– C'est horrible… le coupe Hannah en gémissant. Je suis terrorisée… Ils ont tous fuis, les hommes.

– Je cours jusqu'à toi, j'arrive.

Choqués, traumatisés, ils pleurent, l'un relançant les sanglots de l'autre.

Ada et Élie montent au matin, intrigués que Yonatan ne soit plus là. Ils les découvrent blottis, défigurés par le chagrin.

– Quelqu'un est décédé ? s'enquiert Élie.

Ada le tire doucement :

– Viens, viens Élie, tu ne peux pas comprendre.

– Mais laisse-moi ! Ils ont besoin d'aide !

– Non Élie, je devine ce qu'ils viennent de traverser. Non, ils ont toute l'aide qu'il leur faut. Ce n'est pas un deuil, c'est une naissance.

---

96 Bible, Jn 19,25-27. Il n'y a que des femmes autour de Jésus. Rien n'empêche d'un point de vue de la traduction que « le disciple bienaimée » soit Maryam. (Pasquier, Anne, L'Évangile selon Marie (BG1), Les Presses de l'Université Laval, «Bibliothèque copte de Nag Hammadi», 10, Québec, 1983.), et qu'elle soit appelée à remplacer le « fils » auprès de la mère de Jésus. (King, Karen L. Why All the Controversy? Mary in the Gospel of Mary. "Which Mary? The Marys of Early Christian Tradition" p. 74. F. Stanley Jones, ed. Brill, 2003). Selon Brown, les évangiles auraient été remaniés pour ôter sa prééminence à Marie (Brown, Raymond E. 1970. "The Gospel According to John (xiii-xxi)". New York: Doubleday & Co. Pages 922, 955).

40

Quand Maryam se réveille, il fait nuit et la demeure est silencieuse.

La fièvre l'a quittée et le goût amer de la potion de Stiphora colle à sa bouche pâteuse. Les réminiscences de son enfance, attisées par le choc, se sont de nouveau assoupies. Elle retombe parmi ce monde... Yoshua ! Un tremblement la parcourt et elle scrute la pénombre de la chambre. Elle ne pleure pas. Elle est engourdie au-delà de toute douleur.

Tout à coup elle se souvient : il m'a confié sa mère. Où est-elle ? Une culpabilité l'assaille. Elle est sûrement repartie vers sa famille.

Elle se redresse, s'assoit, puis tente de se lever. Ses jambes vacillent. Dans le noir, sa tête tourbillonne de traits lumineux. Lorsqu'elle se stabilise, elle enfile une chemise propre déposée au pied du lit, ouvre la porte et cherche à tâtons le chemin de la cuisine. Une lampe y brûle. Combien de temps a-t-elle sombré, abrutie sous l'effet du remède ?

Elle aperçoit à la lingerie les piles prêtes à être lavées. Presque dimanche ! Ce sommeil comateux l'a happée trois jours. Trois jours malade, en enfer. Elle a raté la Pâque.

Shabbat terminé, elle peut courir prier au tombeau[97]. Etrangement, elle a faim. Et soif, très soif. Elle s'attable et recouvre des forces. Puis se lave, se vêt et décide de braver la nuit. Elle veut se recueillir auprès de lui, et un espoir absurde l'anime.

Elle s'enveloppe de son manteau de laine et abandonne le logis pour s'avancer dans les premières lueurs jusqu'au jardin des grottes. Et alors qu'elle aborde la tombe neuve, elle distingue la pierre

---

97 Jn 20,1 et Jn 20, 11-18. Le passage de Jn 20,2-10 est un ajout. Voir références par exemple : http//en.wikipedia.org/wiki/John_20:11. Voir aussi la note 84.

déplacée. Arrivée à l'entrée, s'appuyant d'une main contre la paroi humide, elle s'habitue à l'obscurité et se penche... La sépulture profanée semble vide... Elle n'ose y pénétrer... On lui a arraché Yoshua vivant et là, Yoshua mort. On lui a tout pris ! Elle se recroqueville sur son chagrin renouvelé et sanglote aux pieds des anges apparus à sa vision altérée. Un bruit de pas se fait entendre au creux de l'ombre. Est-ce le jardinier ?

L'homme la questionne : « Que cherches-tu ? » Ils se reconnaissent. « Maryam ! » l'appelle-t-il. Elle a de nouveau dix ans !

Exultant, elle se tourne vers lui, son « Rabbouni », et veut l'étreindre. Il l'arrête : « Ne me touche pas, car je ne suis pas encore monté vers le Père » ; il ne faut ni le retenir ni le suivre. Il sera là après, mais quand ? Comment ?!

C'est l'épreuve la plus terrible, de l'écouter ainsi la tenir loin de lui, telle une étrangère. Elle ne comprend pas qu'il l'enjoint à accepter son absence, à franchir la séparation charnelle qui s'imposera, à trouver en elle-même cette ressource pour traverser les limites du corps. Il ne condamne pas la chair, non, il exige qu'en elle s'enracine l'esprit. Il ouvre aux humains captifs, non une simple mer, comme l'a fait Moïse, mais un passage de la terre jusqu'aux cieux.

Il lui indique ce qu'il attend d'elle dorénavant, l'envoyant en apôtre annoncer qu'il est réapparu.

Les disciples ne la croiront pas. Ils n'ont rien changé de leurs idées. Ils ont suivi Yoshua en tant que leader charismatique, et ne se sont pas encore imprégnés de son enseignement et ses agissements. Ils sont en deuil de sa présence, et incapables de grimper sur ses ailes.

L'aiment-ils seulement ? Emplis d'effroi du sort subi par leur maître, ils reculent à proclamer la bonne nouvelle. Yoshua s'en désole. Il lui revient en mémoire qu'au dernier soir, juste avant son arrestation, ses compagnons dormaient.

N'était-il pas venu trop tôt ? Etait-il venu au bon endroit ? N'était-il pas venu pour rien ?

Maryam repart, non en direction de la maison paternelle, mais au-delà du Mont des Oliviers, vers celle de Martha.

∞

Lorsque Yonatan et Hannah sortent enfin de la tente, il est presque midi. Yonatan se douche au baquet, dehors, ainsi qu'il le fait chaque matin, et Hannah s'installe bien en face et célèbre celui qui traverse sa vie si vite qu'elle refuse d'en perdre un seul instant. Elle compare son regard plein de mépris de la première fois, à celui de ce moment, alors qu'elle est touchée par les boucles mouillées sous le soleil, la peau grumelée par l'eau glacée, et le slip détrempé qui l'émeut. Prenant l'amour avec son cadeau de souffrance, elle est résolue à oublier toute stratégie.

Et c'est avec Sophia qu'elle va commencer à être authentique, quoi qu'il lui en coûte. Elle lui doit bien ça.
Elle s'éloigne parmi les oliviers et fait sonner. Sophia décroche :
– Une revenante ! Ça va ?
Hannah répond machinalement, se concentrant sur son but :
– Oui, et toi ?
– Non ! Ma meilleure amie m'ignore depuis une éternité !
Hannah sent la colère monter, et tente de se ressaisir en marchant. La communication doit s'établir dans la vérité.
– Allo ? Tu es là ? interpelle Sophia.
– Oui. C'est quoi une « meilleure amie » ?
– Quelqu'un de présent !
– Sophia, j'ai conscience d'être décevante.
– Oui, en effet, tu l'es.
– Crois-tu que c'est pour te faire du mal ?
– Non. Tu es égoïste, voilà. Tu ne fais pas attention à moi.
– Je le fais autant que je le peux…
– Alors tu es totalement impuissante !
– Sophia, peux-tu cesser ? Je ne veux plus de réprimandes, ni de piques, ni de petits noms dévalorisants, ni de jeu entre nous…
– Tu en fais des histoires… Tu as un problème ?
– Non, de nombreux problèmes.
Elle inspire à pleins poumons et explique :
– Je ne sais pas quel sens je vais donner à mon existence, vois-tu.
– Tu vas rentrer à Paris, te marier et ça va rouler.
– Sorel, c'est fini. C'est lui.
– Non… c'est vrai ?!
– Oui, probablement pour un bien, confirme Hannah.
– Tu es inaccessible, voilà !
– Merci Sophia. C'est moi, ça. Je tisse des liens avec des gens que

finalement je frustre, et qui sans cesse me le reprochent.

– Tu exagères ! Je ne te le reproche pas sans cesse.

– Si, à chaque fois…

– Pourquoi m'appelles-tu alors ?

– Pour dialoguer, et si possible en évitant de se murer dans des réparties et des phrases toutes faites. Sophia, regarde la réalité, nous avons évolué tellement différemment. Je ne suis pas mauvaise, je ne suis simplement pas pareille à toi. Tu es pleine de certitudes, et moi d'incertitudes. Comment espérer nous rejoindre ?

Sophia reste silencieuse.

– Je suis affligée aussi, poursuit Hannah. Tu m'as dit, il y a quelques semaines, qu'il fallait aimer à la bonne distance, aimer en confrontant…

Sophia renifle dans le téléphone.

– Sophia, ne soyons plus des petites filles. En fait, ce « trois » d'Ada, nous n'avons plus le même. Notre « trois », c'était l'adolescence, la conquête des garçons, le début des études. Maintenant que nous sommes adultes, qu'avons-nous en commun ?

Sophia demande d'une voix rauque :

– Que proposes-tu ?

Hannah a l'impression de l'emmener à l'abattoir.

– Que nous gardions cette affection de presque-sœurs, même si elle s'avère impraticable. Je ne veux pas qu'elle soit salie parce que toi et moi ne rentrons plus dans le rôle assigné.

– C'est affreux ! Tu es folle ! proteste Sophia.

– Non, je ne suis pas folle, et si c'est dur, ce n'est pas affreux. Tout dépend de ce que nous en tirerons.

– Comme ? Se parler en sachant que le courant ne passe plus ? Ne plus se parler et s'en vouloir forcément ?

– Pourquoi s'en voudrait-on ? Parce que ça laisse un vide ? questionne Hannah.

– C'est horrible le vide !

– C'est un vide. En positif, il offre de l'espace pour de nouvelles rencontres. Et si nos chemins divergent ici, rien n'empêche que nous nous retrouvions.

– Tu ne veux donc plus communiquer ?

– J'aspire à te porter dans mon cœur jusqu'à ce que nous puissions partager du bon.

– Une pause, c'est ça ? On dirait que tu évoques une relation amoureuse. T'es bizarre…

– Sophia, l'amitié « est » une relation d'amour, à un autre niveau, et on devrait l'énoncer autant que l'amour amoureux. L'amie n'est pas quelqu'une à qui l'on s'accroche, mais l'élue près de qui on chemine.

– Par contre toi, tu me jettes !

– Non, je veux pouvoir chérir notre sororité, et reconnaître que là, elle est au point mort.

– Sororité ? C'est quoi ce mot débile ?!

– Fraternité, si tu préfères. Eh oui ! ça ne s'emploie pas souvent au féminin, tu vois. Et effectivement je souhaite une pause, et voir où cela nous mène. Et si plus rien n'est envisageable, ne laissons pas s'effilocher l'essentiel sans qu'aucune de nous ne sache ce qui s'est produit. J'ai déjà perdu des amis de cette façon. Je ne pouvais pas te déserter en catimini.

– Je ne te reconnais pas ! Tu es partie, ça allait et là tu fous tout en l'air. Qu'est-ce qui t'es arrivé en Israël, Hannah ?

– J'ai compris des choses : que l'humanité est Une, et que, à la fois, chacun de nous est seul et parfaitement libre. Quand deux s'approchent, c'est une danse de joie. Ou une danse de haine.

– Oui, exact, tu me sers un sacré lot de haine !

– Les gens lointains ne dansent pas ensemble.

– Tu veux dire que nous nous rapprocherons à ton retour ?

– Je n'en suis pas sûre.

– Tu me fais peur !

– Je sais.

– Mais qu'est-ce que j'ai fait de mal pour mériter ça ?!

– Faut-il nécessairement qu'il y ait une faute ?

Hannah a envie de clore cette conversation en témoignant de sa tendresse, mais l'incompréhension de Sophia est une telle barrière…

– Sophia, il faut que tu réfléchisses et qu'on en rediscute. Et que nous soyons en paix.

– Tu me lâches comme une chose qui ne t'intéresse plus ! C'est tout toi !

– Je t'interdis. Arrête de cataloguer ce que tu ne conçois pas. Il y a parfois des événements qui nous mettent à part et ligotent notre parole. Parce qu'ils sont énormes, envahissants. Ou si subtils que personne ne pourra les concevoir. Est-ce que j'ai le droit d'être qui je suis ? Ou est-ce que je dois juste t'être utile et combler tes attentes ?

Sophia recommence à pleurer.

– Sophia, ce moment est fort, même s'il nous paraît triste… et ce n'est pas un échec. Tu es précieuse à mes yeux, mais aujourd'hui j'ai soif de sincérité.

Sophia raccroche. Et Hannah en est profondément peinée.

Chapitre 11

41

Pleine de rage de ne pas avoir été crue[98], Maryam s'est enfermée.

Si elle n'est pas écoutée – encore moins entendue –, elle est en outre perçue en tant que « faiblesse » de Yoshua, et le discrédite. Elle l'a lu dans le regard des disciples.

Le « *Fils de l'être humain* » n'aurait pas dû la favoriser. Ni aimer la femme d'ailleurs.

Ils se sont troublés qu'il s'adresse à la Samaritaine[99]– sans s'intéresser à leur conversation –, et se laisse toucher par tant d'autres, et de surcroît en état d'impureté. Mais en méprisant Maryam, ainsi que ses congénères, ne voient-ils pas qu'ils le renient, lui ?

Au fond, elle aime cette fureur qui dissout le chagrin et lui remet le calame entre les doigts. Elle va leur livrer le récit[100] de ce qu'ils ne conçoivent pas.

Face à des rustres, un écrit lui redonnera une place, une voix. Yoshua ne l'a-t-il pas désignée annonciatrice de sa résurrection ?

Mais au moment où elle s'y engage, elle se met à douter : comment exprimer la profondeur de ce qu'elle a reçu ? Yoshua lui a donné bien au-delà des paroles d'ici-bas. Aurait-il pu mieux manifester l'amour divin que par celui dont il l'a remplie ? Cet amour originel, de l'homme qui reconnaît le féminin complémentaire, cette transmission indicible d'esprit à esprit.

Elle se penche et trace les lettres, souffrant de la pauvreté de ses mots de ce monde. Elle redoute de le trahir elle aussi, d'amenuiser la grandeur de son imprégnation.

Elle n'inscrit que des faits, des propos, des actes... De quelle

---

98 Mc 16,11.
99 Jn 4,27.
100 Cf note 84. Si Marie est le « disciple bienaimé », elle est donc l'auteur de l'évangile dit « de Jean ». Voir aussi Jn 21,24.

manière amener autrui au-delà, au mystère ? Yoshua s'est lui-même fâché contre ses élèves, concernant leur manque d'intuition, de perception… « Le serviteur n'est pas plus grand que son maître[101] » a-t-il aussi enseigné. L'humilité lui redonne de l'audace.

Elle consigne les derniers évènements, ceux qu'elle a traversés et ceux qu'on lui a rapportés. Elle a rencontré les servantes qui ont témoigné. Toutefois, sait-on ce qu'il s'est réellement passé lors de ce jugement qui n'en a pas été un ? Et pour cause. Yoshua avait décidé à l'avance de son sort, qu'il finirait au plus bas, se laissant mordre par la férocité assassine de ses adversaires.

Il a voulu ainsi dévoiler leur péché, en permettant qu'ils se lâchent contre lui en bêtes assoiffées de son souffle et qui ne trouveraient de repos que lorsqu'ils l'auraient écartelé aux yeux de tous.

Aux yeux de tous les autres en tout cas. Aucun n'a eu le courage d'assister à son martyr. Ils ont vaqué à leurs préparatifs de fête, avec la satisfaction d'avoir réglé une bonne affaire, même si un doute s'est mis à les ronger.

Qu'ils finissent pourris en enfer ! les condamne-t-elle.

Refusant de s'alimenter, acceptant juste un peu d'eau pure, elle s'attache à copier une version neuve sur des feuilles de papyrus achetées au scribe du village. Il l'a observée, intrigué, elle ne s'en est pas souciée.

Stiphora s'inquiète et la supplie de manger. Les mets dont elle la gratifie se dessèchent les uns à côté des autres. Martha apparaît régulièrement à sa porte et tente de la raisonner, puis repart en haussant les épaules. Rien ne peut s'opposer à sa détermination. Sa colère la nourrit et elle ne veut être nourrie que par elle. Pour être sûre d'aller jusqu'au bout.

Elle s'imposera à ces hommes récalcitrants, obtus, bornés. Pauvre Yoshua, comment a-t-il pu espérer que ces simples hères puissent jamais s'ouvrir à son message ? Les éduqués sont pires, avait-il opposé. Tout enflés de leur érudition, ils sont incapables d'en déroger, de peur de perdre leur statut.

Il aurait, dit-on, supplié Shimon-Kephas de poursuivre la mission[102]. Quoi qu'il en soit, aujourd'hui chacun est revenu à sa

---

101 Jn 13,16.
102 Jn 21, 15-18.

routine, comme s'ils ne l'avaient pas connu. Et ce qu'ils ne discernent pas, c'est que son retour n'est pas pour cette génération, du moins pas de la façon dont ils l'espèrent. Accepteraient-ils, s'ils perdaient l'espoir de salut personnel, d'œuvrer en faveur des âges à venir ?

« La force d'un brin d'herbe devra atteindre les êtres du futur, à travers l'immensité du temps, lui avait-il expliqué à elle, et briser les pierres de la bêtise et du mal. L'humanité, *Une*, a une longue croissance devant elle. »

Il avait planté la graine d'un subtil changement de pensée, engendrant une métamorphose lente, mais tenace. Et alors il reviendrait, quand les cœurs et les esprits seraient prêts, lorsque chaque âme aurait pu se confronter à sa proposition, cet amour étrange qui ne ressemble à aucun sentiment terrestre, et qu'il appelait aussi « communion ».

Finalisant son ouvrage, Maryam ligote les papyrus avec un boyau séché, et se procure chez le tanneur du cuir épais afin d'en recouvrir le tout. Satisfaite, elle reprend conscience de son corps léger et pur, et elle a faim. Stiphora presse des fruits dans un linge, de manière à lui en offrir le jus et la réalimenter sans la rendre malade.

Lorsqu'elle se présente à Jérusalem, à shabbat[103], on la toise. Elle distingue mal le visage de Shimon-Kephas à contre-jour de la fenêtre, mais quand elle dépose le livre entre ses mains, elle voit qu'il la scrute avec une moue et affiche une aversion profonde. Elle recule, anxieuse, essuyant ses paumes moites sur son vêtement. Il se déleste de l'objet incongru, dont ses suivants se débarrassent de l'un à l'autre. Ils se méfient de l'écriture, elle qui représente le pouvoir contre lequel ils luttent. Ils ne savent pas lire en fait.

Son recueil finit sa course auprès de Matyah, le seul à tenter de la défendre – ce qui étonne Maryam –, l'unique éduqué capable de reconnaître la valeur d'un texte. Il le feuillette, puis le glisse sur son sein, dans la poche de son manteau. Elle réalise alors, mais trop tard, qu'elle ne l'a pas signé.

Elle assimile avec douleur leur inimitié. Ils la considèrent éternellement telle une possédée ayant dévié leur maître... Comme

---

103 Jn 20,26. Les disciples sont à Jérusalem.

si c'eût été possible !

De son côté, c'est la première fois qu'elle se préoccupe d'eux[104]. Yoshua vivant, ils étaient un vague décor. Avait-elle même mémorisé tous leurs noms ?

Les femmes les révulsent, quand bien devant Yoshua ils dissimulaient leur dégoût. A quoi leur servirait-elle maintenant ?

Et l'enseignement de l'une d'elles, pourraient-ils le propager[105] ? arguent-ils. Personne ne voudrait croire ça. La « bonne nouvelle » de Yoshua, s'ils se résolvaient un jour à se lancer sur les routes et à la répandre, posait déjà tellement de difficultés.

Ils se moquent de sa candeur et lui rient au nez. Sa prétention à évangéliser est immensément ridicule. C'est là la fille d'un riche. Pour qui se prend-elle !

Abattue par l'ampleur de son erreur, cet orgueil à s'affirmer, elle juge que l'heure est venue de les quitter. Pour toujours. Elle l'espère. Où qu'elle aille, elle s'attachera à ne plus croiser leur chemin.

Yoshua à peine parti, elle ne trouve entre eux que discorde, rivalité, mesquinerie. Comment a-t-il pu leur faire confiance ?

Elle s'enveloppe la tête de son châle et sort de la maison. Un pan de cette histoire extraordinaire est en train de chuter.

Les rues se sont vidées des étrangers. Les marchands somnolent sous le soleil, à côté de leurs étals.

Elle contourne le Temple, nostalgique de la présence de l'homme céleste qu'elle aime, et franchit la Porte des Brebis.

Elle gravit la colline et se retourne une dernière fois, et mentalement, fait ses adieux à la ville maudite[106].

Elle ne reviendra pas en ce lieu qui l'a assassiné.

---

104 L'évangile dit « de Jean » ne signale que peu de disciples et ne les nomme pas « apôtres ».

105 Voir Setzer, Claudia. 1997. Excellent women : Female Witnesses to the Resurrection, Journal of Biblical Literature 116 : 259-272.

106 Jérusalem chutera devant le pouvoir romain en 70 et le Temple sera détruit.

42

Alors que le ciel s'obscurcit, elle approche de chez elle.

Une intuition l'incite à faire marche arrière. Elle s'éloigne du chemin, s'assoit au bord du champ et sonde cette sensation. Le coucher du soleil lui impose un sentiment plus intense : le désir de consacrer sa vie à être l'apôtre de l'Aimé.

Mais qui écouterait une femme ? Son doute donnait-il raison aux disciples, après tout ?

L'incertitude reprend le dessus. Que se passe-t-il au village ? Doit-elle fuir ? Elle décide que non, secoue son anxiété et se remet en route.

Lorsqu'elle entre sur la place, tout est calme. Des silhouettes dorment au pied des masures, cachées sous des couvertures, et de nombreuses maisons sont déjà plongées dans l'ombre. Elle arrive face à la sienne. Elle brille, bien éclairée. Martha et Stiphora doivent l'attendre pour dîner. En contraste de son aspiration, elle goûte plus encore la douceur du foyer qu'elle envisage de quitter. Elle pousse la porte. Se rendant directement à sa chambre afin de se délester, elle entend tout à coup son père. Que fait-il là ?

Sa huche ouverte l'avertit qu'on a fouillé... Vide ! Ses rouleaux disparus ! Son cœur bat soudain très fort.

Des bribes de conversations parviennent jusqu'à elle. Elle comprend qu'on prévoit des noces. Martha va-t-elle finalement convoler ? Et qu'a-t-on fait de ses écrits ?

La colère l'enflamme. L'intrusion ne peut être que l'œuvre de Samuel. Elle le confrontera.

Elle ressent à ce moment une peur au creux de l'estomac. Pourquoi le craindre, à son âge ? alors qu'elle a connu Yoshua et s'apprête à un combat !

Elle se morigène, puis s'encourage : vas-y, Maryam ! Défends-toi !

A peine pénètre-t-elle dans la grande salle, qu'il surgit à ses côtés et la surplombe de sa taille massive. Le grondement de son ton tonitruant la surprend à redevenir soumise. L'adulte en elle se fige, totalement paralysé, annihilé, et elle est de nouveau une fillette.

Comment s'était-elle permis d'écrire ces torchons, hurle-t-il, souiller le nom de Dieu en l'accolant à celui d'un diable ? Il est inconcevable de les brûler – car on ne brûle pas le nom de Dieu – ou de les déposer là où on enterre les textes sacrés, la genizah de la synagogue, car son sacrilège serait rendu public.

Il arpente la pièce de long en large.

– Malheureuse ! lui crie-t-il en la montrant du doigt. Quelle est ma faute pour en avoir engendré une fille comme toi ?!

Il est pourtant un parent protecteur, réparant les absurdités de sa fille, venu organiser son mariage, monologue-t-il. En sera-t-elle digne ou les écrasera-t-elle de déshonneur une fois de plus ?! Il a conclu avec un beau parti, au loin, à l'étranger, puisqu'elle est aujourd'hui en danger ici.

– En danger ? s'étonne-t-elle.

– Tu as été vue au Golgotha[107], explique Martha. Abba a été tracassé.

– Et me marier ?!

Samuel la broie du regard. Martha donne des précisions :

– Abba nous a trouvé une bonne famille. Deux frères souhaitent nous épouser. On restera ensemble. Ils sont jolis garçons et vivent au-delà de la mer, en un pays où on ne saura pas, chez les grecs. J'ai accepté.

– Et ta liberté ? ta maison ?

Martha reprend très vite :

– Avec... avec qui tu sais, nous nous sommes exposées, et nous aurons une existence pleine de tourments ici. On ne va peut-être pas chercher à nous tuer, parce que nous sommes filles, et fortunées, mais nous ne serons plus jamais tranquilles. Et la mort n'est pas exclue. Père aussi risque gros s'il est pris pour un sympathisant. Il doit nous éloigner... On doit nous oublier. Voilà.

Un poignard lacère les entrailles de Maryam. Elle recule et se plaque contre le mur blanc, ouvrant de grands yeux apeurés, et murmure d'une bouche sèche :

---

107 Jn 19,17.

– Je préfère mourir…

Samuel fulmine :

– On vous conduira à un bateau. Il appareille dès demain !

– Je sauterai et me noierai !

Martha étend la main pour apaiser son père et tente de rassurer sa sœur :

– Nous allons être heureuses, explorer plein de choses, ce sera une nouvelle vie. Nous aurons des enfants ! Et si tu résistes, on t'attachera, c'est prévu… tu ne veux pas ça ?

Je suis crucifiée sans besoin d'un bois, constate Maryam.

– Et mes manuscrits ? ose-t-elle.

– Père a réfléchi. Puisque Lazar a été ressuscité par…par lui, il va les sceller dans sa tombe. Outre son indignation, les emporter est trop périlleux… Si on nous attaquait… On ne peut ainsi braver le sort.

– Alors je ne peux rien opposer ?

– Non, Maryam. C'est sagesse. Fais tes paquets, Stiphora va t'aider. Elle part avec nous.

– Et Lazar ? Qu'en est-il de lui ?

Martha et son père s'observent un instant.

– Il a été assassiné. On vient de l'ensevelir, en secret. Il était impossible de lui donner des funérailles publiques.

Maryam sourit. Yoshua ne l'a pas l'abandonnée. Il veille sur elle de là-haut. L'Esprit plane maintenant sur son avenir et l'emmènera à bon port.

Elle emballe ses affaires en un baluchon, étrangement soulagée de ne plus rien décider. Elle se prend bizarrement au jeu d'un havre de paix, loin de ce peuple en crise. Un époux ? Elle ne pourra l'aimer. Mais un petit…

Lorsque tout est prêt, elle se couche, gardant auprès d'elle Stiphora qui pleure sans dire pourquoi. L'idée du départ doit réveiller en elle des mémoires. La fuite des siens l'abandonnant ? Nul ne le sait. Pas même elle.

Maryam s'endort et rêve. Un tout autre rêve que celui d'un voyage sur l'eau : on frappe à la fenêtre, et une voix exige qu'elle la rejoigne. Elle reconnaît ce timbre. Oui, c'est la sorcière du nord ! Elle est venue la sauver de ce destin aux allures engageantes, mais qui se révèlerait mortel pour son âme.

Stiphora remue, se redresse, et allume une lampe. Maryam perçoit le grincement du volet et l'air froid.

– Réveille-toi, l'appelle Stiphora en lui secouant fermement l'épaule.

– Que veux-tu... laisse-moi dormir...

– On te demande ! Réveille-toi !

Elle saute du lit, s'habille et, sans vérifier qui la réclame, lance son bagage au dehors, devant Stiphora, ahurie. Après quelques secondes de réflexion, elle griffonne à l'attention de Martha un message qu'elle scelle entre deux planchettes et enfouit au fond de la cachette de pierre. Martha aura-t-elle jamais l'idée de le décrypter ? au moins de l'emporter en prenant ses bijoux ?

Elle empoche quelques pièces d'or et s'engouffre enfin, silencieuse, dans l'obscurité du couloir.

Elle sursaute. Un craquement. Quelqu'un se lève...

Une main puissante retient son vêtement.

– Ne me laisse pas !

Stiphora.

Deux mains cette fois la saisissent à bras le corps.

– Je pars à l'aventure. Ce sera plus sûr auprès de Martha, chuchote Maryam en l'embrassant.

– Non ! Ne me quitte pas, j'en mourrais.

– Alors vite !

Et Maryam lui jetant son propre manteau sur les épaules, l'entraîne dans la nuit humide, souriant à l'immensité.

43

Pour secouer sa peine suite à l'interaction houleuse avec Sophia, Hannah a préféré se laver dehors, à grande eau elle aussi. Et elle s'est mise nue sous le soleil qui dore sa peau, nue dans le bruissement des feuilles d'olivier, nue dans le vent léger sur lequel surfent des libellules.

Est-ce un peu de curiosité à provoquer Yonatan ? Ou le dessein de se révéler entièrement ?

Il se détourne tout d'abord, saisi, puis ramène son regard, le souffle coupé, gorge serrée, les doigts crispés sur sa tasse de café. Le désir est si proche de l'angoisse, note-t-il. Elle pivote vers lui, le visage détendu par l'eau fraîche, et lui sourit.

Il s'efforce de puiser au fond de lui un sentiment différent de ce besoin qui le mord. Il veut éprouver une autre sensation, générer une réaction nouvelle au corps ruisselant. Il se concentre, mobilise toutes ses ressources, tentant de s'unir à elle, d'oublier l'objet qui fascine ses sens et son instinct. Sa pomme d'Adam se détend. Un déclic s'opère et il en conçoit de l'amour pur, tel celui de Yoshua envers Maryam.

Les larmes qu'il verse ne sont pas des larmes de chagrin cette fois, ni du choc qu'il vient de vivre, mais des perles d'une douceur infinie.

Hannah illuminera à jamais sa vie.

Lorsqu'elle s'est habillée, elle l'informe qu'elle se rend chez Ada.

– Pourquoi là ? questionne-t-il.

Elle lui montre les morceaux de parchemin et lui expose son hypothèse.

– Et il y a autre chose, ajoute-t-elle, je ne peux pas m'imaginer éternellement hantée. Je dois clore cette histoire...

– Yeshua disparu, est-ce qu'elle n'est pas terminée ?

– Comment pourrais-je en être sûre ? Il y a Maryam. Les morts semblent réclamer leur dû. Je ne veux pas me retrouver à Paris avec ça, sans Ada, sans toi.

– Alors je vais t'aider !

– Il faut que je signifie à Élie que je laisse momentanément son chantier. Mais après ce que nous avons fait cracher à ces murs, et l'excitation à l'idée d'épouser Ada –

– Ah ? Elle va accepter ? coupe Yonatan.

– Nul doute qu'à l'heure qu'il est, elle s'est déclarée. Et donc nul doute qu'il va vouloir offrir cette possibilité à sa fiancée.

C'est avec une vigueur et un enthousiasme renouvelés qu'ils chargent le matériel dans la jeep et le transportent jusqu'à la maison.

Ni Ada ni Élie ne sont en vue, et tout est fermé.

Ils installent les outils.

– Élie n'est pas là, est-ce qu'on s'y met ? s'inquiète Yonatan.

– Oui, on peut se lancer.

– Où allons-nous commencer ?

– Là, derrière l'arbre.

– On y va ?

– Oui ! chante Hannah, c'est parti pour le rêve d'Ada ! Elle va être aux anges !

– Tu sais, moi aussi j'ai peur d'être visité quand tu ne seras plus là.

– Visité ?

Il montre le sol :

– Oui, par eux.

– Tu ne risques rien, ils m'ont choisie, moi !

Qu'est-ce que je dis là ?! Cette réflexion lancée sans réfléchir, réveille en elle le contenu de sa conversation de la veille avec Ada.

Yonatan pioche et ils conviennent de déposer la terre juste à côté. Hannah ne va pas la tamiser. La vision d'Ada est suffisamment précise pour avancer droit au but.

Lorsque Ada et Élie arrivent, le sol près du chêne est déjà largement éventré. Élie s'immobilise, les mains à la taille, hochant la tête. Ada sautille, à l'instar d'une jeune fille, et se penche au-dessus du trou.

– Tu vas tomber, l'alerte Élie d'une voix sourde.

Les trois se retournent vers lui.

– Il y a un problème Élie ? s'étonne Ada.

– Non non, mais je constate… Il y a rupture du contrat de travail. Tu aurais pu m'en parler.

Elle s'éloigne de la cavité et se rapproche d'où il s'est juste assis. Et souhaitant permettre à son amoureux de se ressaisir de sa surprise, elle annonce :

– C'est l'heure des rafraichissements !

Lorsqu'elle revient, il lit le journal et ne lève pas les pupilles.

Yonatan et Hannah se sont arrêtés, incertains. Ils rejoignent la table. Ada les sert.

– Élie ? appelle Hannah.

Il reste absorbé. Elle décide de s'adresser à lui malgré tout :

– Élie, je n'ai pas pris de congés depuis le début des fouilles. Je n'aime pas mentir et je n'allais pas développer des relations à Jérusalem et raconter n'importe quoi sur mon activité. Mon milieu est petit et tout se sait.

– Je vois, raille-t-il tête baissée.

– Aujourd'hui, je suis heureuse de prendre du temps pour Ada. Et Yonatan aussi. Lui non plus ne s'est pas reposé. Nous avons poursuivi notre tâche chaque jour que Dieu a fait.

Yonatan et Ada regardent Hannah, étonnés.

Élie relève le nez.

– Je dois me taire, c'est cela ?! Vous abandonnez ma propriété, vous œuvrez en faveur de la concurrence, et je dois la boucler ?

Hannah se redresse. Elle a envie de rire, mais elle doit le stopper :

– Je ne suis pas payée par Ada, Élie. Yonatan non plus. Nous lui offrons nos bras, c'est un cadeau.

– Donc si je résume, pour moi c'est payant et pour elle c'est gratuit. Yonatan, quand je raconterai ça à Uri, que va-t-il penser ? Que son fils n'est pas capable d'un geste généreux à l'égard d'un vieil ami de son père ?

Yonatan blêmit.

– Et puis ce n'est pas tout, reprend Élie, je vais lui assener un coup en lui apprenant que son fils est amoureux d'une Goya[108] ! La belle affaire !

Ada est livide. Elle s'assoit.

– Amoureux ? répète Yonatan hébété.

---

108 Féminin de « goy », terme par lequel, depuis l'époque biblique, les juifs désignent les non-juifs (définition du dictionnaire Larousse).

– C'est clair. Elle te tourne autour et cherche à t'arracher à tes racines. Es-tu naïf ?

– Élie, je sais ce que je fais. Hannah n'est pas en train de m'embobiner. Nous sommes des adultes conscients, et nous avons débattu de l'impossibilité d'une relation entre nous. Merci de ne pas l'évoquer à mon père !

– Lorsque je vous ai trouvés ce matin emmêlés dans le lit, il m'a paru évident que la situation est loin d'être sous contrôle...

Ada se lève et s'interpose :

– Tu as d'autres choses à dire comme ça ?

– Oui, crache-t-il, hors de lui, et tu ne m'en empêcheras pas ! Nous ne sommes pas encore mariés, et sache que quand nous le serons, je ne te suivrai pas comme ton imbécile d'époux. Est-ce que la joie de ma découverte ne te suffit pas ?!

– Mon « imbécile d'époux » ?! Élie... dis que tu retires ce qui vient de sortir de ta bouche, que tu regrettes, que la colère t'a emporté...

– Non, je ne retire pas un mot ! Pourquoi n'a-t-il pas commandé des recherches pour combler les fantasmes de sa femme, puisqu'il en avait les moyens ? Il est devenu riche avant moi. Pas étonnant que tu l'aies épousé, lui !

– Tu ne connais pas ce qui m'unissait à Yacob. Je t'interdis d'insulter sa mémoire ! Il est l'homme...

Ada hésite devant Élie qui fulmine, puis termine :

– ... de toute ma vie.

Élie bondit, attrape ses clés et son vêtement.

– Je n'ai plus rien à foutre ici ! Et toi, aboie-t-il à Yonatan, je te donne jusqu'à demain pour quitter les lieux et rentrer au bercail. J'irai voir ton père, et si tu n'es pas chez lui, gare à toi !

Il file comme un voleur. Ils entendent sa voiture démarrer en trombe, et un nuage de poussière s'élève et virevolte sur la terrasse.

Ada transpire. Hannah court à l'intérieur et rapporte un linge humide.

– Ada, je suis désolée, j'aurais dû en discuter avant avec Élie.

La petite dame frêle demeure silencieuse.

– Ada, ça va ?

Ada pose maintenant sur elle ses doux yeux, dans lesquels Hannah croit lire deux émotions contradictoires : une grande

228

tristesse, et quelque chose qui pétille.

    – Comment vous sentez-vous ? insiste Hannah.

    – Je vais me reposer. Emmène-moi au lit.

44

– Comment est-elle ? demande Yonatan, lorsque Hannah réapparaît sur la terrasse et s'assoit près de lui.

– Fatiguée, trop d'agitation.

– Élie a été violent !

Caressant la main qu'elle a posée sur la table et dont les doigts dessinent leur empreinte sur le voile de poussière, Yonatan revient à ses préoccupations.

– Hannah, c'est horrible d'avoir à te quitter si vite, murmure-t-il. Et tout ce travail…toute seule…

– Ne me déserte pas, Yonatan. Tu ne vas te laisser intimider tout de même !

– La relation entre mon père et moi est tendue… Il y a eu un précédent, avoue-t-il.

– Un précédent ?!

– Oui.

Il cherche son regard soudain traversé de douleur. Elle croise les bras.

– Explique.

– Tu as déjà compris…

– Et alors ? tu l'aimais ? Tu étais prêt à partir pour elle ?

– Oui, j'étais prêt, partage-t-il sincère.

Un nœud se serre dans la gorge de Hannah.

– J'avais 19 ans, j'étais un gamin. J'ai réalisé à temps que je ne supporterais pas d'être banni par mes proches… Mon père est plutôt orthodoxe.

– Et tu as couché avec cette fille ?

– Hannah ! Comment peux-tu me demander ça ?! Tu crois que… je suis vierge ?

Prenant de la distance, elle pouffe.

– Pardonne-moi. Je suis bête. Et je suis jalouse.

– Tu ne serais pas un peu amoureuse de moi ?

231

– Tu n'as pas le droit ! Tu préfères ta famille. Alors ne me nargue pas !

– En attendant, demain c'est trop tôt…

– Ecoute, Élie va se calmer. Il aime Ada. On dirait que toutes leurs vieilles rancœurs sont remontées. C'est ridicule, à leur âge.

– Je doute qu'il se calme. Élie est célèbre pour ses colères et ses ruptures. Pourquoi penses-tu qu'il vit à New York ? Il s'est exilé parce qu'il a épousé une Goya en première noce, dont il a divorcé. Il est très mal placé pour me donner des leçons. Mais ici, tout le monde redoute les mouvements d'humeur d'Élie. Abba ne le porte pas plus que ça dans son cœur d'ailleurs. En ce qui le concerne, c'est un hérétique. Mais par contre, s'il évoque notre lien, la guerre recommencera entre lui et moi, ce qui implique qu'il n'y aura plus de confiance et qu'il me surveillera, ou me fera surveiller sans cesse. Sans compter qu'il me harcèlera de questions.

– Eh bien !!! soupire Hannah, vous ne vivez pas dans la liberté…

Elle rend à Yonatan sa caresse, et pleine de frustration lui souffle :

– Alors il nous reste un jour, c'est ça. Te reverrai-je ?

– Peut-être que non, lui déclare-t-il, tremblant légèrement, peut-être qu'il ne vaut mieux pas.

– C'est dur…

Hannah considère le terrain retourné et, secouant sa tristesse, suggère une fois de plus :

– On creuse alors ?

– On creuse !

– La nuit va bientôt tomber…

– On connaît. J'installe les lumières.

Yonatan brise à la pioche les mottes de terre sèche. Ils en sortent d'innombrables seaux. Il faut aussi couper les racines infiltrées partout.

– Ce n'est plus de l'archéologie, là ! rit Hannah.

– Non, c'est juste une mission !

L'outil heurte tout à coup quelque chose de dur.

– Hannah, regarde, on arrive sur de la roche.

– Fais voir…

Elle examine la texture et tranche :

– Tu n'iras pas plus profond de ce côté. Perçons un second puits, là, propose-t-elle en désignant le sol à peine un mètre plus loin.

– Si proche ? On va trouver pareil. Je ne sais pas comment ce chêne a fait pour pousser.

– Nous ne sommes pas sur du rationnel, ici, mais sur le rêve d'Ada. L'indication était précise.

Le nouveau trou les conduit à une impasse.

Ada vient de se lever et contemple le spectacle. Son jardin sous les spots et en trous de gruyère. Sa vie en vrac. Et ces deux jeunes, si beaux, les yeux lumineux en contraste de leur peau tannée. Ils ne remarquent même pas sa présence, passionnés qu'ils sont à leur tâche et à leur symbiose. Elle sourit. L'apercevant, ils s'arrêtent.

– Ça va Ada ? risque Hannah.

– Oui, je me sens reposée. Vous avez faim ?

Ils s'étudient, comme pour jauger un unique organisme. Ada le remarque.

– Je meurs de faim ! affirment-ils à l'unisson.

– Bon, il est trop tard pour faire à dîner. Je sors des restes du frigo.

Ils sont maintenant attablés dans la cuisine d'Ada. Hannah et Yonatan mangent en silence.

– Y a-t-il une raison pour que vous soyez muets ? interroge Ada.

– Nous sommes accablés, s'excuse Hannah.

– Accablés de quoi ?

– Yonatan doit rentrer.

– Ah oui, j'avais oublié ce problème. J'étais tout entière à m'introspecter.

Elle proteste :

– Non, ce n'est pas une fatalité. Nous ne permettrons pas Élie de tout détruire. Yonatan, j'appelle Uri et je lui dis que j'ai besoin de toi pour m'aider.

– Vous croyez que ça peut marcher ? s'exclame Yonatan.

– Bien sûr !

– Mais si Élie mentionne Hannah ?

– Nous le ferons taire. Ce sera ma parole contre la sienne. J'ai plus de poids non ?

– Hum, pas sûr…

– Ah ?

– Vous êtes juive messianique. C'est une faute grave dans les conceptions d'Abba.

– Certes, mais je n'ai pas abandonné notre pays, et Uri me respecte. Et je suis vieille ! J'essaye ?

– Oui ! répondent-ils ensemble, tels des enfants heureux.

– C'est noël ! s'esclaffe-t-elle. Je le fais dès que nous aurons fini ce repas.

Hannah, accoudée, appuie son menton sur sa paume.

– Ada, pourquoi n'avez-vous jamais fait de fouilles avant ?

Ada hésite, observe longuement Hannah.

– Veux-tu savoir la vérité ?

– Oui évidemment ! acquiesce Hannah, désinvolte.

– Vraiment ?

Devant l'insistance d'Ada, elle se raidit imperceptiblement.

– Oui…

– J'attendais… Dans mon songe de la femme aux rouleaux, derrière elle, il y avait une autre jeune femme. Une de notre époque…

Hannah s'accroche à sa chaise et recule son visage.

– Qui ?

Oui, fait Ada de la tête.

Chapitre 12

45

Ada avait calé l'affaire avec « Abba ».

Élie mis hors d'état de nuire à Yonatan, Hannah lui avait textoté qu'elle arrêtait son contrat, et qu'il ne devait pas oublier de comptabiliser ses congés non pris. S'il faisait un scandale, elle ne lui lâcherait rien !

Après, c'était le désert financier. L'avenir restait incertain, malgré l'argent économisé – n'ayant pratiquement rien dépensé ici –, et elle n'avait aucune réponse de l'université.

Le matin, lorsqu'ils descendent chez Ada, elle relève sa messagerie.

Elle s'exclame :

– Un mail de… Luke !… Sorel !… Ma mère ! Quelle manne !

Ada affirme :

– Tu es aimée, voilà.

Yonatan se focalise sur son café.

C'est celui de Luke qu'elle a d'abord envie d'ouvrir. Intriguée, elle lit :

« Chère Hannah, écrivait-il en anglais, j'ai disparu. Pourtant je suis toujours là, oui, fasciné par l'image d'une jeune femme rencontrée il y a maintenant plus de trois mois, dans un avion à bord duquel je croyais mes heures, ou plutôt mes minutes, comptées. Etait-ce le contraste entre la mort agitant sa faucille menaçante, et le visage de la « Vivante » – celle des origines ? –, le tien, qui m'a tant marqué ? J'avais besoin de réfléchir, par crainte de m'abandonner à un engouement d'adolescent. Cependant, l'intuition fulgurante du premier instant offre avec grâce une vérité qu'elle répugnera à nous livrer ensuite. Bonne ou mauvaise. Mais en ce qui concerne les sentiments, tout peut être tellement faussé. Si je suis encore célibataire à 34 ans, j'ai fait des erreurs de parcours, tu l'imagines. J'ai aimé à l'aveugle, sans discernement ni modèle.

Mes parents ne s'entendaient pas. Le concept du couple est en moi une représentation désolée, en friche… Je ne sais reconnaître à quoi il ressemble, ce qu'il faut précisément rechercher. Tu vois, je n'ai pas le mode d'emploi.

Mais plus j'attends, plus tout devient compliqué. Le recul, loin de me refroidir l'esprit, avive l'impression d'être amoureux d'une ombre, toi, qui me suit à chacun de mes pas. Cette icône me hante, m'obsède.

Hannah, est-ce que je me trompe tout à fait en t'écrivant ? »
– Ouf !
Les deux visages sont tendus vers elle, dans l'expectative.
– Une déclaration. Etonnement bien tournée, d'ailleurs !
Ada pouffe, lorgne Yonatan, et le nargue :
– C'est une bonne chose ! Le destin se charge de t'ouvrir d'autres possibles. Que vas-tu lui répondre ?
– Je n'en ai pas la moindre idée !
– C'est un type décent ? interroge Yonatan.
– Probablement. En même temps, je l'ai vu qu'une seule fois.
Yonatan paraît méditatif, puis soudain résolu.
– Tu dois explorer cette relation alors.
Ada ajoute, avec un sourire à Yonatan :
– Oui, ce sera bien pour Hannah.

Elle parcourt ses autres courriers.
« Hannah, je veux te dire une chose, écrit Sorel, ou non, deux. La première : tu es formidable. La deuxième : j'ai commis une bêtise. Non, encore une : je t'aime. »
– Ah… Sorel me regrette.
– C'est curieux cette … coalition ! plaisante Ada.
– Dois-je devenir polyandre ?
Les trois sourient, Yonatan d'un cœur triste.

– Ma mère. Voyons.
« Hannah, excuse-moi de ne pas avoir communiqué. J'ai été malade. Un cancer. Je ne voulais pas t'encombrer. J'ai été opérée et les médecins ont dit que je suis guérie. Je n'ai pas de traitement et j'ai repris le travail. J'espère que ton chantier se déroule comme tu le souhaites. Qu'as-tu trouvé ? Et si je venais un weekend ? Bisous »
– Mon dieu !
Ils la regardent d'un air de réprobation.

– Elle a eu un cancer.

– C'est la raison de son silence ? demande Yonatan.

– Oui, elle voulait me ménager. Mais avec elle, c'est difficile. Elle est souvent distante. Je n'ai jamais compris pourquoi, et j'ai cessé de me culpabiliser. Je me suis positionnée sur une longueur d'onde... hum, disons, parallèle. En tout cas, elle est hors de danger.

Hannah ignore le grouillement du reste des messages. Il y en a d'amis... Elle les lira plus tard.

– Au boulot ! lance-t-elle. J'ai hâte d'avoir accompli ma mission et que vos fantômes m'oublient, Ada.

Le second puits n'ayant rien donné, ils se décalent un peu vers l'ouest et appliquent un protocole identique. A midi, ils ont de nouveau atteint la roche.

A cet endroit-ci, elle ne forme plus un unique bloc et de l'humus s'est installé au milieu, suffisamment pour que ce soit un artefact. Ce n'est pas pour autant prometteur et Hannah renoncerait volontiers à ce point. Toutefois le rêve récurrent d'Ada oblige à ne pas trop s'éloigner.

Ada se repose sur une chaise longue, rassurée d'être au moins entourée de ses amis. Elle mesure sa solitude sentimentale. Élie l'ignore. Va-t-il réapparaître ? Lui demander son pardon ? Elle a été elle-même surprise de sa propre affirmation, ou au moins de lui avoir jeté ainsi à la figure... Mais comment a-t-il pu s'attaquer à Yacob ?! Élie néglige de connaître autrui... Elle est loin de la fille embrassée au coin d'un mur un soir d'été. Il ne s'est pas assagi. Il a vieilli sans maturité, juste en un vieux gamin.

Yacob l'avait étonnée, de décennie en décennie, par la sagesse et la profondeur qu'il avait acquises. Ils avaient fondu ensemble, émergé du formatage de leur éducation ; lui féminisant sa pensée, lissant sa rudesse masculine, adoptant des valeurs de tendresse, de sincérité, de communication ; elle, prenant plus d'initiative, de force, de son audace à lui.

Yacob, adresse-t-elle en son cœur, dois-je épouser Élie ? Faut-il boucler la boucle ? Finalement, il était là avant toi... Lorsque tu m'as abordée, toi qui arrivais d'une région différente, j'ai lu dans tes yeux que tu me donnerais davantage de joie. J'ai été touchée. Tu t'intéressais à moi, au lieu de tenter de me séduire. J'ai craqué en ta faveur... Aujourd'hui Élie désire revenir au pays finir ses jours, et je suis esseulée. Son énergie compensera la mienne qui décline. Yacob ? Tu m'entends ? Oui, il a mauvais caractère. Non, il ne m'apportera pas ce que nous partagions. Néanmoins, vieillir à deux, c'est mieux non ? Quoi qu'il en soit, ne sois pas jaloux, tu demeures mon adoré. Je n'aime que toi, tu le sais. Tu me manques…Yacob…

Ada essuie au bord de ses cheveux gris, une larme qui a suivi le sillon de ses rides.

Les deux ne s'étant aperçus de rien, chassant sa confusion, elle se lève et se dirige vers les tas et le trou qui les engloutissent.

– Mon jardin est un vaste… bordel !

Elle s'amuse de sa grossièreté et s'égosille :

– Je vais m'occuper du déjeuner et vous préparer un bon plat !

Yonatan, torse nu, dégouline de sueur. Hannah porte un haut de sport révélant son ventre et ses bras.

– Mais avant, une limonade maison pour vous rafraîchir !

– Cool ! répond Hannah, s'essuyant le front de son tour de poignet. Vous êtes un ange, Ada.

– Non, « tu » es mon ange !

Hannah a alors une sensation étrange : elle se sent élue. Par Ada, et aussi par cette Maryam qui la convie d'outre-tombe.

– Maryam ! appelle-t-elle tout haut.

Yonatan la fixe une seconde, puis se remet à creuser, évacuant dans son effort sa frustration. Il dégage la pierre énorme, la désencombrant de la couche de terre, moins épaisse sur le côté ouest qui coïncide avec le début de la retombée de la butte.

Hannah ressent peu d'émotions suite à la lecture de ses mails, mis à part un soulagement au sujet de sa mère. La présence de Yonatan rayonne si fort en elle qu'aucune autre ne peut prendre consistance.

Mais inconscient de son impact, il semble soucieux.

46

Ils auraient pu coucher chez Ada, mais d'un accord tacite, ils désiraient protéger ces dernières nuits d'intimité.

Sous la toile de tente éclairée d'une lune radieuse, aucun des deux ne trouve le sommeil.

– Est-ce que nous continuerons à dialoguer ? s'enquiert Hannah d'une voix aiguë qui se voudrait anodine.

Yonatan se redresse sur son coude et la devine dans la lumineuse pénombre ; il caresse ses cheveux, dessine ses sourcils d'un doigt.

– Alors ? insiste-t-elle.

Il retombe et se plonge le visage dans l'oreiller.

– Réponds-moi, supplie-t-elle doucement.

– Des textos ? Des mails ? Des appels furtifs ?

– Oui !

– Déjà fait, soupire-t-il.

– Ah ? Et alors ?

Yonatan se mure.

– Yonatan, tiens-moi, ne reste pas loin, ça ne te ressemble pas.

– Je refuse de revivre ça... trop douloureux...

– Mais j'aimerais connaître ce que tu deviens ! Ça me réconfortera.

– Ça n'apporte aucune joie. On se raconte, mais on guette surtout qui le premier des deux aura une nouvelle relation.

– Ah...

– C'est terrible cette mise à mort à distance... Non, Hannah, nous méritons mieux.

Il la serre contre son corps amoureux. Une érection le torture. D'un effort mental, il remonte cette énergie vers sa poitrine. Hannah se liquéfie, et ne lutte pas.

– Hannah, je désire autre chose...

Pleine d'espérance, elle l'encourage :

– Dis-moi, Yonatan !

– Je veux communiquer avec toi …

– Oui ?

– Par… l'esprit.

Un spasme tord l'estomac de Hannah.

– Par l'esprit ?!

Une vague de colère l'étreint. Elle se lève d'un bond et sort en lui crachant :

– Vous êtes tous cinglés, ici !

En sanglots dans la colline, elle tourne en rond, paniquée par la force de ses sentiments.

Elle s'adosse enfin contre un olivier, inspirant de grandes goulées d'air frais, puis repart ouvrir la Jeep et chercher son paquet de tabac.

Elle grille plusieurs cigarettes coup sur coup, désarmée, désespérée.

Lorsque le chagrin s'est engourdi dans son être fourbu, qu'elle a fumé à en avoir la nausée, elle rejoint Yonatan.

Elle replonge entre ses bras, comme pour s'y blesser un peu plus.

Il s'est endormi, hébété par le besoin d'oublier.

Au milieu de la nuit, pile quand Hannah cesse de lutter et s'évanouit à sa conscience, son téléphone bipe.

Une lueur douce et chaude envahit l'espace, puis se rétracte. Plus rien. Elle se rendort, agitée.

Paralysée, Hannah sent son cerveau tergiverser, négocier avec l'inacceptable. La lumière qui s'est immiscée est-elle un signe ?

Elle sombre, puis s'éveille encore, cette fois déprimée.

Le matin les découvre épuisés, en sueur, tristes.

Au dehors, une tempête s'est levée et lâche des bourrasques de poussière.

Un mouchoir sur le nez et la bouche, ils courent chez Ada. Elle aussi se montre abattue. Pas de nouvelles d'Élie.

Le vent s'enrage, fait grincer les branches du chêne, jette aux yeux des particules, et leur interdit toutes fouilles. Les voici coincés à l'intérieur. L'atmosphère s'alourdit.

Ada est la première à secouer sa léthargie :

– Bien, je vais nous lire des psaumes, histoire d'élever nos âmes.

– Non Ada ! font-ils en chœur.

– Quoi ?... Allons-nous rester ainsi comme des malheureux, à attendre en silence que le ciel s'éclaircisse ?

Elle les confronte du regard, Hannah blottie dans un fauteuil, et Yonatan qui prétend feuilleter une revue.

– J'ai une idée ! Et si nous nous parlions vrai ? On interroge quelqu'un, et l'autre doit répondre.

– Le jeu de la vérité ? frémit Hannah. C'est toute mon adolescence ! Alors… d'accord !

– Oui, mon petit-fils en organisait avec ses amis ! J'ai toujours eu envie d'essayer, mais avec qui ? Je n'ai osé le proposer à personne !

Elle a soudain l'air excitée comme une gamine. Yonatan ne peut s'empêcher d'en sourire :

– Ok, Ada, si ça vous amuse !

Elle installe une bouteille sur la petite table et la fait tourner. Celle-ci revient vers elle.

– Peut-on se confronter soi-même ?

– C'est certainement le plus difficile ! commente Hannah.

– Bon alors non, pas maintenant.

Ada la refait tournoyer et elle s'immobilise en direction de Hannah.

– Action ou vérité ?

– Vérité !

– M'en veux-tu toujours ?

– Non Ada, plus du tout.

Ada se réjouit.

Hannah tombe sur Ada.

– Action ou vérité ?

– Vérité !

– Comment pouvez-vous envisager d'être avec Élie, tandis que vous aimez encore Yacob ?

– Un peu d'une ancienne amourette, pour deux vieillards, voilà.

– Où est votre « trois » avec Élie ?

– Tu n'as droit qu'à une seule question, non ?

– Autant pour moi ! C'est à vous.

– Quel « trois » ? se renseigne Yonatan.

– Une théorie d'Ada selon laquelle un couple fonctionne bien s'il partage quelque chose de plus haut et de plus grand que lui.

Le hasard désigne de nouveau Hannah.

– Je vois que Yonatan et toi avez des sentiments…

Hannah retient son souffle, puis l'interrompt :

– Je dois choisir d'abord ! Bon, ce n'est pas grave, allez-y…

Ada reprend :

– Moi aussi je m'interroge sur ce que serait votre « trois » ?

Hannah réfléchit :

– Notre aventure incroyable de ces semaines passées ? Nos visions communes ?

– Sans commentaire. Tu as répondu. Merci.

Yonatan les épie par-dessus sa revue. Hannah lance la bouteille, et c'est devant lui qu'elle s'arrête.

– Action ou vérité ?

– Action.

– Embrasse-moi !

Il sursaute.

– Hannah ! Comment peux-tu ?

Ada est électrisée. Elle a 12 ans.

– Il doit le faire non ?

Oui, confirme Hannah de la tête.

– Ok, accepte Yonatan. Mais, me permets-tu de différer ce baiser ?

Les deux femmes se regardent.

– Oui, dit Hannah. Accordé.

– J'ai faim, déclare Ada, on déjeune ?

– Déjà ? On ne joue plus ?! s'indigne Hannah.

– Non, c'est bon. Je voulais juste savoir pour vous, en fait.

– Ada ! Vous êtes incorrigible !

– J'espère bien !

Hannah observe le jardin par la fenêtre. Les rafales semblent se calmer.

– Bon, peut-être que nous pourrons finir de libérer cette pierre après le repas. Je parie qu'elle ferme une grotte.

– Une grotte ? répète Yonatan.

– Oui, bien sûr, qu'as-tu imaginé ? Il y a toutes les chances pour que ce soit une grotte funéraire. C'était la plupart du temps le cas dans cette partie du monde, pour les riches.

– Nous verrons bien, ajoute Ada.

La perspective d'ouvrir une sépulture absorba chacun dans une réflexion sur sa vie. C'est drôle comme la mort et le sens de l'existence sont les deux bouts d'un même bâton, pensait Hannah. Comment suivre un enterrement et ne pas sonder sa propre destinée ? A moins d'être accablé de douleur, évidemment.

Hannah ne voyait pas les premiers mètres de son avenir ; l'horizon se cachait derrière un épais brouillard et jouait avec ses nerfs.

Yonatan déplorait le cours de sa quête amoureuse, et ne comprenait pas comment ses prières l'avaient amené jusque là.

Quant à Ada, elle se demandait si une union sans « trois », ou un trois basé sur des souvenirs et la peur de la solitude, aurait une quelconque légitimité.

47

En fin d'après-midi, ils ont dégagé la pierre.

Ada tourne autour d'eux et ne cesse de poser des questions, tout en s'excusant régulièrement de ne pas les laisser se concentrer. Sa joie est telle que ni Hannah ni Yonatan ne songent à la rabrouer. Sa vision prend forme. C'est bien une grotte fermée de main d'homme.

Au moment où ils vont rouler le bloc, elle les arrête :

– Il faut ouvrir du champagne et fêter cela !

– Attendez, Ada, avant de vous enthousiasmer, il n'y a peut-être rien à l'intérieur, proteste Hannah.

– Ce qui compte, ce n'est pas ce qu'il y a dedans. La femme aux rouleaux s'est manifestée, et nous avons là la preuve qu'elle a existé. Même si c'est vide, nous allons l'honorer et boire à sa mémoire !

– Alors d'accord, célébrons Maryam ! Vous avez raison, elle le mérite. Nous avons vu qu'elle était courageuse et audacieuse.

– Plutôt très amoureuse ! souligne Yonatan.

– Les femmes amoureuses sont toujours courageuses, affirme Ada, même si elles perdent parfois leur discernement… Maryam avait rencontré l'homme le plus incroyable de la galaxie, Yeshua en chair et en os, tu réalises ?

Yonatan affiche une moue dubitative.

Elle apporte la bouteille et les coupes. Yonatan fait sauter le bouchon et verse le liquide pétillant. Le vent s'en mêle et en répand un peu sur le plateau.

Ada porte un toast en direction de l'excavation.

– A toi Maryam, ou peu importe ton nom ! Femme-scribe, nous te saluons, nous qui –

Hannah l'interrompt, s'exclamant :

– Et si c'était la tombe de Lazare ?!

Ils la regardent, éberlués.

– Oui, de son frère ! Mais si c'est le cas, pourquoi Maryam vous l'aurait-elle montrée … alors qu'elle l'a tué ?

– Lazare ? Tu crois ? Bon, on ne sait pas quel a été le sort final de Lazare, les évangiles ne disent pas tout, commente Ada.

– Nous trinquerons plus tard. J'ai besoin d'en avoir le cœur net ! Viens Yonatan !

– Y'aura plus de bulles !

– J'en ouvrirai une autre, suis-la ! intime Ada.

Yonatan et Hannah ébranlent avec d'infinies précautions le roc fissuré. Soudain, il se brise en biais, la partie supérieure manquant de peu de s'écraser sur la cuisse de Yonatan. Il s'en tire avec une belle éraflure et du sang coule le long de sa jambe.

Ada trottine vers la maison et revient en lui tendant un grand coton imbibé d'antiseptique. Il s'en tamponne aussitôt.

La partie inférieure s'est remise en place lorsqu'ils ont lâché. Hannah engage son buste dans la cavité et braque sa torche. Elle y aperçoit deux larges boîtes de marbre… des ossuaires !

La tête encore dans l'ouverture, elle s'écrie :

– Ada ! Yonatan ! Il n'y a pas une, mais deux personnes ensevelies ici !

Ada insiste pour s'approcher au travers des décombres.

– Attention à vos pieds, Ada, la met en garde Yonatan en la soutenant.

– Ce morceau ne descendra pas plus bas !

Ada tremble d'excitation. Elle se penche, bouleversée :

– C'est la tombe de Maryam ?

– Je ne sais pas. Les marbres portent normalement des inscriptions et il faut étudier les os.

Ada recule :

– Tu ne peux pas faire ça !

Hannah se fige.

– Vous ne voulez pas savoir ?

– Nous sommes déjà allés trop loin…

– Non, s'irrite Hannah, nous sommes au début de cette fouille, justement là où elle devient passionnante !

– Ce n'est pas une « fouille »… c'est mon rêve !

– Ada, soyez raisonnable, on a tellement travaillé. Maintenant on doit aller jusqu'au bout.

Ada retourne vers la terrasse poussiéreuse, s'assoit en

s'épongeant le front de son mouchoir. Indécis, Yonatan la rejoint et sirote un truc totalement plat. Hannah s'est allongée à même la terre, visiblement contrariée.

Je déteste composer avec autrui, je déteste ça, rumine Hannah très fort. Est-ce que pour une fois j'ai le droit d'avoir ce que je veux ?! Mon dieu, eh, le Barbu là-haut, interviens ! Fais quelque chose pour moi !

Luttant contre son intense frustration, elle tente de se raisonner : j'ai décidé de vivre en harmonie avec la vie, Ada a de l'affection pour moi, je dois être attentive, au moins l'entendre, après tout, oui, cette initiative lui appartient.

La colère ressurgit en grandes vagues, ignorant ses tentatives pour se calmer. Elle entend Yonatan inviter Ada à patienter, à lui donner du temps.

Elle finit par se redresser, et revient vers la table.

Ada a les yeux humides. Elle jette sur l'herbe le contenu du verre de Hannah, le remplit et lui tend.

– Hannah, ma fille, écoute-moi. J'aimerais te dire combien je suis touchée, et combien je te remercie d'avoir comblé mon attente. Je suis sûre qu'un de ces deux ossuaires est celui de Maryam. Elle voulait simplement que je sache, sans doute pour accroître ma foi, tu comprends ?

– Non, Ada, vous n'êtes sûre de rien du tout, et non, je ne comprends pas pourquoi on s'arrête là ! Sur le manuscrit trouvé sur la colline, c'est écrit « Marseille » et « A Martha ».

– « A » Martha ?

– Oui ! Vous le savez !

– Tu avais seulement dit « Martha »… Je ne lis pas le grec !

– Non, c'était vraiment « A Martha » et puis ce lieu « Marseille ». Si on n'ouvre pas, on ne saura jamais qui est là. C'est vraisemblablement le tombeau de Lazare, vu l'histoire que nous avons captée Yonatan et moi, mais rien n'indique que le second soit celui de Maryam.

– Ce sont des hypothèses…

– Oui, bien, votre songe comme indication de fouiller, c'est pire qu'une hypothèse ! s'énerve Hannah.

– Au contraire ! Les scientifiques voient souvent leurs recherches dans leur sommeil et y trouvent l'inspiration.

Devant l'expression dépitée de Hannah, Ada regrette son

commentaire inutile.

– Ok Ada, fait Hannah crispée, mais qu'est-ce qui empêche d'ouvrir ces ossuaires ?

– Mais enfin, ce sont ses restes ! C'est la dépouille de ma bienaimée, mon amie, ma fée ! Nous n'allons pas violer sa sépulture !

Des larmes inondent alors le visage d'Ada.

– Ada, Ada, calmez-vous. Et je souhaite en faire autant. Tâchons de mettre un peu de rationnel dans cette histoire irrationnelle.

48

Rose n'était plus dans son rôle de psy, et s'était avancée sur le bord de son siège, happée par le suspens.

– Et alors ? A-t-elle accepté que vous les ouvriez ces ossuaires ?

– Non, elle a insisté pour qu'on repose le haut du bloc. Nous l'avons fait, mais j'ai refusé de remblayer. Il se faisait tard, ça pouvait attendre. J'étais hors de moi. Et Yonatan ne m'avait pas embrassée !

– Ah, fit Rose moins intéressée par ce point.

– Nous sommes remontés sur la colline, et le lendemain au réveil, voici qu'Ada vient gratter à la tente. Nous avions passé une nuit encore plus mauvaise que la précédente. Rien ne se déroulait comme prévu. Je me débattais entre mes résolutions de me tenir du bon côté de la vie et l'envie de plier bagage et de tout plaquer ! Ma colère ne me laissait aucun répit. Impossible de m'en distancier. J'avais la sensation d'être de nouveau en enfer.

Rose, incapable de disséquer les émotions et le manque de contrôle d'Hannah, d'en rechercher l'origine ainsi qu'elle le faisait d'ordinaire en thérapie, questionna :

– Que voulait Ada ?

– Elle était défaite et me suppliait de lui pardonner. C'était au-dessus de mes forces cette fois. Je le lui ai dit. Elle s'est immédiatement remise à pleurer. J'avais honte de lui causer autant de peine. Puis devant mon incapacité à changer quoi que ce soit de cette situation, j'ai lâché...

– Vous avez renoncé ?!

– Oui. J'ai renoncé à ma fureur. J'ai pris Ada entre mes bras et serré son corps frêle. Elle était plus fine que ce que j'avais deviné sous sa tunique. Et si fragile. L'amour que je commençais à ressentir envers elle, se révéla alors plus fort que ma frustration. J'étais profondément émue de son désarroi. Cette tombe qu'elle entourait de tant de vénération devait rester intacte. J'ai compris que je n'avais pas le droit de la forcer, même si cela me demandait un effort immense.

Rose se trouva violemment tiraillée entre le désir de connaître la fin de l'histoire et la générosité de Hannah qu'elle se devait de souligner.

– Hannah, c'est beau, lui manifesta-t-elle chaleureusement.

– Et ce n'est pas tout. Ce jour-là, nous nous sommes mis à refermer la terre d'Élie, comme il m'en avait donné l'ordre. Il ne souhaitait pas conserver les murs exposés. Il était soit suffisamment contenté par son trésor – qu'un chauffeur était venu chercher – ou tellement fou de rage qu'il rejetait tout en bloc. Il n'avait pas adressé un mot à Ada. Ça avait tout l'air d'une rupture... Plusieurs jours nous ont été nécessaires pour remettre le terrain en état. Je me calmais. Je travaillais, durant ces tâches mécaniques, à m'habituer à l'idée de quitter ce pays, avec le cadeau de mes deux mots manuscrits – ce qui était à la fois exaltant et somme toute très maigre – ; avec la richesse des visions de Jésus et de Maryam, dans lesquelles j'aurais à me replonger pour intégrer ce qui se jouait là pour moi – je n'avais pas eu un vrai moment tranquille de réflexion. Je devais en outre accepter de me séparer de Yonatan, et empêcher qu'il accapare mon âme.

– Vous avez réalisé qu'il vous faudrait du temps pour digérer ces quelques semaines...

– Oui, et l'histoire ne se termine pas là, taquina-t-elle. Un soir, au repas, Ada m'a demandé de nous entretenir en tête-à-tête. Yonatan s'étant proposé pour ranger, nous nous sommes isolées au salon, chacune installée dans un fauteuil. Je ne savais pas de quoi Ada désirait me faire part. J'imaginais qu'il s'agissait d'Élie, mais je me trompais. Elle m'expliqua : « Hannah, j'ai médité, et j'en suis arrivée à la conclusion que j'étais une grosse ânesse têtue. Je n'écoute que moi, j'en suis désolée. Et puis il y a un autre élément : j'ai refait mon rêve... Maryam se tenait devant l'entrée de la grotte et elle me montrait l'intérieur ! »

– Et alors ? fit Rose, impatiente, si impatiente qu'un sentiment de honte la traversa.

Décidément, elle n'était plus dans la retenue professionnelle qui l'aurait incitée à dire « mais encore ». Elle rit intérieurement. Non, elle ne disait jamais cela aux patients. C'est si curieux ce rictus des psys.

– Et alors ? Bien, la conversation s'est arrêtée illico ! et la vaisselle de Yonatan aussi ! Il a branché les spots. Ada suivait nos mouvements de la terrasse. Elle avait pris sa bible et récitait des psaumes, dans le but de se donner du courage. On a redéfait la pierre, sorti celle du dessous et entrepris d'extraire les ossuaires. Heureusement que nous n'avions rien refermé !

– Et alors ?

Ça devenait un tic.

– Et alors nous en avons porté un jusqu'à la cuisine. Il était horriblement lourd. Il a fallu une éternité pour décoller le couvercle, hermétiquement clos par un enduit compact. Il contenait effectivement des os. Des os plutôt masculins, mais c'est difficile à déterminer. J'aurais eu besoin d'instruments pour les étudier et prendre des mesures, et j'avais en fait davantage envie de libérer le second avant de m'atteler à une étude qui prendrait de toute façon des mois. Etrangement, il ne présentait d'ailleurs aucune indication pour identifier le défunt. D'ordinaire, on trouve des inscriptions, surtout concernant ce genre de tombes réservé aux riches. Et là rien. Il me fallait l'autre. Peut-être qu'il allait nous livrer plus d'éléments. On se mit donc à tenter de le sortir. Il collait au sol et nous avons eu un mal de chien à le faire céder. Nous l'avons hissé sur la table, après avoir déposé le premier sur celle de la salle à manger. Nous étions tous trois tendus. Ce deuxième ossuaire ne comportait pas plus d'inscriptions. Un truc clochait. On avait dû transférer ces os à la va-vite, comme en secret, vous voyez, ou dans l'urgence. J'ai travaillé à l'ouvrir, mais il paraissait scellé avec une matière très dense, incrustée, qui ne se détachait que par tout petits bouts. Yonatan s'y était mis avec moi. A quatre heures du matin, on n'en voyait pas le bout. Nous étions épuisés. On aurait dit qu'on avait coulé dans la rainure une sorte de métal. Ça me dépassait. Exténués, nous avons sombré sur un lit, tout habillés.

– Avez-vous fini par aboutir ?

– A l'aube, j'ai entendu des grattements. J'étais si fatiguée que j'étais impuissante à ouvrir les yeux. Soudain, il y a eu un énorme fracas, un grand claquement en fait, et les cris d'Ada. Yonatan et moi avons bondi dans l'escalier. Ada m'est apparue là, debout, effrayée. Le sol était jonché de morceaux de marbre. Il y en avait partout ! Ada était figée, le ventre appuyé contre la table, le regard rivé sur un point… J'ai couru vers elle et l'ai attrapée, de dos, contre moi. Elle ne semblait pas souffrir, elle était juste immobile. Tout à coup j'ai regardé dans la même direction qu'elle, et Yonatan aussi.

– Qu'est-ce qui vous permet de le croire ? fit remarquer Rose.

– Je sais que nous avons vu la même chose, parce qu'à cet instant précis nous avons hurlé !

– Hurlé ?

Oui, fit-elle de la tête.

– L'ossuaire était rempli de rouleaux !

– De rouleaux ?!

– Oui ! Des parchemins, INTACTS.

49

Rose observa un moment de silence, tentant de concevoir tout ce qu'il avait fallu pour en arriver là : un don divin, une chaîne humaine, des rêveurs, une confiance, le courage de la vérité, et tellement d'espérance.

Et même le Mal miraculeusement transmué en Bien.

Et surtout elle aimait imaginer que la jeune fille des temps anciens avait réalisé son rêve.

Ce ne pouvait être qu'elle. Tout collait. Si Marie, Marthe, Lazare étaient des noms ordinaires, Rose avait depuis longtemps adopté l'idée que les choses convergent vers un Sens... La vie lui avait ramenée la fillette de ses visions. Pourquoi sinon rassembler ici, dans son cabinet, tous les morceaux de cet étonnant puzzle ?

Hannah enchaîna :

– Et là ce fut l'hystérie. Il avait beau être tôt le matin, nous avons bu jusqu'à en être ivres. Lorsque Élie a débarqué vers midi et qu'il nous a découverts dans cette cuisine, Ada en pyjama, des débris de pierre à chaque coin de la pièce, à descendre du champagne, les yeux lui en sont tombés de la tête ! Il scrutait les débris et les rouleaux sur la table. S'approchant de lui, Ada lui a roté à la figure – pas intentionnellement bien sûr – et du coup on a éclaté de rire. Et c'est en riant aux larmes qu'elle lui a annoncé qu'elle ne voulait plus l'épouser. Le pauvre vieux était si choqué qu'il est reparti sans prononcer un mot, à reculons, telle une écrevisse épouvantée. Sa voiture a démarré sans bruit !

– Et ces manuscrits, c'était quoi ?

– Le truc le plus dingue !!! Je n'ai pas pu commencer à les étudier, pas dans l'état où j'étais, mais je les ai déroulés délicatement sur le tapis du salon et ils me sont apparus comme l'Évangile des évangiles, la Source, celle qui contient tout...

– Et ceux que nous connaissons, pourquoi donc sont-ils

incomplets ? demanda Rose, troublée.

– C'est ce que je dois maintenant élucider. Et le scribe semble être le même que celui des deux petits mots... Maryam !

– Mais on sait déjà qui a écrit les évangiles ! Comment....

– Non on ne sait pas. On a seulement prétendu.

– Pourquoi ?

– On a voulu créer une Tradition, pour s'emparer de ce qui est beau, de ce qui est pur.

– Et au cours de cette aventure, Hannah, est-ce que vous vous êtes mise à croire ?

Elle réfléchit :

– A savoir plutôt.

– Savoir quoi ?

– Qu'un Juif tombé du ciel il y a deux mille ans a planté la graine d'un nouvel esprit, et convié notre « génération » à franchir le seuil d'une terre vierge.

– Vous avez ainsi acquis la foi ?

– Evidemment, avec ce que j'ai vu ! Seulement, cette réalisation ne représente que la première marche.

– Qu'y a-t-il après ?

– Une marche gigantesque... entrer dans cet esprit !

– Et de ce fait, vous avez accepté la demande de Yonatan ?

– Oui, parce que j'ai compris. Yonatan se disait qu'ayant partagé une si forte communion, il nous serait possible d'atteindre des rivages inconnus. Ce que nous jugions vivre au niveau amoureux n'était peut-être pas « sentimental », voyez-vous.

– Il est clair que le psychisme interprète forcément à partir de ce qu'il connaît, sa carte du monde. Entre un homme et une femme, l'attraction est naturellement épinglée comme relevant de l'attirance amoureuse.

– Oui, c'est aussi sa théorie. Nous avons donc décidé que tous les quatre mois nous nous enverrions un texto, avec juste écrit « ok ».

– Pour vérifier si vous êtes toujours « branchés » ?

– Exactement.

– Et vos relations amoureuses ?

– Je n'ai pas eu le loisir de les explorer. Et ne faut-il pas d'abord que je trouve mon « trois » ?

– Et surtout connaître votre « un », la base incontournable.

– Mon « un » ?

– Oui ! vous !

– C'est dur ça... Quand je me regarde, je me sens coupable de mes errements, de mon manque de contrôle.

– La seule culpabilité valable est au-delà du sentiment égocentrique infantile et de l'enfant en nous qui s'est fait grondé. Elle n'est fiable que si on a pris conscience de soi et qu'on s'est mis à véritablement exister. Avant cela nous sommes mus par tant de vecteurs, Hannah, notre héritage génétique, familial, notre histoire, notre culture, notre vécu, notre soif d'amour et de reconnaissance, notre peur de la mort... Nous pensons, nous ressentons, mais le vrai « je » n'est pas au centre. Il nous faut déconstruire tout ce que nous avons appris, appareiller notre propre navire, mettre le cap sur le Soi – notre être réel –, et de là découvrir où il aspire à nous entraîner.

– Et moi ? Est-ce que je suis bien là ?

– Pas encore. Pour autant, tout ce ferment montre que vous avez entamé ce processus, alors poursuivons-le !

– Oui ! Je ne veux pas passer à côté de ma vie...

Hannah marqua une pause, songeuse, comme inquiète, puis ajouta :

– Je ne sais pas si je serai souvent à Paris.

– Vous allez de nouveau voyager ?

– Quelque chose me dit qu'en étudiant ces rouleaux, d'autres questions vont se poser : les rouleaux sont-ils liés à Maryam, en accord avec le rêve d'Ada, et de quelle façon ? Où est allée Maryam ? Qu'a-t-elle vécu ensuite ?

– Oui, bien sûr... Marseille ?

– Entre autres. Mais je pressens que je ne partirai pas tant pour un ailleurs, que pour une autre profondeur. Ça, j'en suis sûre, conclut-elle.

Epilogue

Rose écrivit le lendemain soir :

J'ai peur de ne jamais revoir Hannah. Ce matin, j'ai trouvé un petit mot dans ma boîte à lettres. Hannah avait griffonné : « Avez-vous raconté mes confidences ? Il semblerait bien que oui. Un, puis deux journalistes sont venus sonner chez moi ce matin, sans parler des trois autres qui m'ont appelée pour m'interroger sur ma découverte. Bravo la psy ! Si je ne vous crois pas capable de me vendre en direct, il semblerait que vous ayez eu la langue bien pendue sur mon histoire « croustillante ». Maintenant grâce à vous je suis obligée de me cacher. C'est minable, Madame la Psy ! »

Comment Hannah pouvait-elle croire une chose pareille ? Si je peux parfois raconter un cas de façon anonyme pour aider quelqu'un, comme le font beaucoup de mes confrères, jamais je ne me permettrais de faire connaître l'identité de mes patients !

Hannah n'a-t-elle pas senti combien elle m'a touchée ? combien elle peut me faire confiance ? Sans doute m'étais-je montrée trop prise par son extraordinaire récit...

Je l'ai appelée sur son téléphone portable, en vain. Je ressens ce soir une immense frustration, non seulement de ne pas pouvoir continuer notre travail, de l'aider plus avant, mais aussi, j'avoue, de ne pas entendre le résultat de ses découvertes. Etre psy n'empêche pas de garder une curiosité d'enfant, non. Et puis là, même l'adulte en moi a soif d'un trésor inaltéré.

Aurais-je la chance de la revoir ? Peut-être reviendra-t-elle lorsqu'elle aura découvert qui l'a ainsi vendue.

∞

Dans les jours qui suivirent, Rose se surprit à rouvrir les évangiles, à tenter de les lire avec un regard neuf, un regard sans la mémoire de tout ce qu'elle avait entendu, de tout ce qui avait été prêché, de tout ce qui s'était usé au fil de l'habitude. Elle commença à noter tout ce qui n'était pas cohérent, tentant de deviner ce qui avait pu être retranché, ajouté, modifié...

Et si les évangiles ne nous avaient pas enseigné la vérité, celle à laquelle nous avions droit ? ou avaient été rédigés pour mettre l'accent sur autre chose que l'essentiel du message du Porteur de Lumière[109]?

Les luttes des premiers chrétiens n'avaient-elles pas entaché ce legs ? N'avait-on pas par trop adapté le texte pour servir des préoccupations mondaines ?

Les entreprises humaines tendent à toujours dérober la vérité...

Ou peut-être la vérité est-elle simplement si pure, si petite, et même d'apparence si naïve, qu'elle échappe à notre regard émoussé par nos vies.

---

109 Et non Satan, porteur de « l'aube », voir Esaïe 14, 12.

www.ingramcontent.com/pod-product-compliance
Lightning Source LLC
Chambersburg PA
CBHW031106260626
47172CB00001B/246